足利の血脈

書き下ろし
歴史アンソロジー

秋山香乃
荒山徹
川越宗一
木下昌輝
鈴木英治
早見俊
谷津矢車

PHP

足利の血脈　目次

装　　丁　泉沢光雄
装丁写真　Yuri_Arcurs／ゲッティイメージズ

第一話　嘉吉《かきつ》の狐

——古河《こが》公方誕生

早見　俊

一

「万寿《まんじゅ》、しっかりせよ」

兄の叱責《しっせき》を受け、万寿王丸は木刀を握りしめた。

日光男体山《にっこうなんたいさん》、鬱蒼《うっそう》と茂ったコメツガの木々が山風に揺れている。山の中腹に設けられた屋形《やかた》の庭で、万寿王丸は二人の兄に剣の腕を試されていた。

庭といっても、地べたが剝《む》き出しとなった一帯で、野草が乱れ咲いている。

万寿王丸は稚児髪《ちごがみ》の七歳、空色の直垂《ひたたれ》に身を包み、自分の身丈《みのたけ》に勝《まさ》る木刀を手にしている。二人の兄、春王丸《はるおうまる》は十一歳、安王丸《やすおうまる》は十歳、二人とも万寿王丸同様に稚児髪の少年だ。

勇んで万寿王丸は安王丸に斬りかかった。

安王丸は木刀で受け止め、強く押し返す。万寿王丸は地べたに転がった。七歳と十歳では体格、体力に大きな差があるが安王丸は容赦《ようしゃ》ない。

泥にまみれながら、万寿王丸は腰を上げた。

「そんなことでは、父上、兄上の無念は晴らせぬぞ」

安王丸は再び叱《しか》りつけた。

永享《えいきょう》十二年（一四四〇）三月、日光に遅い春が訪れている。三兄弟の父、鎌倉公方《くぼう》足利持氏《もちうじ》が憤死したのは一年前の二月だった。室町殿こと足利六代将軍義教《よしのり》の命《めい》を受けた関東管領《かんれい》上杉憲実《のりざね》との合戦に敗れた末、切腹させられたのである。共に起《た》った嫡男《ちゃくなん》義久《よしひさ》も切腹、妻は鎌倉の屋形で焼死した。

残る持氏の遺児、春王丸、安王丸、万寿王丸は鎌倉公方家に仕《つか》える忍び、さくらの一族に守られ日光山に逃《のが》れた。

さくら一族の先祖は日光山で修行する修験者《しゅげんじゃ》だったが、修験者がもたらす情報に目をつけた足利尊氏《たかうじ》に見いだされ、その忍び集団となった。尊氏は四男基氏《もとうじ》を鎌倉公方として下向《げこう》させる際、さくらの一族を鎌倉公方家を守護する忍びに据《す》えたのだった。

関東を騒乱に巻き込んだ永享の乱は、持氏、義久親子の死を以《もっ》て鎮《しず》まったかに思われたが、義教が我が子を鎌倉公方として派遣するという噂が広がり、関東の諸将に不満の声が湧き上がった。

関東八ヵ国に伊豆、甲斐《かい》を加えた地域を治めてきた鎌倉公方は持氏で五代目。代を経《へ》るに従い関東武士の独立志向は強まり、京都の介入を嫌うようになっていた。

不満の声は現実となり、下総《しもうさ》結城《ゆうき》城主、結城氏朝《うじとも》が決起した。今日、持氏の遺児春王丸、安王丸、そして万寿王丸を結城城に迎えるべく使者を寄越している。

「万寿、やはり、そなたは連れて行かぬ」

安王丸が告げた。

万寿王丸は泣きべそをかき、春王丸に視線を送る。春王丸は唇を引き結び、首を左右に振った。

「万寿も参ります。万寿も父上や母上、義久兄《あに》の仇《かたき》を討ちとうございます」

顔を歪《ゆが》め、万寿王丸は訴えかける。

「ならぬ！」

強い口調で安王丸は拒絶する。

春王丸が進み出て、万寿王丸の肩に手を置いて言った。

「そなたは幼い。吉報を待っておるのじゃ」

「兵法の鍛錬《たんれん》を怠《おこた》りませぬ。必ずお役に立ちます。ですから、万寿もお連れください」

舌足らずな物言いで懇願すると、万寿王丸は両目から涙を溢《あふ》れさせた。

「足手まといじゃ！」

安王丸は万寿王丸を突き飛ばした。万寿王丸は地べたに転がり、泣きじゃくった。

「兄上、行きましょう」

春王丸を誘い、安王丸は表門で待機する輿《こし》へ向かった。春王丸は片膝をついて控える男を見やった。

さくら一族の頭領《とうりょう》、千古《せんこ》の不二丸《ふじまる》である。

頭領は代々不二丸を名乗り、今の不二丸で五代目だ。歳は二十七、すらりとした長身を濃紺《のうこん》の小袖《こそで》と草色の袴《はかま》に包んでいる。豊かな髪を総髪《そうはつ》に結《ゆ》い、浅黒く日焼けした面長《おもなが》の顔、力強い光を放つ双眸《そうぼう》、高い鼻、唇はきりりと引き締まっていた。兵法者《へいほうしゃ》らしい精悍《せいかん》な面構《つらがま》えだが、笑《え》窪《くぼ》ができるため、忍び特有の陰気さはなく、接する者には親しみすらを覚えさせる。

「万寿を頼む。守ってくれ」

春王丸は万寿王丸を不二丸に託してから、安王丸を追った。去り際、春王丸は熱い眼差《まなざ》しを弟に送り、

「万寿、鎌倉公方家の誇りを失ってはならぬぞ」

と言葉をかけ、足早に立ち去った。

山間《やまあい》に響く野鳥の囀《さえず》りに、万寿王丸の嗚咽《おえつ》が重なった。

中禅寺湖《ちゆうぜんじ》を見下ろしながら万寿王丸は問いかけた。

「何故《なにゆえ》、父上と兄上は室町殿に討たれたのじゃ。謀反《むほん》を企てたからか」

不二丸は首を左右に振り、答えた。

「持氏公は、室町殿から関東を守ろうとなさったのです」

「室町殿は関東を滅ぼそうとしたのか」

「ご自分の意のままになさろうとしたのです。意に沿う者で鎌倉府を固め、政《まつりごと》をなさろうとし

ました。持氏公は関東の諸将のため、戦《いくさ》をなさったのです」

不二丸の説明に聞き入っていた万寿王丸であったが、

「関東のために戦ったのに、管領や多くの者が父上と合戦したではないか」

強い眼差しで疑問を呈《てい》してきた。

実のところ、持氏にも非があった。鎌倉府の独立を過剰に意識し、将軍義教に反抗的な態度を取り続けたのだ。

まず、義教が将軍就任後、元号が正長《しょうちょう》から永享に改元されたが、持氏はしばらくの間、正長を使い続けた。

永享六年（一四三四）三月、鶴岡八幡宮《つるがおかはちまんぐう》に大勝金剛尊《だいしょうこんごうそん》を造立《ぞうりゅう》し、血書《けつしょ》の願文《がんもん》を捧《ささ》げる。願文には、「武運長久《ちょうきゅう》を祈り殊《こと》には呪詛《じゅそ》の怨敵《おんてき》を未兆にはらわんため」と記され、怨敵すなわち室町殿足利義教への反逆心を露《あら》わにした。

翌年には願文を実行に移す。京都に通じていると疑いをかけ、佐竹義憲《さたけよしのり》、那須氏資《なすうじすけ》を討伐《とうばつ》した。

次いで、永享八年（一四三六）、鎌倉府の管轄《かんかつ》外、室町殿御分国《ごぶんこく》である信濃《しなの》で起きた内紛に介入した。守護職小笠原政康《おがさわらまさやす》と豪族村上頼清《よりきよ》の間に争いが起き、頼清の要請を受け、信濃に出兵したのだ。

室町殿御分国への軍事加入を関東管領上杉憲実が強く諫《いさ》めると、持氏は憲実を疎《うと》み、二人の間に不穏《ふおん》な空気が漂った。

信濃派兵問題以前より、持氏は自分に忠実な者を登用して専制化し、鎌倉府の秩序を重んじる憲実との関係がぎくしゃくとしていた。そうした背景もあり、持氏が信濃出兵に事寄せて憲実を討つという噂が流れ、鎌倉には緊張が高まった。

さすがに持氏も、関東管領と合戦する愚は犯さず和解した。鎌倉に平穏がもたらされたが、それも束の間だった。

永享十年（一四三八）六月、鶴岡八幡宮で持氏の嫡男賢王丸《けんおうまる》の元服《げんぷく》儀式が行われた。元服に際しては慣例として将軍の諱《いみな》の下一字を拝領する。賢王丸の場合は義教の「教」を貰《もら》って名乗るべきであった。ところが、持氏はそれを無視し、足利将軍家の通字である、「義」を用いて、義久と名付けたのだ。

これにより、持氏の室町殿への敵意は明確となり、討伐の対象となった。

頑《かたく》ななまでの京都に対する持氏の敵愾心《てきがいしん》は、関東にも威を及ぼそうとする義教には恰好《かっこう》の材料となっていった。

そもそも義教の関東への野心は、永享四年（一四三二）九月の富士遊覧で示されていた。義教は駿河《するが》へ赴《おもむ》き、今川範政《のりまさ》の屋形で歓待された。

富士の雄姿と歌を楽しむ風流の旅というのは名目で、鎌倉公方足利持氏への示威《じい》行動である。義教は持氏に駿河まで出仕《しゅっし》するよう求めた。持氏がやって来たところを、義教は謀殺しようとしたのだ。義教の持氏謀殺の企てをさくら一族が摑《つか》み、持氏を救った。

この一件以来、義教と持氏の確執《かくしつ》は深まったのだった。持氏は自らの感情を抑制《よくせい》することに不《ふ》得手《えて》であった。

そんな持氏を義教は挑発する。鎌倉公方ではなく、室町殿と直接主従関係を結ぶ関東の諸将、いわゆる京都扶持《ふち》衆に反抗的態度を取らせた。持氏が討伐した佐竹、那須両氏は京都扶持衆であった。

持氏の義教憎しの激情は、高まる一方となっていったのだった。

こうした事情を不二丸はつぶさに見てきたのだが、七つの幼子《おさなご》に理解させるのは難しい。なにより、両親、長兄を失った悲しみにうちひしがれる万寿王丸に、持氏の落ち度を語る気にはなれない。万寿王丸が成長し、関東の政《まつりごと》に関わる内に為政者《いせいしゃ》の在《あ》り方として教えるか、不二丸が話さなくても耳にするだろう。

不二丸は、万寿王丸の疑念に包むような笑顔で答えた。

「関東の諸将は、室町殿の命でやむなく持氏公と合戦をしたのです。管領の上杉憲実さまは、持氏公と義久さまのお命を助けられなかったことを深く悔い、出家なさった由《よし》にござります」

「関東の者は嫌々ながら、室町殿にお味方したのか」

「さようでございます。みな、後ろめたく思っており、それゆえ、春王丸さま、安王丸さまのために兵を挙げたのでございます」

実際のところは持氏、義久の仇討ちというよりは、関東が室町殿御分国になるのを嫌っての決起である。諸将は義教が我が子を持氏亡き後の鎌倉公方にすると聞き、危機感を募らせている。

「万寿も兄上たちと父上、義久兄の仇を討ちたい」

置き去りにされた悔しさと悲しみがこみ上げたようで、万寿王丸は拳《こぶし》を強く握りしめた。

「若さま、大戦《おおいくさ》となります。一月《ひとつき》、二月《ふたつき》では終わらず、長引くでしょう。この後、若さまが初陣《ういじん》を飾る機会が必ず訪れます。その時に備え、兵法の鍛錬と学問を積まれますよう」

不二丸の言葉に、万寿王丸は深くうなずいた。

雲が切れ、日輪《にちりん》が顔を覗《のぞ》かせた。青空が広がり、陽光が中禅寺湖を照らす。白銀を散らしたような輝きを放つ湖面に、山影が映り込み、渡ってくる風に温《ぬく》もりが感じられた。日光も春が深まったようだ。

ふと、万寿王丸を日光に匿《かくま》うことに不二丸は危機感を覚えた。万が一にも義教方につく者に知られたら……。

春王丸の眼差しが脳裏に浮かぶ。地べたを這い、身も世もなく泣き叫ぶ万寿王丸に注がれた眼差しは、慈愛に満ちていた。いつの日にか、再会を願いつつ春王丸は別れを告げたのだ。

そして、春王丸が万寿王丸にかけた言葉。

「鎌倉公方家の誇りを失ってはならぬぞ」

言葉の裏に春王丸が込めた思いを、いずれ万寿王丸も知るであろう。

「若さま、我らの里においでください」

「さくらの里か……日光から遠いのか」

万寿王丸の目が不安に揺れた。

「十一里（約四十三キロメートル）ばかり東にございます。喜連川《きつれがわ》にある、さくらの里でございます。今の時節、里は桜に彩《いろど》られておりますぞ」

万寿王丸の目がきらきらと輝いた。

「喜連川の名の由来は、狐の言い伝えにあります。古木に九尾《きゅうび》の狐が棲《す》みついていたため、狐《きつね》川《がわ》と呼ばれ、これが喜連川に変化したというのでございます。わが先祖を辿《たど》りますと源　義家《みなもとのよしいえ》公の頃に行き着きます」

「八幡太郎義家公か……」

万寿王丸の瞳が輝きを放った。

万寿王丸も文武両道に長《た》けた名将、義家の伝承は聞かされている。

父頼義《よりよし》に従い参陣した陸奥《むつ》の安倍《あべ》氏討伐の前九年《ぜんくねん》の役《えき》、味方は七騎、敵は二百騎という劣勢を跳ね返す、神がかった弓使いで窮地を救った。

出羽《でわ》の清原氏を討伐した後三年《ごさんねん》の役においては、朝廷が私闘とみなし恩賞を与えなかったため、義家は私財を投じて配下の諸将に報《むく》いた。配下の多くが関東の武士団で、未《いま》だ関東には義家の恩に感謝する声が聞かれる。

持氏が義久の元服の儀を鶴岡八幡宮で行ったのも、義家が石清水《いわしみず》八幡宮で元服した故事を意識してのものだ。

「わが先祖は後三年合戦の後、日光山で修験道の修行に入ったのです。修験の極意《ごくい》を極め、子々孫々に至るまで源氏のお役に立とうとの思いでございます。先祖の願いは、源氏の血を受け継ぐ足利尊氏公の忍びに召し抱えられ、叶《かな》ったのです。そしてわが一族の名の千古とは、仙狐が転じた名なのでございます」

　不二丸は小枝で地べたに、「仙狐」と書いた。万寿王丸は見入ると首を傾《かし》げた。

「仙狐とは、修行で仙人のような術を身に付けた妖怪狐を申します」

　万寿王丸は不二丸を見上げ、

「不二丸は仙人なのか」

「わたしは修行が足りませんで、仙狐の域には達しておりませぬ」

　頭を掻き不二丸が答えると、

「万寿はさくらの里に行くぞ」

　初陣に勇み立つように、万寿王丸は腰を上げた。

二

　万寿王丸はさくらの一族に伴《ともな》われ喜連川、さくらの里にやって来た。馬上に揺られ、轡《くつわ》を不二丸が取っている。

念のため、空《から》の輿を用意し、喜連川とは正反対の方角に向かわせた。

「さあ、着きましたぞ」

不二丸は声をかけた。

霞《かすみ》がかった空の下、山間の川に沿って集落が広がっている。桜が咲き誇り、木々の芽は膨《ふく》らみ、若草が萌《も》えていた。清流をたたえた川のせせらぎが心地《ここち》よい。

野良《のら》仕事に汗を流す里人たちが、不二丸に挨拶《あいさつ》をする。

麗《うら》らかな春景色に包まれたさくらの里は、合戦とは無縁の世界だ。万寿王丸は目をくりくりと輝かせながら不二丸について、里の真ん中に構えられた屋形に至った。周囲を土居《どい》が巡り、櫓《やぐら》門《もん》が構えられ、屋敷内には望楼《ぼうろう》がある。

門前で馬上の万寿王丸を不二丸が抱き下ろす。次いで門を入って母屋《おもや》へ向かう。

万寿王丸は不二丸に導かれ、母屋に足を踏み入れた。広い土間になっていて、小上《こあ》がりの板敷には囲炉裏《いろり》が切ってあった。

「お腹が空かれたでしょう」

萌黄《もえぎ》色の小袖に身を包んだ娘が満面の笑顔で迎えた。

「妹の若菜《わかな》です」

不二丸が紹介すると、若菜は万寿王丸にお辞儀《じぎ》をした。不二丸とは十歳離れているそうだ。ということは、十七歳の娘盛りである。名前のごとく、陽春《ようしゅん》に萌える若草のような明るさと温かさを感じさせる。

万寿王丸は囲炉裏端に座った。囲炉裏にかけられた鉄鍋から湯気《ゆげ》が立ち昇っている。味噌《みそ》の香《こう》ばしい匂いに、万寿王丸の腹がぐうと鳴った。若菜がにこにこしながら椀に雑炊《ぞうすい》をよそう。

すると、若い男が入って来た。両手でビクを持っている。日に焼けた浅黒い顔を不二丸に向けて語りかけた。

「ヤマメ、イワナ、沢山《たくさん》釣れましたぞ」

「権蔵《ごんぞう》は里で一番の釣り達者です」

不二丸がさくら一族の権蔵だと紹介した。権蔵は万寿王丸に挨拶をし、囲炉裏端に座した。ビクの魚を串に刺し、塩をまぶしてゆく。

「もう一月経った頃が、身がよくついて美味《うま》いのですがな」

楽しそうに権蔵はヤマメとイワナを焼き始めた。薪《まき》が爆《は》ぜる音が聞こえ、魚の焦げる香ばしい匂いが食欲をそそる。

「間もなく、鮎《あゆ》も釣れますぞ」

権蔵は声を弾ませる。

万寿王丸はふうふう吹きながら味噌雑炊を食べ始めた。権蔵は続ける。

「ですがな、鮎は鵜飼《うかい》で捕れるものが一番美味いのです」

「鵜飼とは何じゃ」

万寿王丸はつぶらな瞳を権蔵に向ける。万寿王丸が興味を示してくれたため、権蔵は気を良くして語り始めた。

「鵜という真っ黒な鳥がおりましてな、その鵜を操《あやつ》って鮎を捕る漁なのです。漁は日が落ちてから行います。小舟に乗った漁師が十数羽の鵜を操るのです。篝火《かがりび》を焚《た》いて……」

と、権蔵は立ち上がった。

「鵜使いは風折烏帽子《かざおりえぼし》を被《かぶ》り、鵜と同様の真っ黒な漁服を着こみます。腰に蓑《みの》を着け、操る鵜の数だけ、手縄《たなわ》を持ちます」

権蔵は土間に降り立ち、荒縄を何本か手にして戻って来た。

「この縄の先に鵜の首を結ぶのですな」

万寿王丸は椀を置き、権蔵の所作《しょさ》に見入った。

「篝火に水中の鮎の鱗《うろこ》が煌《きら》めきますと、鵜はすかさず潜《もぐ》って鮎を咥《くわ》えます。そして、呑み込む前に鵜使いは手縄を引くのです」

権蔵は両手に持った縄の一本を引いた。

「すると、鵜は鮎を呑み込めず、鮎を咥えたまま川から顔を出します。このように……」

今度は鵜となり、権蔵はイワナを咥え、手縄を引っ張られた鵜の如く、首を伸ばした。

目をむき、鵜になり切っている権蔵を見て、万寿王丸は腹を抱えて笑った。

日光を出て初めての笑顔だ。いや、このように弾けた笑いを万寿王丸に見たのは初めてだと、不二丸は気がついた。

うれしくなり不二丸も笑い声を上げる。笑っている内に笑窪が消え、涙が滲《にじ》んだ。若菜が怪訝《けげん》な目を向けてくる。

「ううっ、煙《けむ》い……煙いのう」

不二丸は目頭《めがしら》を指で揉《も》んで胡麻化《ごまか》した。

若菜は権蔵に視線を移した。

「もう、権兄《に》い、調子に乗り過ぎですよ。咥えたイワナはご自分で召し上がってくださいね」

権蔵は自分の額をぴしゃりと叩いて、残りのイワナを串に刺した。

「どうしてじゃ」

不意に万寿王丸が疑念の言葉を発した。

権蔵がおやっとなった。不二丸と若菜も万寿王丸に注意を向ける。

「どうして、鵜飼で捕れる鮎は殊《こと》の外《ほか》に美味《びみ》なのじゃ」

万寿王丸は問い直した。

「権兄いったら、自分の話に夢中で、肝心《かんじん》なこと、お伝えしていないんだから」

若菜に呆《あき》れられ、権蔵は再び額をペコリと叩いた。

「そうそう、そうでしたな。それはですな、釣り竿《ざお》や網《あみ》で捕ると鮎は暴れます。鵜が咥えると、瞬《まばた》きする間もなく死んでしまうのです。ですから、身が損《そこ》なわれないのですな」

風味《ふうみ》が損なわれないのだと、権蔵は説明した。

「鵜が捕った鮎か……そんなにも美味か」

呟《つぶや》くと、万寿王丸は再び味噌雑炊を食べ始めた。


一年が経過した。

依然、討伐軍は結城城を包囲している。討伐軍は兵糧《ひょうろう》攻めを行っていた。

万寿王丸はさくらの里で四季を過ごした。権蔵と山野を駆け回り、不二丸から兵法の鍛錬を受けた。また、僧侶につき、学問にも余念がない。

八歳には見えない逞《たくま》しさを感じさせるようになっている。身体《からだ》つきばかりか、声音《こわね》も大きくなり、舌足らずな口調は消え去った。里の子供たちを束《たば》ね、合戦遊びや喧嘩《けんか》の仲裁《ちゆうさい》も行うようになった。

平穏な日々を過ごす万寿王丸ではあったが、寝間に入ると二人の兄の身が案じられた。一日も早く、自分も馳《は》せ参じたい。不二丸は、今しばらくのご辛抱《しんぼう》をと諌めるばかりだ。

この一年、万寿王丸は足利義教について様々な噂を耳にした。宴席で目をそらしただけで叛意《はんい》ありと疑いをかけ、湯起請《ゆぎしよう》にかけたそうだ。湯起請とは罪の有無を確かめるため、起請文を書かせた上で熱湯に手を入れさせる。火傷《やけど》をしたら有罪と判定された。

また儀式中、笑い顔をした者を、自分を笑ったと激怒し、所領を没収した。

更には、比叡山延暦寺《ひえいざんえんりやくじ》を従わせようと高位の僧侶たちを都に招いて捕縛《ほばく》し、斬首《ざんしゅ》した。この無体《むたい》な所業に延暦寺の僧侶たちは抗議した。根本中堂《こんぽんちゅうどう》に立て籠《こも》り、ついには堂に火をかけて焼身自殺をしたという。

三月某日の昼下がり、囲炉裏端で万寿王丸は、義教の残虐《ざんぎやく》ぶりを不二丸にぶつけた。

「室町殿は、お坊さまであったそうな。比叡山の天台座主《てんだいざす》にまでお昇りになったそうではないか。御仏《みほとけ》にお仕えした者が、大勢の人の命や領地を奪えるものなのか。天台座主であられたに、延暦寺のお坊さまの首を刎《は》ねたとか。そのようなお方が将軍の座にあるとは、御仏は悲しんでおられるのではないか」

万寿王丸の言葉に不二丸は深くうなずき、

「室町殿はくじ引き将軍と蔑《さげす》まれ、それに反発して力で世を治めようとなさっておられます。近頃では、くじ引きすなわち、神仏に選ばれた者であると公言しておられます」

討伐軍が結城城を攻め落とせば、義教は春王丸、安王丸を殺し、基氏以来の鎌倉公方家の血を絶やすだろう。そして、自分の子を鎌倉に送り、関東諸国も室町殿御分国にする。

すると、

「もし兄上らが負けたら、室町殿の無慈悲な政が行われるのか」

つぶらな目を見開き、万寿王丸は問いかける。

「そのようなことにならないよう、お兄上や結城さまは戦っておられます」

不二丸が答えたところで、若菜が笊《ざる》を抱え戻って来た。若菜は、土筆《つくし》で一杯の笊を万寿王丸に見せた。しかし、思い詰めたような顔つきのまま、万寿王丸は興味を示さない。空気がぴんと張り詰めた。

そこへ権蔵が、

「若さま、魚を捕りましょう」

と、声を弾ませ駆け込んで来た。

黙り込んでいた万寿王丸であったが、

「よし、釣ろう。権蔵、負けぬぞ」

と、勢いよく立ち上がった。

釣りを終えた夕刻になり、

「若さま、狐の嫁入りですぞ」

権蔵が対岸の山裾を指差した。

嫁入り行列の提灯《ちょうちん》のような火が揺らめいている。喜連川の名物だ。万寿王丸も何度か目撃したことがある。夕闇迫る川岸を彩る狐火は、目撃される頻度《ひんど》が高いと、その年は豊作だと伝わっている。

万寿王丸は嫁入り行列に向かって、さくらの里の実り多きを祈念《きねん》した。


その日の晩、不二丸と権蔵は密談に及んだ。

「結城城、持ち堪《こた》えられませぬぞ」

権蔵は、さくらの一族から得た情報による結城城攻めの見通しを語った。

「若さまにさくらの里にいて頂くのは危《あや》ういな」

「では、日光山へお戻し致しますか」

「日光山より、力のある武将に匿ってもらうのがよい」

「関東の諸将は誰もが室町殿のほうを向いております。奥羽《おうう》もですな」

「信濃佐久《さく》郡の大井持光《もちみつ》さまを頼ろうと思う。書状では色よい返事であった。明朝、旅立ち、訪ねるつもりじゃ」

「くれぐれもお気をつけてくだされ」

「留守中、頼むぞ」

不二丸の言葉に権蔵は力強くうなずいた。

あくる日の昼下がり、時宗《じしゅう》の遊行《ゆぎょう》僧《そう》たちがさくらの里にやって来た。今年になってから何度かやって来ている踊り念仏の集団だ。里人も踊り念仏を楽しみ、すっかり親しくなっている。

この日も夕暮れまで念仏踊りに興《きょう》じた。

万寿王丸は踊り疲れ、権蔵と共に川岸に座った。川風が火照《ほて》った頬には心地よい。

風は湿り、夕空はどんよりと黒ずみ始めた。雨になりそうだと権蔵が言ったところで、対岸の山裾に狐の嫁入り行列が現れた。

いつもよりも、赤い火が多い。

「若さま、行きましょう」

権蔵は不穏《ふおん》な声を発した。直後、里から悲鳴が聞こえた。馬のいななきと甲冑《かっちゅう》の草摺《くさずり》の音もする。狐の嫁入り行列が川を渡ってきた。嫁入り行列ではない。松明《たいまつ》を翳《かざ》した武者たちだった。義教の命を受けた者たちだろう。

その時、空に稲妻《いなずま》が走り、雷鳴が轟《とどろ》くや風雨が吹きすさんだ。

嵐の中、堤《つつみ》の上で殺戮《さつりく》が繰り広げられた。里人ばかりか遊行の者たちも鑓《やり》で突かれ、太刀《たち》で斬られ命を落としてゆく。若菜が駆けて来た。権蔵は万寿王丸と若菜を連れ、筏《いかだ》に乗った。

嵐の襲来で荒れ狂う川面《かわも》を筏が滑《すべ》るように進む。しかし、両岸から矢が飛来してきた。若菜は万寿王丸を抱き、しゃがみ込んだ。権蔵は若菜を守るように両手を広げ仁王《におう》立《だ》ちした。

次々と矢が権蔵に刺さる。胸、腹、肩、針鼠《はりねずみ》のようになりながらも権蔵は立ち尽くす。敵の矢が飛んでこなくなったところで、

「若さま、若菜、さらばじゃ」

権蔵の身体は激流に消えた。

「権蔵！」

万寿王丸の悲痛な叫びが暴風を切り裂き、山間にこだました。

三

結城城は落城し、春王丸と安王丸は捕らわれ、都に送られた。万寿王丸は権蔵の命懸けの働きで助かり、若菜に伴われてさくらの里を逃れた。

信濃から戻った不二丸と合流し、二人の兄を追い、東海道を西に進んでいる。踊り念仏の者たちと美濃《みの》に入るまで一緒だった。踊り念仏の一行は自由に旅ができる。一行に紛れれば、追手の目をくらませると踏んだのだった。彼らの中には喜連川の悲劇を耳にした者もいた。念のため彼らには素性《すじょう》を明かさず、さくらの里の難を逃れて来たとだけ伝えた。

春王丸と安王丸を乗せた輿は美濃国垂井《たるい》に至った。万寿王丸は不二丸と共に、垂井から東へ五里程（約二十キロメートル）の長良川《ながらがわ》の川岸で若菜を待った。若菜は春王丸と安王丸の様子を探るべく垂井に向かっていた。

夜の帳《とばり》が下り、不二丸は漁師から鵜飼で捕れた鮎を買い、川岸で焼き始めた。

串に刺した鮎を万寿王丸はひと口かじった。

「美味いのう」

笑みをこぼし、万寿王丸は舌鼓《したつづみ》を打った。

が、じきに表情は引き締まり、目から大粒の涙が滴《したた》り落ちる。

「権蔵が申した通りじゃ」

万寿王丸は呟いた。

不二丸が黙っていると、

「鵜が捕った鮎は美味じゃ。まことに美味じゃ」

涙ながらに万寿王丸は鮎にかぶりついた。

そこへ、市女笠《いちめがさ》を被った若菜が戻って来た。

若菜は目で不二丸を呼んだ。

不二丸の耳元で、

「春王丸さま、安王丸さま、垂井の金蓮寺《こんれんじ》で……」

と、言葉を止めたが声を潜《ひそ》め、首を刎ねられたと言い添えた。

「……室町殿、惨《むご》いことを」

不二丸は唇を噛んだ。

鮎を食べ終えた万寿王丸が、

「兄上たちの身に何かあったのか」

「あ、いえ……」

不二丸は口ごもった。

「申してくれ」

万寿王丸の口調はしっかりとしている。二人の兄に起きた悲劇を察しているようだ。若菜が報
若菜が報告しようとしたのを不二丸が制して言った。

「春王丸さま、安王丸さま、垂井の金連寺で身まかられたそうにござります」

処刑された無残さを和《やわ》らげようと、不二丸は言葉を取り繕《つくろ》った。

「……そうか。室町殿の命じゃな」

万寿王丸は淡々《たんたん》と兄たちの死を受け入れた。

若菜は涙ぐんだ。

万寿王丸は垂井に向かって合掌《がっしょう》した。不二丸と若菜も二人の冥福《めいふく》を祈った。

「信濃へ急ぎましょう」

不二丸が言った。

「それは危のうございます」

若菜は東国には万寿王丸を探し出すべく、大軍勢が配置されていると報告した。

「ならば、しばらく美濃に潜伏《せんぷく》するか」

不二丸は考えを変えたが、それにも若菜は異を唱えた。

「美濃にも室町殿の命を受けた軍勢が留《とど》まり、万寿王丸さまを探しております」

「都へ行く」

二人のやりとりを黙って聞いていた万寿王丸が、力強く言った。

不二丸と若菜は顔を見合わせる。

「室町殿を討つ」

幼顔《おさながお》には不似合いな、それでいて並々ならぬ決意の籠った目で万寿王丸は、宣言する。

「父と母、三人の兄の仇討ちじゃ。万寿のために殺された、権蔵やさくらの里の者たち、里の者を楽しませてくれた遊行の者たちを成仏《じょうぶつ》させたい。恨《うら》みを晴らすばかりではない。関東を室町殿から守りたいのじゃ」

「ごもっともなるお言葉でございます」

不二丸が受け入れる姿勢を見せると、若菜は危ぶむように目をしばたたいた。

不二丸は若菜を見返し、

「都に足を向けるは上策かもしれない。万寿王丸さまは東にいると、室町殿は思っておるだろう。まさか、都にやって来るなど、夢想だになさってはおられぬに違いない。自分から殺されに来るようなものだからな」

不二丸の言い分はもっともだが、若菜は心配そうだ。

「万寿は室町殿と刺し違える覚悟じゃ」

大人びた様子で万寿王丸は決意を語った。

「何を申されますか。若さま、お命を粗末になさいますな。ご兄弟亡き今、鎌倉公方家の血を伝えるのは、あなたさまだけなのです。日光山での別れ際、春王丸さまがかけられたお言葉を覚えておられますか」

切々とした口調で不二丸が諌めると、

「……春王兄上は、鎌倉公方家の誇りを失ってはならぬと……そうじゃ、春王兄上は、自分と安王兄上の身にもしものことがあったなら、鎌倉公方家の血を伝えよと万寿に託されたのじゃな」

兄の言葉を嚙み締めるように、万寿王丸は答えた。

「よくぞ、お気づきになられました」

不二丸は、涙を堪えつつ言葉を振り絞《しぼ》った。

「死んではならぬな。万寿は何としても鎌倉公方家を再興する。しかし、死を恐れては生きることもできぬ。鎌倉公方家の血を絶やそうとする者とは戦う。室町殿、足利義教を討つ！」

万寿王丸は眦《まなじり》を決した。

万寿王丸の覚悟を聞き、若菜は不二丸に顔を向けた。

「都では面白き噂が流れておるようでございます。赤松満祐《みつすけ》が室町殿に疎《うと》まれておると」

「ああ、それなら聞いたことがある」

不二丸はにんまりと笑った。

六月三日、盛夏の都に万寿王丸らはやって来た。

大地を焦がす強い日差しが降り注ぎ、生暖かい風が土煙を舞わせている。陽炎《かげろう》が立ち、行き交う人々や荷車を歪《ゆが》ませていた。蟬《せみ》の鳴き声が暑さを際立たせている。

万寿王丸はきょろきょろと都大路を見回している。市《いち》が立ち、酒、干し魚、衣類、食器類など様々な品が売られていた。物品の販売ばかりか、大道《だいどう》芸人が持ち芸を披露《ひろう》していた。競うように琵琶法師《びわほうし》が平家語りをしている。

「都は賑《にぎ》やかじゃ」

万寿王丸の表情が和らいだ。

物珍しげな大道芸に立ち止まり、万寿王丸は笑顔を広げた。だが、すぐに表情が変わる。

「賑やかじゃが、何か……」

不二丸も違和感を抱《いだ》いていた。

人々の顔に笑顔がない。いや、笑い声を上げてはいるのだが、その顔は引き攣《つ》り、目が笑っていないのだ。それに、やり取りの声も小さく、うつむきがちである。

そんな淀《よど》んだ空気が漂う中、酒に酔った数人の男たちが騒いでいた。

「鎌倉公方さまは根絶やしにされたぞ」

「関東ばかりやない。室町殿の弟さまも殺された」

義教は、弟で大覚寺《だいかくじ》の門跡《もんぜき》義昭《ぎしょう》を謀反の疑いで誅《ちゅう》した。

「もう、敵はなしや。恐ろしいくじ引き将軍さまや」

「次は赤松さまが危ないらしいな。所領の播磨《はりま》を召し上げられるそうや」

男たちはいい具合に酔いが回り、声が大きくなった。

そこへ、

「狼藉者《ろうぜきもの》め！」

野太い声が浴びせられ、数人の侍がやって来た。男たちは驚きの表情で言い訳を並べたてたが、侍たちに襟首《えりくび》を掴まれて引っ立てられていった。周囲の者は関わりを恐れ、誰もが目を背《そむ》け、知らぬ顔を決め込んでいた。

万人恐怖、義教は京都市中に密偵を放ち、不平不満、悪口雑言《あっこうぞうごん》を言う者を厳しく取り締まっているようだ。

万寿王丸が唖然《あぜん》として立ち竦《すく》んでいると、若菜がやって来た。三人は市から出て小さな稲荷《いなり》に入る。境内《けいだい》に誰もいないのを確かめてから、若菜が言った。

「赤松満祐、やはり、戦々恐々《せんせんきょうきょう》としておるようでございます」

「よし、赤松を使うか」

不二丸は腕組みをした。

「さくらの者たちは今月中頃には集まります」

若菜は言い添えた。

襲撃を生き延びたさくら一族の男女、三十人余りが遊行僧、旅芸人、行商人などに身をやつして都を目指していた。

「赤松をいかに動かすか……」

不二丸が思案していると、

「赤松に叛旗《はんき》を翻《ひるがえ》させるのはよき考えですが、そうなると、室町殿は赤松に討伐軍を差し向けるでしょう。いくら疎んじられているとはいえ、赤松が室町殿の大軍を相手に、自滅するような戦をするでしょうか」

若菜は危ぶんだ。

「室町殿は赤松を討伐する好機と捉《とら》えるだろうな。となると、赤松に室町御所を夜討ちさせるか……それなら、勝機はあろう」

不二丸の考えを咀嚼《そしゃく》するように、若菜は目を凝《こ》らした。

すると、

「駄目《だめ》じゃ」

万寿王丸が反対の声を上げた。

不二丸と若菜が顔を向けると、

「都の民《たみ》が災いを被る。家が焼かれ、大勢の人が死ぬ」

万寿王丸は言った。

「御所だけを焼くのでございます。戦火を都に広げさせませぬ」

不二丸が説得にかかると、

「戦は怖い。人の心を変えてしまう。二人の兄は、とても優しかった。それが、猛々《たけだけ》しくなり、花を愛《め》でる気持ちも失ってしまわれた。鎌倉も業火《ごうか》に焼かれたではないか」

万寿王丸は断固として御所襲撃を拒絶した。確かに、血に飢えた野獣となった将兵は、御所を焼くだけでは収まらないだろう。勢い余って、京都市中の家々を破壊し、略奪を行い、女を犯す。

「若さま、その通りでございますね」

若菜は万寿王丸に賛同した。

「ならば、室町殿のお命を狙うか……いや、それも至難《しなん》だな。室町殿は警護厳重であろう」

不二丸が考えあぐねていると、

「室町殿は、様々なお大名のお屋敷に招かれるでしょう」

若菜が言った。室町殿は自分を饗応《きょうおう》させることで、忠義を試しているのだ。

「それなら、赤松邸に室町殿を招いてもらってはどうかしら」

さらりと若菜は考えを述べ立てたが、

「室町殿が赤松の屋敷に行くものか」

にべもなく不二丸に否定され、

「そうよね」

あっさりと若菜は引き下がった。

「いや、諦《あきら》めてはならぬな。室町殿が赤松邸に招かれる術《すべ》を考えよう」

不二丸は気を取り直した。

しかし、言うは易《やす》し、二人とも妙案が浮かばず黙り込んだ。

二人の沈黙を万寿王丸が破った。

「万寿を使ってはどうじゃ」

若菜は口をあんぐりとさせた。不二丸も息を呑む。

「赤松が万寿王丸を捕縛した、と、室町殿に報告させればよい。ついては、結城合戦勝利の宴《うたげ》の戦利品に万寿王丸を供すると、赤松の使者に口上《こうじょう》させるのじゃ」

すらすらと万寿王丸は考えを述べ立てた。

「若さま、お命が危のうございます。赤松は室町殿に取り入ろうと、若さまのお命を奪うかもしれませぬ」

若菜は賛同を求めるように不二丸を見た。不二丸は万寿王丸に視線を注ぎながら、

「それほどのご覚悟をなさっておられるのですな」

しみじみと言った。

「命を賭《と》して戦うべきじゃ」

確固たる決意を示すように万寿王丸は目を凝らした。

それでも、若菜の顔は曇ったままだ。

「不二丸、手助けをしてくれ」

万寿王丸は頭を下げた。

不二丸は表情を引き締め、

「承知いたしました。但《ただ》し、わたしは自分の役目を果たします。鎌倉公方家、足利基氏公の血は絶やしませぬ」

と、決意を語った。


三日後の昼下がり、万寿王丸と不二丸は西洞院《にしのとういん》一条にある赤松満祐の屋敷にやって来た。周囲に堀を巡らし、高々とした練塀《ねりべい》が何人《なんぴと》をも拒むようだ。屋敷の四方に唐門《からもん》が設けてある。

万寿王丸と不二丸は、主殿《とのもり》の広間で赤松満祐と対面した。万寿王丸が、まごうかたなき鎌倉公方足利持氏の遺児である証《あかし》、鞘《さや》に足利家の家紋二引両《ふたつひきりょう》が描かれた短刀と、鶴岡八幡宮の護符《ごふ》を示した。護符の中には、万寿王丸誕生を祝う持氏直筆《じきひつ》の文書が入っていた。

薄い紺色の素襖《すおう》に身を包んだ満祐は頭を丸め、人並み外れた短軀《たんく》であるため、三尺入道《にゅうどう》と揶揄《やゆ》されている。

播磨、備前《びぜん》、美作《みまさか》の守護を兼ね、侍所頭人《さむらいどころとうにん》の職も務めた。管領を務められる細川、斯波《しば》、畠山《はたけやま》の三管領家、侍所頭人を担う赤松、一色《いっしき》、山名、京極《きょうごく》の四職《ししき》の一家の当主、本来であれば室町殿を支える重臣だ。

万寿王丸を一段高い御座《ござ》の間に据え、満祐は向かい合わせに端座《たんざ》した。広間は風通しがいい。手入れの行き届いた庭の木々の枝がしなり、蟬時雨《せみしぐれ》にも風情《ふぜい》が感じられた。

「鎌倉殿のご遺児が都に来られるとは、いかなる次第でござるかな」

頭をてからせながら満祐は不二丸に問いかけた。不二丸が答える前に、

「室町殿、足利義教を討つためじゃ」

万寿王丸が言った。

満祐は、ぎょろりとした目で万寿王丸を見返し、

「ほほう、それはそれは」

と、扇を広げ自分をあおいだ。

不二丸が半身を乗り出して訴えかけた。

「赤松さま、お力を貸してくだされ」

「わしに謀反を起こせと申すか」

扇を閉じ、満祐は肩を怒らせた。

「赤松さまは、かつて先々代室町殿の義持公《よしもち》に謀反されたではありませんか」

満祐は先々代将軍足利義持に叛旗を翻した。義持が満祐と同族の赤松持貞《もちさだ》を寵愛《ちょうあい》し、播磨国

を将軍直轄《ちょっかつ》として代官職に就《つ》けようとしたためである。この時は、管領や幕府重臣が仲裁し、持貞が切腹することで事態は収まった。

「申すのう。いかにもわしは謀反をした。今の室町殿からも疎まれておる。播磨を召し上げられるとの噂もある。そんなわしゆえ、目をつけたのだな」

「赤松さま、座して死を迎えられるおつもりでございますか。命を賭し、万人恐怖の政を終わらせませぬか」

不二丸は声を大きくした。

「兵を挙げるには播磨に戻らねばならぬ。じゃが、わしが播磨に戻れば、室町殿は疑念の目を向けてくる」

「この御屋敷に室町殿をお招きなさってはいかがでしょうか」

不二丸が満祐の目を見て言う。

「室町殿が我が屋敷に御成《おな》りになるわけがなかろう。あの用心深いお方が……」

満祐は鼻で笑った。

不二丸は、ちらっと万寿王丸に視線を向けた。

「万寿を使え」

万寿王丸の言葉を引き取り、不二丸は続けた。

「万寿王丸さまは、畏《おそ》れ多くもご自分が餌《えさ》になってもよいとお考えなのです。万寿王丸さまを生け捕りにした、ついては結城合戦戦勝の宴を催《もよお》したい、と、室町殿の御成りを仰いではいかがでしょうか」

満祐は万寿王丸をしげしげと見つめてから言った。

「それは、面白い。室町殿も、それならおいでになるに違いない」

次いで何度もうなずいてから続けた。

「万寿王丸さま、わしは裏切るかもしれませぬぞ」

不敵な笑みを満祐は浮かべた。

「構わぬ。裏切りたくば裏切れ」

万寿王丸は強い口調で返した。

「さすがは鎌倉公方家の御曹司《おんぞうし》じゃ。うむ、よろしかろう。この入道も腹を括《くく》りましたぞ。共に室町殿、くじ引き将軍足利義教の首級《しゅきゅう》を挙げましょうぞ」

満祐は呵々《かか》大笑《たいしょう》した。

「赤松、頼むぞ」

御座の間に座す八歳の万寿王丸には、すでに風格が漂っていた。

「さて、策を巡らさねばならぬな」

楽しそうに満祐は両手をこすり合わせた。

「万が一にも討ち漏らすことのないように、くれぐれも慎重にやりましょうぞ」

不二丸が興奮を抑えつつ言う。

「おお、義教を討ち取り、鎌倉公方家を再興させようぞ」

満祐は意気軒昂《けんこう》となった。

万寿王丸は表情を引き締めた。

四

六月二十四日の夕暮れ、将軍足利義教は赤松満祐の屋敷を訪れた。管領細川持之《もちゆき》をはじめ、畠山持永《もちなが》、山名持豊《もちとよ》、一色教親《のりちか》、細川持常《もちつね》、大内持世《もちよ》、京極高数《たかかず》、山名熙貴《ひろたか》、細川持春《もちはる》、赤松貞村《さだむら》らを伴っている。いずれも義教によって家督《かとく》相続ができた者たちだ。他に相伴《しょうばん》役として公家《くげ》正親町《おおぎまち》三条実雅《さねまさ》がいた。

さながら、花の御所が移ってきたような賑わいである。

御座の間に座した義教は機嫌がいい。切れ長の目を神経質そうにしばたたかせながらも、微笑《ほほえ》みを浮かべていた。笑顔ではあるが、薄い唇が酷薄《こくはく》そうである。

白地無紋の絹の大紋《だいもん》が涼しげで、御座の間で横に座す正親町三条実雅が、白の衣冠束帯《いかんそくたい》姿で対《つい》を成していた。

夕風が吹き込み、涼《りょう》を運んでいる。

各々の家紋を描いた大紋に身を包んで居並ぶ廷臣《ていしん》たちの前に満祐は座して、義教に挨拶をした。型通りの挨拶に続いて、結城合戦の戦勝を祝す。板敷に満祐の短い影が引かれる。

義教は鷹揚《おうよう》にうなずいてから語り出した。

「これで、関東は片付いた。三年遅れたがな」

三年前の鎌倉公方足利持氏討伐の際に遺児たちも残らず殺しておけば、今回の合戦をする必要はなかったと義教は言った。諸将の間から、関東の武将たちの弱腰をなじる声が上がった。

義教は続けた。

「いや、三年前ではない。九年前に始末をつけておくべきであったわ」

「富士遊覧の折にでございますか」

満祐の問いに義教は首だけ向けた。顎を少し上げ見下すような目だ。眉間に憂鬱な影が差した。続いて、

「持氏め、肝《きも》の小さな男であったわ。わしは、憲実に持氏に謀反させるよう命じた。憲実めは、渋りおった。ならばと、鎌倉公方家と疎遠になっておる者どもと主従関係を結び、そ奴らに持氏に逆らわせた。持氏、実に他愛もない男であったわ。わしへの叛意を膨らませ、自滅しおったわ」

義教は己が才知を誇った。

満祐は追従《ついしょう》笑いを浮かべて問いかけた。

「持氏公のご遺児、万寿王丸君が喜連川に匿われておること、よくぞ、突き止められましたな」

「まあ、それはともかく、万寿王丸を匿っておった喜連川のさくらの里は、鎌倉公方家と関わりがあるのか」

義教は問い直した。

「申し訳ございません。拙者《せっしゃ》、関東の情勢には疎く、お答えできませせぬ」

てかった頭を下げ、満祐はわびた。

「存じておる者はおらぬか」

義教は廷臣たちを見回した。

答えられる者はいない。目を伏せ、義教と視線が交わらないように努めていた。

義教は、怒りはせず、

「ならば、憲実に確かめるか」

関東管領ならば存じておろうと、義教は言って続けた。

「余《よ》は将軍の威を強くする。関東、奥羽、九州も将軍が治めるのじゃ」

これまでの室町幕府の有り様《よう》を変えると、義教は宣言した。室町幕府は奥羽、関東、九州は遠国《おんごく》としてそれぞれに公方、探題《たんだい》を置いて、その地の政には介入しないできた。それを義教は日本全国を将軍の一元支配にすると言っているのだ。大広間は静まり返った。しわぶき一つ立たず、緊張の糸が張られた。

異を唱える者などいない。

「して、持氏の倅《せがれ》、生け捕りにしたのだな」

義教は、酷薄そうな唇を歪めて満祐に確かめた。

「はい。御前《ごぜん》に侍《はべ》らせますが、一つ趣向《しゅこう》を設けましてございます」

「いかなる趣向ぞ」

義教はにんまりとした。

「それは、お楽しみということで」

満祐もにんまりとする。

「であるか」

義教は応じた。

満祐は酒と肴《さかな》を運ばせた。

白拍子《しらびょうし》たちが酌《しゃく》をし、饗応の宴が始まった。


万寿王丸と不二丸は、能舞台脇にある納戸《なんど》の隙間から義教を見ていた。

「あれが、義教か」

目を凝らし、万寿王丸はしげしげと見入った。

「天魔王《てんまおう》と呼ぶ者もおるそうでございます。なるほど、人を虫けらのように殺せる酷薄そうなお顔ですな」

不二丸は高ぶる気持ちを抑えながら言った。

「みな、義教を見ておる」

居並ぶ廷臣たちは義教に合わせて笑い、相槌《あいづち》を打っていた。満祐の声は大きい、しかもよく通るのでここまで届いてくる。興に乗り、義教の声も大きくなっていた。

万寿王丸がさくらの里に匿われていることを、義教が突き止めた話題に及んだところで、

「遊行の者……」

不二丸は唇を噛んだ。

万寿王丸の顔も歪んだ。

「さくらの里にやって来た、踊り念仏の者ども、室町殿の忍びであったのでございますな」

「あの者たちが忍びであったのか……みな、楽しげに里の者と交わっておったではないか。信じられぬ。あの者たちも義教の兵どもにむごたらしく殺されたぞ」

驚きと疑念を入り混じらせ、万寿王丸は拳を握り締めた。

「使い捨てたのでございましょう。室町殿は遊行の者の口を塞《ふさ》いだのです。自分の忍びであるとはわからなくするためでございます」

「なんという惨いことを」

万寿王丸は怒りで全身を震わせた。

「まさしく天魔王でござります。人を利用して、使い捨てる」

相模《さがみ》の藤沢にある遊行寺は時宗の総本山である。義教によって、関東における忍びの拠点になっているのだろう。

遊行僧を使い、鎌倉府、関東の諸将の動静について、義教は摑んでいたのだ。


若菜は屋形の裏手にある遠侍《とおさぶらい》にやって来た。義教と廷臣たちが連れて来た警護の侍が待機をしている。彼らにも酒が振る舞われていた。

しかし、みな、手酌《てじゃく》で飲む殺風景さだ。そこへ、白拍子に扮した若菜が、さくらの女たちを連れて入った。侍たちは相好《そうごう》を崩した。

「みなさん、お疲れさまです」

若菜たちは酌を始めた。


日が落ち、能が演じられた。

舞台の周辺には白砂が敷き詰められ、篝火が焚かれている。舞台を中心に玄妙《げんみょう》な雰囲気が醸《かも》し出された。

義教は冷然とした目つきで見ている。

廷臣たちの中にはあくびを嚙み殺している者もいた。義教の目に入れば、たちまち勘気《かんき》を被り、所領全てとまではいかずとも、どれだけかは没収されてしまう。便意を催《もよお》し、席を外すことも憚《はばか》られた。義教御前の酒宴は苦行《くぎょう》の場であった。

そんな緊張の内に演目は進み、「鵜飼」が始まった。夜風は湿り気を帯びて生暖かく、まとわりつくようだ。

笛の音が響き渡る。

旅の僧が供の者を従え、橋がかりを渡って舞台に立った。二人は甲斐の石和川《いさわがわ》の畔《ほとり》に着いたが、旅の者には宿を貸してはならないという決まりにより、川近くの御堂《みどう》に泊まる。すると宿には夜な夜な光るものが出没するという。

やがて前シテの鵜使いが現れた。

風折烏帽子を被り、黒の漁服、腰蓑をまとった鵜使いは小柄だ。しかも老人の役どころなのに幼子《おさなご》である。幼子は手縄を操るような所作をした。

御座の間の義教は腰を浮かし、

「入道、あれは子供ではないか。子供にしては鵜使いの真似《まね》、巧《たく》みじゃが……」

と、満祐に問いかけた。

「万寿王丸でございます。鎌倉殿の御曹司を鵜使いに身を落とさせ、首を刎ねます」

満祐の答えに、

「であるか」

義教は満足そうに微笑んだ。

と、不意に風が強くなった。篝火が大きく揺れるや倒れた。白砂に火の粉が舞い落ち、闇が濃くなる。強風は広間にも吹き込み、みな、大紋の袖で顔を覆《おお》う。廷臣の中には立烏帽子《たてえぼし》が吹き飛ぶ者もいた。

「なんじゃ、時節違いの野分《のわき》か」

義教が不快な声を発する。

すると、舞台の周りに赤い怪火が点滅した。

コンコンという狐の鳴き声が聞こえる。万寿王丸が持つ手縄が変化《へんげ》し、巨大な九尾の狐となった。

「おのれ、妖怪!」

義教は小姓《こしょう》から太刀《たち》を受け取り、広間に降り立つや広縁に走り出た。

遠侍で控える侍たちの中には酔い潰れる者も出てきていて、舞台の異変に気づく者はいない。そして若菜たちを抱き寄せようとする者たちの酔眼《すいがん》に映るのは、煌《きら》びやかな白拍子ではなく、狐面をつけた男たちだった。

「狼藉者め」

何人かの侍がよろめきながらも立ち上がる。狐面のさくらの者たちが太刀を抜き、侍たちを斬り伏せていった。

「万寿王丸、妖怪と成り果てたか」

怒声《どせい》を放つ義教の前に一枚の書付が舞い落ちた。義教は拾い上げた。持氏が鶴岡八幡宮に奉納した血の願文だった。

頰を引き攣らせ、義教は願文を破ろうとしたが破れない。義教のこめかみに青筋が立った。

「万人恐怖よ、去れ！」

万寿王丸は叫んだ。

妖《あやかし》のような狐が、九つの尾を振りながら義教に飛びかかった。義教は恐怖の悲鳴を上げる。狐は義教を咥えた。義教の口から叫びが糸を引き、やがて真っ赤な血が溢れ出た。

「さくら流狐騙《だま》し」

千古の不二丸は抜き放った太刀を血ぶりし、鞘に納めた。満面に笑みが広がり、頰に笑窪ができた。鍔《つば》鳴りと共に闇が晴れる。篝火が能舞台を照らし、舞台上では変わらず、「鵜飼」が演じられていた。

ただ、異変は起きていた。

将軍義教の首が広間に転がっているのだ。切れ長の目が見開かれ酷薄そうな口が半開きになっている。廷臣たちが驚き騒ぐ。赤松家の家臣たちが殺到し、廷臣たちを斬りまくった。

血の海と化した広間で凄絶《そうぜつ》な殺戮が繰り広げられた。


後日、赤松満祐は義教謀殺に及んだわけを聞かれ、狐に憑かれたと答えたそうだ。しかし、万寿王丸については一言も言及していない。万寿王丸を庇《かば》ったのか、満祐の記憶から消えたのかは不明である。

また、用心深い義教が疎んじている満祐の招きを何故受けたのか、義教の慢心だと世間の者は揶揄した。

慢心ではなく、満祐から鴨の子が沢山生まれたので見物なさいませぬか、と誘われたという伝聞もある。当日、義教が鴨を見物したかどうかは定かではない。

赤松家の家来は義教襲撃の合図に、邸内の厩《うまや》から馬を放った。それに驚いた義教警護の侍たちが暴れ馬を屋敷外に出すまいと門を閉じたそうだ。その騒ぎに義教が不審感を抱いた直後、赤松家の家来たちに乱入され、首を落とされた、と伝える記録もある。

後に赤松満祐が討たれ、義教と共に赤松邸に招かれた者たちも恐慌をきたしていたとあって、事変の様を正確に伝えられる者はいない。

京から逃れた万寿王丸は、信濃の豪族大井持光に匿われた。宝徳《ほうとく》元年（一四四九）、八代将軍義成《よししげ》（後の義政《よしまさ》）の諱を授けられ、成氏《しげうじ》として元服した。

また、義教死後から関東の諸将が幕府に鎌倉府再興を嘆願し続けており、成氏元服を機に許される。同年、鎌倉府が再興されると、成氏は公方として鎌倉入りする。兄春王丸から託された鎌倉公方家の血を絶やさず、誇りを蘇らせたのだ。

鎌倉公方となった成氏は関東管領を務める山内《やまのうち》上杉家、扇谷《おおぎがやつ》上杉家と対立、享徳《きょうとく》の乱が勃《ぼっ》発《ぱつ》した。乱の最中、成氏は本拠を下総古河《こが》に移し、以後、古河公方と呼ばれ、基氏以来の足利の血脈を伝えてゆく。

第二話　清き流れの源へ

——堀越《ほりごえ》公方滅亡

川越宗一

一

夏の陽に青く光る水田が、川の際《きわ》まで広がっている。

「茶々丸《ちゃちゃまる》さま、茶々丸さま――」

伊豆を南北に流れる狩野川《かのがわ》のほとりで、ひとりの女が人を探していた。名を、皐月《さつき》という。歳は十九。薄紅《うすべに》色の小袖《こそで》を纏《まと》い、きょときょとと左右へ首を振りながら川沿いを歩く。

一帯は、堀越《ほりごえ》と呼ばれている。交通の要所で小振《こぶ》りな街があり、また清さで知られる狩野川の水のおかげで実り豊かな地だった。

その堀越に、塀を巡らした豪壮な第《やしき》がある。鎌倉公方《くぼう》足利政知《まさとも》の居宅で、堀越御所と通称されている。

皐月は、吹けば飛ぶ埃《ほこり》のような身分ながら運よく奉公が叶《かな》い、侍女《じじょ》として半年ほど前から堀越御所に住み込んでいた。

「茶々丸さまァ」

呼ばわりながら歩いていると、川岸にぽつねんと座る人影を見つけた。

「皐月でございます。こちらにいらしたのですね」

いそいそと近づくと、人影が立ち上がった。

「やあ、皐月か」

茶々丸はどこか寂しげな顔を向けてきた。拍子《ひょうし》に豊かな前髪が揺れる。袖と胸に赤い菊綴《きくとじ》を付《ふ》した、青い紗《しゃ》の水干《すいかん》という童形《どうぎょう》だが、背は皐月より高い。歳はもう十六になる。

茶々丸の父、政知は、二代前の将軍足利義政《よしまさ》の兄にあたる。つまり茶々丸は足利将軍家の一門であり、ひとりで出かけてよい身分ではない。

「供も連れずに出歩かれては、危のうございます」

さも困惑していたかのように眉根《まゆね》を寄せ、皐月は見上げた。茶々丸の格好は貴人そのものだから、強盗にでも出くわしたらどうしようと心配していた。

「どうして、ここがわかった」

「どうして、いつもひとりで川へ行かれるのですか」

問い返す形で答えると、茶々丸は笑った。身分の隔《へだ》てを感じさせぬ無邪気なその笑《え》みは、いつも皐月の心を洗ってくれた。

「帰りましょう。御所さまも御台《みだい》さまも、心配しておられます」

御所は政知を、御台はその正室竹子《たけこ》を指す。ただし茶々丸を産んだ政知の側室は、もう亡くなっている。

「嘘だ」茶々丸の顔が崩れるように曇《くも》った。

「父上も母上も、さようなことを仰《おつしや》るはずがない」

確かに、嘘だ。いまの堀越御所で本当に茶々丸の身を案じているのは、皐月しかいない。

茶々丸は長男であるが、実父の政知は竹子と生《な》した次男潤童子《じゆんどうじ》、三男清晃《せいこう》を溺愛《できあい》していた。竹子に至っては、長男を愛する理由がないといちいち公言している。

「私は元服も許されず、廃嫡《はいちやく》すらされたのだ。いまさら何の心配をされようか」

茶々丸は唇を噛んだ。

三年前、政知は長男の茶々丸ではなく、次男の潤童子に後を継がせると決めた。これには長い経緯《いきさつ》がある。

もともと鎌倉公方の職は、足利将軍の初代尊氏《たかうじ》の子、基氏《もとうじ》の子孫が世襲していた。やがて鎌倉公方は京の将軍と対立して滅ぼされたが再興し、職も継ぎ続けた。

その後、八代将軍の足利義政は、鎌倉公方の内紛に乗じてこれを攻め、下総古河《しもうさこが》に逐《お》った。また兄の政知を新たな鎌倉公方に任命して東へ送った。

ただ関東の諸人は古河に移った旧《もと》の鎌倉公方を慕《した》い、政知に従わなかった。政知は伊豆堀越を拠点として古河方と長く抗争したが、京で応仁の大乱が始まって義政の支援も得られず、和睦《わぼく》となった。

——鎌倉公方は古河、堀越に並立する。堀越方は伊豆一国のみを領国とする。

誰が見ても不可解な条件で、両鎌倉公方は和睦した。京の意向に踊らされ、実質的に古河に敗れて小さな伊豆一国に押し込められた政知は、鬱屈《うっくつ》を募《つの》らせた。

転機は、またも京からやってきた。

義政の命で、政知三男の清晃が京の天竜寺《てんりゅうじ》に入ることになった。もし将軍職をめぐる政争があれば、清晃にも将軍就任の可能性があるかもしれぬ。

そのため三年前、政知は自分の後継を清晃と同母の次男、潤童子に定めた。同母という強い紐帯《ちゅうたい》を持つ将軍と鎌倉公方が協同し、全国の大名に号令して古河を討ち、関東を平定する。そのような絵を政知は描いていた。

ただし茶々丸に廃嫡されるほどの落ち度はなく、潤童子には兄に優先するほどの美点がなかった。堀越の家臣も伊豆の諸人も、廃嫡を非理《ひり》と感じ騒然とし、政知は人望を失っていった。諫死《かんし》する家臣が出ると、政知と竹子は悔《く》い改めるどころか、あからさまに茶々丸を疎《うと》んじはじめた。もはや二人には長男が、家を割る不吉な火種にしか見えなくなったらしい。

そして昨年、九代将軍の急死に伴い、将軍後継の問題が京で持ち上がった。望みが薄いと思われていた政知の子清晃は、将軍側近の伊勢家、重臣の細川家に担《かつ》がれて本当に将軍候補となった。このときは、元将軍として影響力を保っていた義政の反対で別の者が十代将軍となったが、政知は意を強くした。

さらに半年前には、義政も死去した。清晃はまだ十歳と幼い反面、将軍候補としての息は長い。また伊勢家、細川家とも支持の姿勢を崩していない。清晃の将軍就任を、政知と竹子は期待し続けた。同時に、茶々丸には元服すら許さず、その大人びた心身を童形に押し込めたまま、公然と無視した。

「私は――」

狩野川のほとりで、茶々丸は声を震わせた。

「家族や、多くの奉公人がいる堀越の御所で、いないも同然だ。その私を、誰が心配するのだ」

「あたしが心配しては、いけませぬか?」

皐月は、じっと茶々丸を見つめた。茶々丸は「そういうわけではないが」と俯《うつむ》き、それからぽつりと言った。

「ともかく、探しに来てくれてありがとう」

素直な茶々丸が好もしくも、また哀れにも、皐月には思えた。

「そういえば、皐月はさっき問うたな。なぜいつも私が川に行くのかと」

御所では誰とも話さぬ茶々丸は、皐月だけには口をきく。皐月のほうから、身辺の世話の合間に朗らかに話しかけ続け、やっと心を開いてくれた。

「この狩野川は」茶々丸は上流を指差した。

「険《けわ》しい天城《あまぎ》の山に源《みなもと》を発する。遡《さかのぼ》るとたいそう美しい清流になるという。山中ゆえ、煩《わずら》わしい人もいない。いつか行ってみたいのだが行けぬから、せめてと思ってこの川原に来るのだ」

あ、と茶々丸は声を継いだ。真鴨《まがも》のつがいが、川面《かわも》に降りて浮いた。

「もう少し、川を見て行かれますか」

そう言ってやると、茶々丸は嬉しそうに川縁《かわべり》に腰を下ろした。

皐月は数歩下がって見守った。川面に、草に、澄んだ夏の光が跳ねている。微風《そよかぜ》が暑気を吹き流し、背後の繁みを戦《そよ》がせていた。穏《おだ》やかで、心地《ここち》よかった。

ふと気づいた。皐月は内心で舌打ちし、耳を澄ませる。

繁みの戦ぎの中に、人の立てる葉擦《はず》れが確かにあった。押し殺した荒い呼吸も聞こえる。金属が軋《きし》み、滑《すべ》る音がした。おそらく抜刀した。

潜《ひそ》むことには不慣れらしいが、こちらを襲うつもりであることは確かだ。目的も腕前もわからないが、もし強盗であれば、少し脅《おど》しせば逃げるだろう。

皐月は懐《ふところ》に手を差し込んだ。釘、と何となしに呼び習わされている長さ五寸ほどの投げ矢を忍ばせてある。

茶々丸は川面を見つめていて、こちらに背を向けている。

皐月は鋭く身体《からだ》を翻《ひるがえ》し、背後の気配に釘を投じた。野太い悲鳴が上がり、茶々丸が振り返ったときには、皐月はいかにも気弱な女子《おなご》らしい怯《おび》え顔を作った。

「何やつか、出てきなされ」

気丈《きじょう》な侍女を装って繁みに声を張ると、返事の代わりに男が躍《おど》り出てきた。色褪《いろあ》せた筒袖《つつそで》に萎烏帽子《なええぼし》という貧相な格好だが、その太刀《たち》の持ち方には兵法《へいほう》の心得を感じさせた。さっきの釘を左肩に突き立てたまま、男は茶々丸を目がけて猛然と走る。

逃げぬなら、盗賊ではない。そう考えながら皐月は擦《す》れちがいざま、男の後ろ襟を摑《つか》んだ。素早く両腕を回して頭に絡《から》ませ、首をへし折る。男は嫌な音と奇妙な呻《うめ》きを残して、吊り糸を切った傀儡《くぐつ》のように脱力した。

皐月はもろとも倒れ込んだ。多少の馬鹿馬鹿しさを感じながら死体と揉《も》み合い、奪った刀を背に突き立てた。大袈裟《おおげさ》に息を吐《つ》きながら顔を上げる。

茶々丸が、静かに流れる夏の川を背にして茫然《ぼうぜん》と立ち竦《すく》んでいた。

「ご無事ですか、茶々丸さま」

皐月は慌《あわ》てる素振《そぶ》りを演じ、茶々丸に駆け寄る。自分は堀越御所の中ではただの侍女だ。うまく取り繕《つくろ》えたか定かではないが、別の何者かに疑われてはならない。

「皐月こそ大丈夫か。けがはないか」

茶々丸は、卑《いや》しい侍女ごときを気遣《きづか》ってくれる。よい心根《こころね》をしている、とこれは偽《いつわ》りなく思った。

「強盗でしょうか。恐ろしいことです。あたし、もう必死で。人を殺《あや》めるなど初めてで」

茶々丸は、口を動かしてごまかす皐月ではなく、動かぬ男の死体を凝視《ぎようし》している。

「あやつは、私を狙っていた。私だけを見て、襲いかかろうとしていた」

「あの顔に、お心当たりは」

茶々丸は首を振った。

「この伊豆で、鎌倉公方さまのお子を手に掛けようとする不届き者などおりましょうか」

「二人だけ、いる」茶々丸の顔は、蒼《あお》い。

「父上、それと母上だ」

皐月は驚いた顔を作ったが、見立ては同じだった。

「いや」茶々丸は激しく首を振った。

「そんな疑いは持つまい。子が親を疑うなどあってはならぬ」

ならぬ。ならぬ。ならぬ。茶々丸はかきむしるように頭を抱えてしゃがみ込み、嗚咽《おえつ》交じりに繰り返す。

「このことは内密にしてくれ。私も今後は、ひとりで出歩かぬ」

茶々丸は優しく、また聡《さと》い。この期《ご》に及んでも父母への孝心を捨てないし、茶々丸が襲われたとなれば、疑いの目が父母に向けられるとわかっている。それほど公然と、茶々丸は父母から排除されている。

「お言葉の通りにいたします」

居住まいを正して答えたが、皐月はひどく胸が痛んだ。

堀越の鎌倉公方に敵する古河方の配下に、さくらという忍びの一族がいる。

皐月は、そのさくらが堀越御所に潜《もぐ》り込ませた忍びだった。いま茶々丸を守ったのは、堀越方を二分する火種を絶やすな、と命じられているからだ。

堀越御所で茶々丸の身を案じているのは、皐月しかいない。

そしてこの世に、茶々丸の味方は一人もいない。

二

「余《よ》はの、盛時《もりとき》。そなたが伊豆に来てくれてよかったと思うておる」

広大な堀越御所の第《やしき》の一角、酒肴《しゅこう》の席に響いた楽し気な声は、開け放した木戸から夏の夜に抜けていった。

声の主《ぬし》は、足利政知。政知正室の竹子、次男の潤童子が並び、顎《あご》に薄い鬚《ひげ》を這《は》わせた侍が向き合っていた。その周囲には侍女たちが控えている。

政知は、くいと杯《さかずき》を持ち上げた。傍らに控えていた皐月は膝でにじり寄って、柄杓《ひしゃく》に注《つ》ぎ口を付けたような銚子《さしなべ》を傾けて酒を注《つ》ぐ。高価な下《くだ》り物の清酒《もろはく》が、燭台《しょくだい》の光にちらちらと光った。

注ぐ皐月に目もくれず、政知は話し続ける。

「鎌倉公方である余には、関東の静謐《せいひつ》を成すという大業《たいぎょう》がある。だが京より参ったゆえ、この地で股肱《ここう》と頼める臣がおらぬ。盛時の助力があれば、一万騎の加勢にも勝《まさ》る」

侍、伊勢新九郎盛時は、精悍《せいかん》な面構《つらがま》えを崩さず、「は」とだけ控えめに応じた。将軍側近を務める伊勢家の庶流《しょりゅう》で、当人も将軍の申次衆《もうしつぎしゅう》であるなど、京の政界に近い。それに何より、伊勢の本家は清晃を将軍に推《お》している。

「盛時には今川への義理もありましょうが」

粘《ねば》っこい口調で割り込んだのは、政知の左に座る正室の竹子だ。

「鎌倉公方は、関東で将軍の権を代行するお立場。いざとなれば小さな筋を飛び越えてお支えし、大きな忠を尽くしませ」

伊勢盛時は、昨今の政情を体現するような複雑な立場にある。京で将軍に仕えていたが、伊豆の隣、駿河《するが》の守護今川家の家督《かとく》争いを調停するため駿河へ下った。見事な手腕で甥《おい》に今川家を継がせると、その後見《こうけん》として堀越に近い伊豆の興国寺《こうこくじ》城に居住している。将軍と伊勢の本家、今川家、そして伊豆堀越の公方。この四者に、盛時は器用に従っていた。

「この盛時、一朝《いっちょう》事あらば骨身を砕き、大義に殉《じゅん》ずる覚悟でございます。御所さまが仰せの関東静謐こそ、上様（将軍）の御意《ぎょい》にも適《かな》う大義と心得ており申す」

政知は「うむ」と満足げに唸《うな》った。盛時は竹子の言う忠の語を、おそらく意図して大義と言い換えていた。それに政知は気づいていない様子だった。

「京にも、ようよう言うてくれよ。将軍には、わが子清晃こそふさわしい」

「鎌倉公方はこの潤童子が継ぎます。兄弟仲睦《なかむつ》まじく日《ひ》ノ本《もと》を治めれば、関東どころか全土が静謐となりましょう」

竹子の言葉に、その左に胡座《こざ》する潤童子が無邪気に頷《うなず》いた。まだ十二歳に過ぎず、話を大人ほどは理解できていないと顔で示していた。学問がやや苦手らしいことと、両親の異常な寵愛《ちょうあい》を受けているほか、何の特徴もない少年だった。

「茶々丸さまは、ご壮健であられますかな」

杯を干した盛時が尋《たず》ねた。皐月は銚子を捧げ持って膝行《しっこう》する。

「元気ですよ。いまも居室に籠《こも》って学問をしてあらしゃる」

背後から聞こえた竹子の声に、皐月は怖気《おぞけ》が立った。数日前、刺客《しかく》を送って殺そうとした茶々丸について、さも嬉しそうに言う。そのくせ、この場に茶々丸を呼ばぬことが、茶々丸を疎んでいる証《あかし》になるとは露ほども気づいていない。冷酷で、そして愚かだ。

「仕えるべき弟のため、役に立とうと励んでおるのでしょう。生真面目《きまじめ》な兄を持った潤童子は幸せ者です。ほんに楽しみなこと」

それは重畳《ちょうじょう》でござる、と謹厳《きんげん》に頷いた盛時は、底意の知れぬ光を一瞬だけ目に湛《たた》えた。皐月が銚子を掲げると「すまぬ、いただこう」と杯を上げてきた。

「何をしておる！」

政知が苛立ち交じりに怒鳴《どな》った。皐月が注いだ酒は盛時の杯から勢いよく溢《あふ》れ、その折り目正しい直垂《ひたたれ》を濡らした。控えていた侍女たちは虫が這うように膝行し、盛時に群がる。

「申し訳ございませぬ。手元がつい」

　板敷の床に手を置き、皐月は叫ぶ。許しを請《こ》うような目を作って見上げると、盛時は静かな面《おも》持《も》ちで侍女たちに衣服を拭《ふ》かせていた。

「盛時は余の客ぞ。その盛時への粗相《そそう》は余に泥をかけるに等しい。詫《わ》びよ、もっと詫びよ」

　政知が堰《せき》を切ったようにがなり立てる。よほど盛時を気に入っているらしい。

「御所さま」盛時は毅《き》然《ぜん》とした声で言った。

「拙者《せっしゃ》とて武門の端くれ、戦陣で血を浴びてこそ本懐《ほんかい》であり、宴で酒に濡れるごとき何ほどでもございませぬ。どうかお平らかに。お鎮《しず》まりくだされ」

　その静かな迫力に圧《お》されたのか政知が黙り込むと、盛時は皐月に顔を向けた。

「疲れておったかね」

　皐月がわざと酒をこぼした相手は、柔らかく微笑《ほほえ》んだ。貴人にありがちな、卑しい者を侮《あなど》る気配は微塵《みじん》もなかった。

「御所さまのお手前で儂《わし》が申すのもなんだが、少し休むとよかろう」

「申し訳ございませぬ。申し訳ございませぬ」

　盛時の眼光、表情、仕草《しぐさ》を観察しながら、皐月は詫びを繰り返した。

「すまぬの、盛時。では気を取り直して、今宵は飲み明かそうぞ。談じたきことは山ほどある」

　政知は竹子にねっとりした目配せを送り、それから侍女たちへ虫でも払うように手を振った。竹子は潤童子を連れて立ち上がり、皐月と侍女たちはその後に続く。

ひょう、と風が鳴ったのは、子供と女たちが広い縁側へ出たときだった。

「風もないのに、おかしなこと。物《もの》の怪《け》であろうか」

京につながる実力者と話せて機嫌がよいのか、竹子は珍しく冗談めいたことを呟《つぶや》き、奥向きへしずしずと進んでゆく。皐月は同僚に「厠《かわや》へ」と断ってひとり離れた。

外の夜は、政知夫妻の抱《いだ》く邪気をため込んだように蒸し暑く、淀《よど》んでいる。皐月は第を囲む縁側を行き、夜には人気《ひとけ》が絶える武具の間《ま》のあたりで、裸足《はだし》のまま庭に降りた。

仄《ほの》かな月光が滲《にじ》む闇に、植えられた庭木が黒い影となって立ち並んでいる。影の一つがゆらりと揺れた。

「息災《そくさい》か、皐月」

言葉と裏腹の冷たい声がした。皐月は黙って頷く。

三

「茶々丸を刺客から守ってやったそうだな、よくやった」

闇から現れたさくらの忍び、閼伽松《あかまつ》は言った。歳は知らないが三十絡《がら》み、逞《たくま》しい長身に頬を削《そ》いだような細面《ほそおもて》を乗せている。

「ありがとうございます」

労《ねぎら》いに、皐月は形だけ礼を言った。声が硬《かた》いとは自覚している。

閼伽松はさくらの頭領《とうりょう》の庶子《しょし》であり、堀越御所のことを任されている。月に二度ほど、潜入させた皐月に話を聞きに来る。風鳴りを真似《まね》た独特の声が、閼伽松の訪《おとな》いを知らせる合図だった。

皐月は、両親《ふたおや》の顔も知らぬ孤児《みなしご》だった。幼いころにさくらの一族に拾われ、死を意識するほどの厳しさで忍びの技を仕込まれた。真剣での稽古《けいこ》のあと、まだ薄かった胸を斜めに走った刀傷を、ひとりで縫《ぬ》ったこともある。左の下腕は、折れた骨の処置を仕損《しそん》じて僅《わず》かに曲がっている。

一年前、ひととおりの技量を覚えたと判断された皐月は、頭領の居宅に連れていかれ、居並ぶさくらの一族に適性を吟味《ぎんみ》された。

――顔は悪うないが、その身体では閨《ねや》には送れぬな。

無数の傷が這った皐月の裸体を感情のない目で一瞥《いちべつ》して、さくらの頭領は告げた。自分は人ではなく、さくらの道具なのだと思い知った。閼伽松はこのとき、隅で顔を背《そむ》けていた。傷が醜《みにく》く見えたのかもしれない。

それから皐月は、初めての任として堀越御所の内偵と茶々丸の護衛を命じられ、閼伽松の配下に組み込まれた。

「伊勢盛時が来ておるな。どんな男だった」

堀越御所を照らす月光のもとで、閼伽松が問うてくる。

「まず、傑物《けつぶつ》といってよいかと」

それから皐月は盛時について、見たことを説明した。

「なるほど、傑物か」闕伽松は思案する顔をした
「さすが、余所者《よそもの》の立場から駿河今川家の争いを収めただけのことはある。ただ、政知に諾々《だくだく》と従うとも思えぬ。今川の家督を甥に継がせる程度には、あやつも強《したた》かだ」

さて、と闕伽松は言った。

「茶々丸はどうしている。御所の内でおとなしくしているか」

「狩野川へ行けなくなり、寂しいようです。川の源、流れが清く、煩わしき人のいないところへ行きたいなどと申します」

「流れが清く、煩わしき人のいないところ」

闕伽松は嗤《わら》いながら反芻《はんすう》した。

「武士にあるまじき柔弱《にゅうじゃく》よの。まあよい。下手《へた》な刺客を使って白昼、殺そうとするとは、政知と竹子もいよいよ、なりふり構わなくなったようだな。こちらからも、そろそろしかけるか。

――皐月」

呼ばれて、身体がびくりと震えた。

「おぬし、政知の膳を運ぶことはあるか」

「ときおりは」

小さく答えると、闍伽松は懐から茶入ほどの小さな壺《つぼ》を取り出した。

「緩《ゆる》い毒を粉にしてある。服しても死なず、ただ身体が弱る。ひとつまみだけを毎日、政知の膳に振りかけよ」

「なぜ、すぐ殺さぬのです」

問うてから、皐月は自分に呆《あき》れた。自分は道具だ。問うても何の埒《らち》もない。だが闍伽松は、その道具に答えてくれた。

「急に死ねば、周囲に不審を残す。我らが守るべき古河の公方さまに嫌疑《けんぎ》が及ぶことになれば、却《かえ》ってまずい。死んで当然という状況を作ってから、政知には死んでもらう」

さくらの一族とは、何なのだろう。皐月はふと思った。古河も堀越も京も、鎌倉公方も将軍も、何なのだろう。みながみな、目に見えるものすべてを使って生き延びようとしている。こんな現世《うつつ》で、誰が生き延びられるのだろうか。

「俺は茶々丸の密使と偽って、伊豆の国人《こくじん》どもを集めておく。それが済めば、とどめの毒で政知を殺す。同時に国人に担がせ茶々丸を起たせ、潤童子と争ってもらう」

「どちらを」皐月の声は掠《かす》れていた。「勝たせるのです」

「どちらでもよい」

闍伽松は、それこそ壊れた道具を使い捨てるような口調で答えた。

「家の内すら治められぬとあらば、鎌倉公方どころか伊豆を領する資格もあるまい。誰かを動かして堀越公方家を討伐《とうばつ》させ、潰《つぶ》す」

闕伽松は皐月の顔を見た。薄い月光を照り返すその目には、不審の色が浮かんでいる。

「まさかおぬし、茶々丸に情が移ったのではあるまいな」

「そんなつもりではありませぬ」

皐月は強く答えた。嘘ではない。だが、誰かに使い捨てられるしかない茶々丸に、どうにもならない皐月自身の境遇《きょうぐう》を重ねていたのは確かだ。

「ならよい。それと」

闕伽松は顔を闇に戻しながら続けた。

「これは父上、いや頭領の命だ。この仕事が終われば、おぬしは嫁ぐ。危うい仕事はせずともよくなるぞ」

吉報のような口ぶりだったが、皐月は暗澹《あんたん》たる思いに突き落とされた。

さくらには、皐月のほかにも拾われた孤児が幾人かいる。男であれば死ぬまで忍びとして扱《こ》き使われる。女は、男と同じようにして死ぬか、血脈を遺《のこ》すため一族の男子に娶《めあわ》せられる。どちらも、当人の意思はまったく顧慮《こりょ》されない。

「あたし、身体に傷が」

「子袋《こぶくろ》は障《さわ》りなかろう。俺ではなく、頭領の仰《おお》せだが」

月に雲がかかり、光が失《う》せた。ただ皐月はずっと前から、そしてこれからも、光の届かぬ奈落《ならく》の底にいる。

「どなたに、嫁ぐのでしょう」

「俺も知らぬ。頭領がお決めになる」

闇の中で、閼伽松の声だけが響いた。

「俺たちさくらの者はみな、頭領の道具なのだ。頭領の子である俺も、変わらぬ」

諦《あきら》めろ、と閼伽松は言ったようだった。

四

翌年、延徳《えんとく》三年（一四九一）の四月八日。

曇天《どんてん》と雨が堀越の地を灰色に塗りつぶしていた。暦《こよみ》では初夏であるが、背筋が怖気《おぞけ》るような肌寒さがあった。

御所だけは、妙な熱気を放っている。各処からやってきた弔問《ちょうもん》の客が次々と到着し、濡れた身体を拭《ぬぐ》いながら話し込み、帰ってゆく。

五日前、足利政知が死去した。行年五十八。二十五歳で鎌倉公方に就任して以来、争乱と鬱屈《うっくつ》に明け暮れ、一度たりとも任地鎌倉の土を踏むことはなかった。昨年の夏から体調を崩し、年が明けてからはずっと伏せっていた。

御所の主殿《とのもり》では尼姿《あますがた》となった政知正室の竹子が、継嗣《けいし》の潤童子とともに政知の遺骸《いがい》に侍《はべ》って客たちを応対していた。

抹香《まっこう》と蒸れ立つ雨気、それと死んだ政知が、広間に息詰まるほどの異臭を漂わせている。その中で竹子は客たちに潤童子の将来を頼み、如才《じょさい》なく笑う。竹子にとって夫の遺骸は人を集める餌《えさ》であり、その腐臭《ふしゅう》は栄華の兆《きざ》しであるらしかった。

弔問を終えた客は、別の間で酒肴を供される。御所の奉公人たちは忙しい。

皐月は、客が使った膳をみっつほど重ね、御所の内をしずしずと歩いていた。

ふいに背後から呼び止められる。振り向くと閼伽松がいた。ただし侍《さむらい》烏帽子と直垂という忍びらしからぬ恰好をしている。

「俺の毒、よく効いたであろう」

いつもの冷たい細面に、矜《ほこ》るような色が僅かにあった。

「頭領にも、お褒《ほ》めの言葉を賜《たまわ》った。その手腕で末永くさくらを支えてくれとの仰せだ」

褒めてもらいたいのはこっちだ、と皐月は腹が立った。緩い毒、とどめの毒とも、閼伽松は渡してきただけ。実際に使ったのは皐月だ。

「茶々丸はどこだ。会えるか」

会うのは、造作《ぞうさ》もない。茶々丸はひとり自室に籠っている。潤童子こそ後継であることを印象づけたかった竹子が、弔問客の前に出ることを禁じたからだ。だが皐月はついためらった。

「——どうした」

「謀叛《むほん》をそそのかすのですか。茶々丸さまに」

さま、と付けたのはせめてもの反抗だった。呼び捨てにされるほど悪人でもなく、さくらの者を害したわけではない。茶々丸は優しく聡いだけの、ただの青年だ。

「そういう段取りだ。おぬしにも教えたろう」

闍伽松の声には、有無を言わせぬ迫力があった。

「あたしは、どなたに娶せられましょう」

ためらいのため、皐月はつい脈絡《みゃくらく》のないことを聞いた。

「俺にはわからぬ。まあ悪い相手ではあるまいよ」

闍伽松は答えてから、窺《うかが》うような目を皐月に向けた。早く案内《あない》せよ、と催促している。仕方なく皐月は歩きはじめた。廊下《ろうか》を進み、何度か折れ、引き戸の前で皐月は端座《たんざ》し、膳を脇に置いた。

「茶々丸さま」

戸の向こうから微《かす》かな衣擦《きぬず》れの音がした。

「皐月か」

応じた声は、か細い。

「茶々丸さまにお目通り願いたいというお侍さまをお連れいたしました。よろしいでしょうか」

「誰だ、それは」

力ない誰何《すいか》に皐月は答えず、並んで片膝をつく閼伽松へ目をやった。

「お目通り叶えば、お話し申し上げまする。どうか」

閼伽松は、いかにも実直な侍という声色《こわいろ》で言った。

「――入ってよい」

許しを得て、皐月は戸を引く。書見台《しょけんだい》の前に座っていた茶々丸は、見るからに悄然《しょうぜん》としていた。何を読んでいたか知らないが、父の葬儀にすら立ち会えぬ身には、何の慰《なぐさ》めにもならなかっただろう。

「二人でお話ししたい。侍女どのは誰かが来られたら教えてくださらぬか」

閼伽松は、茶々丸お気に入りの侍女に丁寧《ていねい》な言葉を使ってから、室内に入った。皐月は端座したまま戸を閉じ、耳を澄ませた。

伊豆の山間《やまあい》に住まう国人である、と閼伽松は名乗った。それから、茶々丸こそが家督を継承すべきであり、現状は理不尽《りふじん》極まりないなどと、諄々《じゅんじゅん》と説いた。茶々丸の声はまったくしない。聞き流しているのかもしれない。

かさり、と紙が鳴った。

「これは、拙者と志を同じゅうする伊豆の侍の血判《けっぱん》。すべてで百近く。軍にすればその郎等《ろうどう》も含めて一千は超えましょう。皆、茶々丸さまが鎌倉公方職を継がれてこそ上意と天道《てんどう》に適《かな》うべしと信ずる者どもにて」

　そこでやっと茶々丸の声がした。

「母と弟に対して兵を挙げよと、そなたはそう申すのか」

　明らかに、怒気《どき》を含んでいる。皐月が知らない声だった。

「いえ。ただ茶々丸さまに万一のことがありせば、どうか我らをお頼りくだされたく。お耳汚しであれば、伏してお詫び申し上げます。ただ我らの忠義をお知りおきくだされば、それだけで十分でございます」

　それだけでございます、と念を押すように再び添えてから、闕伽松は部屋を出た。

「おぬしはもう少し、御所に潜っておれ。俺が命じたら引き揚げよ」

　皐月にだけ聞こえるように言い、闕伽松は去っていった。

「茶々丸さま――」

　皐月は、許しも得ず部屋に入った。茶々丸は咎《とが》めず、ただ悲し気な目を向けてきた。

「私は」童形の青年は、絞り出すような声で言った。

「消えてしまいたい。鎌倉公方の子でなくて済む、どこかへ行きたい」

　どこか。狩野川の源あたりであろうか。遠くから届く雨音と人々の喧騒《けんそう》に、すぐ近くの嗚咽《おえつ》が混じった。

「私はただ静かに生きたいだけなのに、誰もかも、私を放っておかない。閉じ込められるか、祭り上げられるか。あるいは殺されるかもしれない。私にはそれしか道がないのか」

道。皐月は唇を噛んだ。己の道は、見知らぬ男の子袋でしかない。茶々丸とどちらが哀れであろうか。

「逃げられまするか」

皐月は決心して問うた。

「ご決心あらば、この皐月がお連れ致します。どこへなりと落ち延《の》び、御名《みな》を隠して生きられませ。衣食にも事欠くやもしれませぬが、この御所におられるよりは、ずっとお幸せになれましょう」

茶々丸は唇を噛み、俯く。それから、顔を上げた。

「明後日《みようごにち》、父上のお遺骸《からだ》を荼毘《だび》に付すとのこと。それを見届けてから――」

逃げる。茶々丸はそう言った。

「皐月、私を連れ出してくれ。どんな困難があっても私は生き抜く」

「必ず」

皐月は頷いた。

二日後、御所近隣の寺で政知は荼毘に付され、立派な石柱の下に埋められた。茶々丸は同行を許されたが、その帰路で捕らわれて牢に放り込まれた。

――茶々丸に、父の死に乗じて謀叛の気配あり。

竹子はほうぼうに使いし、そのように喧伝《けんでん》した。

五

茶々丸捕縛《ほばく》から数日後、堀越御所は騒然としていた。

郎等が鎧《よろい》を鳴らして駆けまわり、戦支度《いくさじたく》を整える。女たちは慣れぬ薙刀《なぎなた》を抱えて、竹子と潤童子が起居する御殿に詰めている。

日が暮れると庭に篝火《かがりび》が焚《た》かれ、夜討《ようち》に備えた。

門の外では、歩騎数百の兵が集まっている。大軍ではないが、男女合わせても数十しかいない御所側には、とても敵《かな》う数ではない。

――茶々丸さまの捕縛に理あらず。疾《と》く解き放たれるべし。

外の兵たちは、そう叫んで気勢を上げている。茶々丸を慕う伊豆の国人たちだ。ただ攻めかかってはこない。戦えばそれこそ謀叛となるから、示威《じい》で要求を押し通すつもりらしい。

茶々丸を捕らえるという竹子の挙《きょ》は、予想外だった。ただ閼伽松は機を逃さず、国人たちを焚きつけたのだろう。

事態の原因について推測しながら皐月は、ふだん寝起きしている奉公人の長屋に入った。みな出払っていて、雑魚寝《ざこね》の広い空間には、誰もいない。

これから伊豆は、堀越はどうなるのか。忍びと侍女の経験しかない皐月に、そんな大きな話はわからない。ただ茶々丸の運命はある程度わかる。潤童子、いや竹子からすれば、茶々丸の生存そのものが脅威《きょうい》であることがはっきりした。もしこの場を切り抜けたとしても生かしてはおくまい。

対して決起した国人たちも後には引けない。義や野心を織り交ぜながら、茶々丸を担ぎ上げるだろう。

静かに暮らしたい。茶々丸がその本意を遂《と》げることは、もはやない。

茶々丸が捕らわれたとき、すぐに動けばよかったと、皐月は後悔に暮れた。そんな思いはもう二度とすまい。

皐月は腕を交差させて小袖の両袖を摑み、一気に引きちぎった。戦支度の喧騒に紛《まぎ》れて盗んできた打刀《うちがたな》で裾を短く切り落とし、持っていた五本の釘を懐に入れた。

茶々丸を牢から、その身の上から、逃がす。

定めたはずの決意が、打刀を鞘《さや》に納めたとき、ふいに揺らいだ。正確には疑問がくっついてきた。

あたしは、どうするのだろう。

一足飛びの想像が生まれる。人の絶えた天城の山奥、小さく清らかな渓流のほとり。蹴れば倒れそうな、けれど決して倒すまいと願いながら立てた小屋に、己は前髪を落とした茶々丸と暮らしている。二人で畑でも耕し、魚を捕らえ、野草を採り、授かるものなら子を産み、育て、貧しくとも誰にも煩わされぬ日々を送る。

ない、と皐月は首を振った。

違う、とも思った。

茶々丸に愛されたいわけではない。皐月は、己の道を自ら選びたいのだ。助けたい人を助ける。逃れたい境遇から逃れる。

己は誰かの道具ではなく、人なのだ。この身体は、生は、誰にも使わせない。その表がどれだけ傷つけられても、肉は、骨は、心は、己のものだ。

無事に茶々丸を救い出せるか、わからない。

救えても、堀越御所から内紛の火種を消してしまった皐月は、さくらの側にすれば裏切り者となる。追われ、殺されるかもしれぬ。

だが、構わない。

あたしがどうなるかわからなくても、あたしがどうするかは、あたしが決めるのだ。

皐月は立ち上がり、打刀を帯に差した。

長屋を飛び出すと星のない夜空があった。遠くから門前に集《つど》った兵の声や馬の嘶《いなな》きが聞こえ、近くには人気はない。御所の人数は鎌倉公方が格式通りの貴人の生活をするに足る程度で、戦をするには少なすぎる。みな、竹子・潤童子の周囲か門に集まっているのだろう。皐月は闇に潜るように腰を屈《かが》め、足音を立てず小走りで庭を行く。

壮麗《そうれい》な第《やしき》の裏手、塀沿いに下人《げにん》用の厠がある。臭いに顔を顰《しか》めながらその板壁に背を張りつけ、そっと窺う。

二十歩ほど先に、板葺《いたぶ》きの小屋があった。四面は壁でなく太い木を組んだ格子《こうし》になっている。牢だ。前には篝火が焚かれ、御所の郎等がひとり、太刀を佩《は》いて見張っていた。

そこから塀を穿《うが》つ小さな裏口まで、さらに三十歩。牢を抜けて駆ければ、第から人が来る前に外に出られる。

格子越しに、捕らわれた人の影が見えた。

皐月は刀を抜いて左の逆手《さかて》に持ち、利き手の右に釘を握り込んだ。大きく息を吸い、長く吐く。

見張りがこちらに背を向けたとき、皐月は猛然と駆け出した。一族の者に仕込まれた足音を立てぬ走り方は、さすがにまったく無音というわけにはいかない。だが郎等が振り向いたときには、かなり距離を詰めることができていた。

郎等は慌てて腰に手を伸ばすが、長い太刀は咄嗟《とっさ》に抜きにくい。その間に、皐月が投じた釘は郎等の右の下腕に突き立っていた。郎等が悲鳴を上げた直後、皐月の右手はその口を塞《ふさ》いでいる。勢いのまま押し倒し、打刀の刃を首に這わせる。

「動くな。牢の鍵は」

口を押さえられたまま郎等は呻いた。皐月は懐に手を突っ込み、触れた金属の棒を摑む。手を引き抜いた瞬間、天地がひっくり返った。一瞬の隙を見て皐月を押しのけた郎等は、「賊だ、牢に賊が」とわめきながら第のほうへ逃げていった。

いまから人を呼んでも、駆け付けて来たころには賊とやらは御所の外だ。殺生《せっしょう》を犯すより、逃がしてやったほうがましかもしれぬ。

皐月はへまを悔いもせず、地に転がった身体を起こす。牢へ歩み寄ると、不安と安堵《あんど》が入り混じった茶々丸の顔が篝火に浮かんだ。錆《さ》びた錠前に鍵を突っ込み、閂《かんぬき》を外《はず》して戸を開く。

「出ろ」

いまさら侍女らしくふるまう必要はない。地《じ》の言葉で皐月は言った。

「お前を、御所から逃がしてやる。どこへなりと落ち延びろ」

「——皐月は、どうするのだ」

茶々丸は蒼い顔をしていたが、経緯や理由など迂遠《うえん》なことを聞かなかった。聡い、と皐月は改めて思った。そしてその聡明さを常に他人のためにもはたらかせるのが、茶々丸だった。振り返ってみれば、皐月は誰かに心配されたことがない。

「これから考える。ともかく御所を出るぞ」

なぜか、皐月に不安は一つもなかった。

牢から這い出してきた茶々丸は、恐る恐る周囲を見渡した。

数人の足音と怒号が聞こえる。時がない。皐月は茶々丸に「持っておけ」と刀を渡し、第のほうへ向き直ると釘を何本か手に取った。

「死体がないな。誰も殺さなかったのか」

背後から問われる。この期《ご》に及んでも茶々丸は優しい。

「ああ、逃げられた」

それでよかった、という言葉を皐月は続けることはできなかった。茶々丸の腕が、首に巻き付いてきたからだ。

「――どうして」

そっと訊いたとき、高鳴った皐月の胸を激痛が貫いた。

「私には、この牢の前に転がる死体がひとつ要《い》るのだ。どうしても」

助けてくれた女の首を制したまま、助けられた童形の青年が耳元で囁《ささや》いてくる。渡した刀は背から皐月の心の臓を貫き、胸から切っ先をのぞかせている。

「私は、このどさくさに紛れて母上に殺されかけたが、下手人《げしゅにん》をなんとか返り討ちにして御所を脱出した。そのような話にしたい」

顔が見えぬ茶々丸の声には、嗚咽《おえつ》が混じっている。だが、恐ろしく冷たかった。

「外にいる伊豆の衆は、謀叛となるのを恐れて手出しができない。だがもし、何の罪もない私が殺されようとしたならば、それこそ非道。伊豆の衆にとっては母上と潤童子を討つ名分となろう」

ああ、と茶々丸は嘆いた。

「人の世は、まこと疎ましい。私は母と弟を、大好きな皐月を殺さねば生きてゆけぬ」

ずるり、刀が抜ける感触があった。血が迸《ほとばし》り、生気が急激に失われてゆく。

「ありがとう、皐月。いつか言った通り、私を連れ出してくれた以上は、どんな困難があっても私は生き抜く」

急激に落下する視界の隅を、血に濡れた刀を引っ提《さ》げた茶々丸が駆け抜けていった。その背は一度も振り返らなかった。

あたしがどうなるかわからなくても。

あたしがどうするかは。

あたしが決めるのだ。

皐月は、決意を思い返す。不思議と後悔はない。それを確かめたところで、思考は途切れた。

六

明応二年（一四九三）九月、堀越の御所は夥《おびただ》しい軍兵《ぐんぴょう》に包囲されていた。

急造の櫓《やぐら》や盾で物々しく鎧《よろ》った御所は、ほうぼうから火が上がっている。

「門は破れた。いざ打ち入れ」

堂々たる大音声《だいおんじょう》で寄せ手の兵たちを叱咤《しった》するのは近隣の興国寺城主、伊勢盛時だ。

「手柄を立てよ、首を取れ、勲《いさおし》を持ち帰れ」

総大将が怒鳴るたび、兵たちは雄々しい喊声《かんせい》を上げ、扉を失った門に突っ込んでゆく。

「茶々丸は家督を強奪し、上様《うえさま》のお母君とおん兄君を弑《しい》した賊徒。必ず討ち果たせ」

御所を攻める大義を、盛時は高らかに宣言した。

この堀越の御所で家督争いが起こったのは二年前、足利政知の死の直後だ。

政知の庶長子茶々丸は、次男の潤童子とその母竹子に捕らわれ、殺されかけた。茶々丸は何とか脱出し、集まっていた伊豆の国人たちを率いて御所へ乱入、潤童子と竹子を殺した。

このとき、御所にいた者どもは残らず降《くだ》り、死者はでなかった。ただ屋外の牢の前に、竹子の命で茶々丸を刃《やいば》にかけようとした下手人の死体が、ひとつだけ転がっていたという。

かくして茶々丸は、鎌倉公方の襲職《しゅうしょく》と足利政知家の家督相続を宣言し、伊豆の過半を勢力下に収めた。

京の将軍は、これを私闘とみなして黙認した。だがこの五月に政変が起き、将軍が代わった。新将軍は天竜寺にいた政知の三男、清晃だった。

これを受け、盛時は茶々丸打倒の兵を挙げた。実り豊かな堀越の地を欲していた盛時にとって、新将軍の肉親の仇《かたき》という茶々丸の罪は恰好《かっこう》の名分となった。伊豆の国人たちも茶々丸を見放し、盛時の軍は速《すみ》やかに堀越御所を包囲した。

「それにしても」

破壊された堀越御所の門をほど近くに眺めながら、伊勢盛時は言った。幕を張った本陣を構えず、居所を示す大きな旗を押し立てて馬廻の侍とともに前に出る。それが盛時の戦場での在《あ》り方らしい。

「ここまでうまくゆくとは思わなんだ。礼を申すぞ」

装飾を抑えた武骨《ぶこつ》な兜の下で、盛時は顔を緩めた。

傍らに立っていた閼伽松は、黙って頷いた。ぴったりした筒袖に野袴《のばかま》。物々しい鎧武者で溢れる伊勢の陣中では明らかな異装だった。

「そなたら、さくらの者どもの加勢がなければ、御所は陥《お》とせなかった」

「そうでしょうな」

何の謙遜《けんそん》もせず、閼伽松は応じた。盛時は名望こそ鳴り響いていたが、所領は小さく自前の兵が少ない。行軍中の斥候《せっこう》、御所に潜入しての火付けと門の破壊。それらの援助を申し出て盛時に挙兵を決心させたのは、閼伽松だった。

「この伊勢盛時、そなたらに受けた恩は忘れぬぞ」

盛時は、誓いを立てるように諱《いみな》を口にした。戦勝に興奮しているのかもしれないが、閼伽松はつい嗤《わら》ってしまった。

「俺は下賤《げせん》な忍びです。それに我らさくらの一族は、京の将軍に面従腹背《めんじゅうふくはい》の古河さまの配下。義理立ていただけるのは嬉しいが、伊勢どのにもご迷惑がかかるかもしれませぬぞ」

今日の己は口数が多い。閼伽松はそう思った。

「受けた恩が迷惑に変ずるようなら、儂の器量もそこまでよ」

錣《しころ》を揺らして盛時は磊落《らいらく》に笑った。なるほど、たしかに「傑物」かもしれぬ。豊かな堀越を得た盛時は、伊豆で今後伸びゆくのだろう。

「ご注進――」

門から駆け出してきた武者が、盛時の前で跪《ひざまず》いた。

「御所の者どもは、あらかた抵抗を止《や》めました。賊徒茶々丸はまだ見つからず」

逃げたか、と盛時は呟き、閼伽松へ目をやった。

「そなたの望み通りにしたぞ。これでよいのだな」

御所にある幾つかの門のうち狩野川へ出る門にだけは寄せ手を配さぬよう、閼伽松は盛時に頼んでいた。

「結構でござる。次は俺の番ですな」

去ろうとする閼伽松に、盛時は「待て」と言う。それから肩を抱きこみ、ほかの侍たちと距離を取ってから顔を近づけてきた。

「茶々丸の」盛時は声を潜めた。

「首《しるし》は儂、命はさくらで分け合う。その約定《やくじょう》、忘れるでないぞ。首は必ず、儂の元へ持って参るのだ」

首を取り損なえば、討伐の不徹底として盛時の武名が傷つく。その心配は閼伽松にもわかる。

「約定は守りまする。卑しい忍びとて人の心は持っておりますからな」

やはり今日の己は口数が多い、と閼伽松は少し呆れた。昂《たか》ぶりがあるのかもしれない。

「さくらは、それほど茶々丸が憎いのか」

いいえ、と閼伽松は首を振った。

「茶々丸の命が欲しいのは、さくらではない。俺です」

盛時は眉をひそめた。

「なにゆえ」

「妻にしたかった女を殺されましてな」

答えると、その女が傑物と評した男は悼《いた》むように目を閉じてくれた。

「――立ち入ったことを聞いた。あい済まぬ」

盛時は顔を離し、馬廻たちが待つあたりへ去っていった。

閼伽松も行く。軍兵や馬と擦れ違い、戦を恐れてぴたりと戸を閉じた小さな町を過ぎた。

辿《たど》り着いた狩野川は、岸を枯れた秋の色に変えながら、さらさらと流れていた。

あの女が、閼伽松をどう思っていたかはわからない。だがあの女がいなければ、閼伽松はずっと人でなく、頭領とさくらの道具であったろう。

望みを持てるのは、ただ人だけなのだ。

だがその望みは、頭領の許しを得た直後、叶うどころか相手に告げる前に、砕かれた。

「流れが清く、煩わしき人のいないところ——」

いつか聞いた言葉を口に出す。目も眩《くら》むような殺意が滾《たぎ》ってきた。

尽きず湧くどす黒い感情が、心底から愛《いと》おしく思えた。これこそあの女が、この現世《うつつ》に確かにいたという証なのだ。

川の源へ向かい、閼伽松は駆け出した。

第三話　天の定め

――国府台《こうのだい》合戦

鈴木英治

一

安らかな寝顔が愛《いと》おしく、足利晴氏《はるうじ》は鎧《よろい》が鳴らぬように手を伸ばし、頭をそっとなでた。

幸千代王丸が目を開け、つぶらな瞳で晴氏をじっと見た。かすかな笑《え》みを残してまた眠りに落ちていったが、五歳とは思えぬ赤子《あかご》のような顔をしている。

思い切り抱き締め、頬ずりしたかった。離れるのが辛《つら》く、このまま浅草寺《せんそうじ》へ連れていくかと考えたが、ならぬぞ、と自らに命じた。ここまで一緒に来るだけでも、幸千代王丸の産みの母松葉《まつば》の反対を押し切るなど、かなり無理をしたのだ。

置いていくしかない。再び目を覚ましたとき父がおらぬと知り、ひどく寂しがるだろうが、数日のうちにまた会えるはずだ。

幸千代王丸よ、と心で語りかける。

――そなたは五代目古河公方《こがくぼう》として、余《よ》の跡を継ぐのだ。それは誰にも邪魔できぬ。北条家《ほうじょう》にも手出しはさせぬ。

今回、加勢を約するに当たり、北条家当主の左京大夫氏綱《さきょうのだいぶうじつな》は、晴氏の正室に娘の薫姫《かおるひめ》を迎えることを条件とした。薫姫に晴氏の息子を産ませて跡取りに据《す》え、自身は岳父《がくふ》として古河公方家を操ろうと考えているのだ。

そこまでわかっていながら、晴氏はその条件を受け容《い》れざるを得なかった。小弓《おゆみ》公方を称し、関東に二つの公方家は要《い》らぬと高言する足利義明《よしあき》との戦いに勝つには、そうするしか道がなかったのである。

北条家の家督簒奪《かとくさんだつ》はなんとしても阻《はば》んでみせる、と晴氏は歯を食いしばった。

――義明めも、必ず叩き潰してやる。関東には我が古河公方家のみおればよいのだ。

丹田《たんでん》に力を込めて晴氏は立ち上がった。

「田助《たすけ》」

低い声で呼んだ。間髪《かんはつ》を容《い》れずに、はっ、と小さく応《いら》えが返ってきた。さくら一族の忍びらしく姿は見えない。天井裏にいるのか床下に這《は》いつくばっているのか、それすらも見当がつかない。

「余《よ》のそばにおるならよい。手下《てか》は何人、連れてきた」

「ちょうど十人でございます。御所さまに命じられた通り、手練《てだれ》を揃えてあります」

「それでよい。なにが起きるかわからぬゆえ、命ずるまで余のそばを離れるな」

「承知いたしました」

それきり声は途絶えた。ふっ、と晴氏は息をつき、体から力を抜いた。

今日は天文《てんぶん》七年（一五三八）十月六日である。刻限はすでに卯《う》の刻《こく》（午前六時頃）に近いだろう。

「公方さま、そろそろ……」

舞良戸《まいらど》越しに小姓《こしよう》の声がかかった。わかったと答えると、舞良戸がするすると開いた。

額臨寺《がくりんじ》の境内《けいだい》には、麾下《きか》の軍勢がひしめいていた。晴氏はおととい古河城を発《た》って一泊し、昨日、このあまり広いとはいえない寺でさらに一泊した。

「よし、まいるぞ」

馬上の人となった晴氏は、五百数十名の兵を率いて出立《しゆったつ》した。目当ての浅草寺までは一里ほど、半刻《はんとき》(約一時間)もあれば着く。

それでも馬を急《せ》かせて道を進むと、おびただしい軍勢がたむろしているのが見えてきた。

北条勢である。予期した以上の人数が集まっているのが知れ、晴氏は目をみはった。優に一万人を超えるのではないか。

義明討滅を掲げて参集を促した晴氏の御内書《ごないしよ》が効いたのかもしれないが、北条家は今回の戦《いくさ》に本気で臨《のぞ》もうとしているのだ。氏綱は義明を討ち果たす気でいるのではないか。とにかく並々ならぬ決意をもって、大軍を引き連れてきたのは疑いようがない。

北条兵の厳しい誰何《すいか》を何度か受けつつ晴氏は道を急いだ。浅草寺の山門《さんもん》が視界に入ってきたが、そのあたりにも三千ほどの軍勢が集まっていた。氏綱麾下の精鋭だろう。

晴氏自身、浅草寺に足を運ぶのは久しぶりで、いつ以来か思い出せないが、氏綱が落ち合う場所にこの名刹《めいさつ》を選んだのは、源家《げんけ》にとって縁起がよい寺だからにちがいない。

もっとも、それだけが理由ではなかろう。氏綱に晴氏を籠絡《ろうらく》しようという意図があるのは明白なのだ。決して気を許すわけにはいかぬ、と晴氏は身構えるように思った。

北条勢のあいだを縫うように抜けていくと、住持《じゆうじ》や寺僧《じそう》たちが山門の外で出迎えた。下馬《げば》した晴氏は、住持ににこやかに挨拶《あいさつ》した。それから小姓《こしよう》を振り返り、念押しする。

「例の旗を持ってくるのを忘れるな」

はっ、と小姓がかしこまる。五百の士卒を門外に残し、晴氏は三十人ほどの近臣や馬廻《うままわり》とともに徒歩《かち》で山門をくぐった。境内に足を踏み入れ、本堂の前で近臣たちとも別れた。単身で本堂に入り、床几《しようぎ》に腰かける。

目の前に、氏綱のためと思えるもう一つの床几が用意されている。

——余を待たせるとは……。

だが今の力関係を考えれば当たり前でしかなく、腹を立てるほどのことではない。

線香のにおいがしみついたような本堂はひっそりと暗く、冷気が居座っていた。いかにも古刹《こさつ》らしい趣《おもむき》があり、この寺に参詣《さんけい》した先祖たちの息差しが聞こえるような気すらした。

源義家《よしいえ》が奥州《おうしゆう》へ向かう際に戦勝祈願《きがん》を行い、源義朝《よしとも》が観音像を奉納し、源頼朝も平家追討の願かけをし、奥州征伐の時には田地を寄進した。足利尊氏《たかうじ》が寺領を安堵《あんど》し、第五代鎌倉公方足利持氏《もちうじ》は経堂を建立《こんりゆう》した。

霊験《れいげん》あらたかな秘仏本尊の力に加え、錚々《そうそう》たる先祖が見守っている。

――こたびはまちがいなく勝ち戦になる。負けるはずがない。

不意に堂外からざわめきが聞こえた。晴氏は顔を上げ、開いている扉を見やった。

失礼いたします、と鎧に身を固めた男が入ってきた。兜《かぶと》を小脇に抱えており、前に突き出した額《ひたい》がよく目立つ。眉毛《まゆげ》のように細い目には、穏《おだ》やかな光がたたえられていた。北条左京大夫氏綱その人である。

「遠路おいでくださった御所さまをお待たせして、まことに申し訳ありませぬ」

晴氏の前に立ち、氏綱が深く頭を下げた。

「なに、加勢の求めに快く応じてもらい、余のほうこそ感謝しかない」

立ち上がった晴氏は深々と低頭した。

「御所さま、そのような儀はなきよう」

あわてたようにいって、氏綱が晴氏の顔を上げさせようとする。

「いや、そういうわけにはいかぬ。余は心から感謝しておるのだ」

「ありがたきお言葉にございます。では、失礼して座らせていただきます」

床几を後ろに動かし、氏綱が床の上にあぐらをかいた。

「左京大夫どの、床几にかけられよ」

「御所さまは関東を統《す》べる御方。それがしは御所さまに仕《つか》えるも同然の者。それゆえ、こうするのは至極《しごく》当然のことにございます」

騙《だま》されるな、と別の自分が警《いまし》めを発する。今の言葉もこの態度も、こちらを籠絡するためだ。

床几に腰かけて小さく息を入れ、晴氏は、左京大夫どの、と呼びかけた。

「国府台《こうのだい》城にいる義明めは、なにか新たな動きを見せたか」

いえ、と氏綱が首を横に振る。

「城に籠《こ》もったままでございます。夜明け前に我らが江戸城を出たことは、すでに承知しているのと思うのですが」

「きゃつの兵力はつかんでおるのか」

「小弓どのに合力《ごうりき》する里見《さとみ》勢を入れて、およそ六千でございます」

「六千か。けっこうおるのだな。勝てるか」

「勝てましょう」

自信満々の顔で氏綱が請け合った。

「倍する兵力を擁《よう》しておるゆえか」

「そうではありませぬ」

氏綱がやんわりと否定する。

「里見権七郎《ごんしちろう》（義堯《よしたか》）どのと、話をつけてあるゆえにございます」

なに、と晴氏は瞠目《どうもく》し、身を乗り出した。

「里見と話をつけてあるだと……。それはいったいどういうことだ」

「権七郎どのは兵三千を率いておりますが、戦わずして引くことを約しております」

「半分の兵を持つ里見が引く……。罠《わな》ではないのか」

「それはありませぬ。互いに人質《ひとじち》のやりとりも済ませてあります。権七郎どのにとっても、小弓どのは目の上のこぶ。こたびの合戦で蹴落とすことができれば、おのが勢力を広げる絶好の機会となりましょう」

「権七郎という男は、将として相当の器ぞ。あの男を野に放てば、下総《しもうさ》や上総《かずさ》などあっという間に蹂躙《じゅうりん》してしまおう。左京大夫どのは、やつを自由にさせて構わぬのか」

「どうせ権七郎どのとは、近いうちにまた手切れとなりましょう。そのときにとことん打ちのめせばよいのです。今は小弓どのを屠《ほふ》ることに、すべての力を注がねばなりませぬ」

「義明めを屠ると申したか」

晴氏は腰を浮かし、すぐに座り直した。

「やはり義明めを討ち取る気でおるのだな」

はっ、と氏綱が大きく点頭《てんとう》する。

「小弓どのだけでなく、せがれの義純《よしずみ》どのや国王丸《くにおうまる》どのも逃がす気はございませぬ」

なに、と晴氏は眉根《まゆね》を寄せた。

「二人のせがれも出陣してきておるのか」

「権七郎どのからの知らせによれば」

「権七郎のな……。しかし嫡男《ちゃくなん》の義純めはともかく、国王丸はまだ七つであろう」

愚かな男よ、と晴氏は心中で義明を罵《ののし》った。

――余は欲心を抑え、幸千代王丸を置いてきたというのに……。

「確かに七つとは申せ、禍根《かこん》はすべて断たねばなりませぬ。それがしは、小弓どのの弟御も討ち取る所存」

義明の弟は基頼《もとより》といい、晴氏が父の高基《たかもと》と古河公方家の家督を巡って争ったとき、敵方についた。あの憎き叔父《おじ》を殺してくれるのはありがたいが、義明の二人の男子は哀れだ。

だが、そのようなことを氏綱にいったところで無駄でしかない。一切の甘さを捨て、情け容赦《ようしゃ》なくやることこそが正義なのだ。

「左京大夫どの、戦というのは生き物であろう。義明めだけでなく二人のせがれも討つなど、そこまで首尾《しゅび》よく運べるものなのか」

晴氏は疑問を呈《てい》した。

「やれましょう。御所さま、約束の御旗《みはた》はお持ちになられましたか」

「うむ。小姓に持たせてある。我が公方家の証《しる》しといえる大事な物だが、あの旗をどうする気だ」

「囮《おとり》になっていただきます」

氏綱がさらりと応じた。

「戦場に古河公方家の御旗が翻《ひるがえ》っているのを目《ま》の当たりにすれば、小弓どのは御所さまの御《み》首《しるし》を取ってやろうと、馬を駆って一気に寄せてまいるはず」

「そこを倍する軍勢で押し包み、せがれたちまでも討ち果たそうという腹か」

「さようにございます。囮と申しても、御所さまに危難が及ぶことはありませぬ。ここ浅草寺にて、戦勝の知らせをお待ちくだされればよいのです」

「余をこの寺に残し、旗だけ持っていくというのか」

声がうわずったのを晴氏は感じた。

「それでは古河公方家の面目《めんもく》が立たぬ。余も出向くぞ。そのために軍勢を率いてきたのだ」

「我らはまず負けはしませぬが、万が一ということもございます。御所さま、一緒に行かれるのは危のうございます」

「いや、余はまいる。もう決めたのだ。胴から離れた義明めの素《そ》っ首を、この目でしかと見なければならぬ」

床几が転がりそうな勢いで立ち、晴氏は氏綱を見下ろした。氏綱が微笑し、顎《あご》を引く。

「承知いたしました。そこまでおっしゃるのなら、それがしに否《いな》やはございませぬ。御所さまがともにいらしてくださるのであれば、諸将も勇みましょう。万の味方を得たも同然でございます」

まことに追従《ついしょう》が巧《たく》みよな、と晴氏は胸中で苦笑を漏らした。これも取り込もうとする手であろう。決して油断はならぬぞ、と自らに強く言い聞かせた。

二

晴氏が聞くところによれば、足利義明は長享《ちょうきょう》（一四八七～一四八九）の生まれというから、歳は五十一、二だろう。永正《えいしょう》七年（一五一〇）に関東管領《かんれい》山内《やまのうち》上杉氏に対して兵を挙げて以来、三十年近くも戦い続けている歴戦の武将である。

小弓公方こそ正統であるとの心志《しんし》のもと、晴氏の祖父政氏《まさうじ》や父高基とも死闘を繰り広げてきた。武勇に優《すぐ》れ、戦上手《じょうず》で衆望も厚い。手強《てごわ》いというより、晴氏には手に余る敵だ。

――左京大夫どのも義明めの強敵《ごうてき》ぶりはよく知っておるゆえ、きゃつを仕留めるために打てる手を打ったのだ。

大したものよ、と晴氏は感心せざるを得ない。それくらいやれなくては、堀越《ほりごえ》公方を討ってのち四十年あまりで伊豆から相模《さがみ》、武蔵《むさし》へと勢力を伸ばしてきた北条家の惣領は務まらぬのであろう。

浅草寺の門前で愛馬にまたがった晴氏は馬首を返した。真っ白な富士山が目に入る。縁起がよいな、とにこりとした。

「旗を掲げよ」

小姓に命じると、二引両《ふたつひきりょう》の家紋を染め抜いた旌旗《せいき》が風に翻った。晴氏は誇らしい気分になった。体の奥底から力が湧いてくる。

出立、と朗々たる声が前方から響き、北条勢が粛々《しゆくしゆく》と動き出す。やるぞ、と晴氏は自らに気合を入れ、軽く馬腹を蹴った。

浅草寺から国府台城まで、三里ほどに過ぎない。途中、一度の休憩《きゆうけい》を挟み、昼過ぎに軍勢は歩みを止めた。

このあたりが芝俣《しばまた》という地であることを、晴氏は家臣から教えられた。目の前を、満々と水をたたえた大河がゆったりと流れている。

太日川《ふとひがわ》といい、向こう岸は敵地とのことだ。兜の目庇《まびさし》を上げて眺めてみたが、それらしい旗は一本も翻っていない。

義明の籠もる国府台城は、川を隔てた十町ばかり下流の小高い丘に築かれている。多くの旌旗が風にたなびいていた。国府台城の南側にも、軍勢のものとおぼしき旌旗が見えている。あれは里見勢であろう。

――里見の者どもが国府台城に入らぬのは、城が狭いゆえか。それとも、いつでも退《しりぞ》けるよう城外に陣を張ったのか。

後者であろう。里見勢が戦わずして引き上げるというのは本当のことなのだ、と晴氏は確信を抱《いだ》いた。

それにしても、と思う。たった十町ばかりの距離に宿敵義明がいる。あの男にこれほどまで近づいたのは、初めてではあるまいか。

——きさまの命も、明日か明後日《あさって》までだ。せいぜい今を楽しむがよい。

できることなら、今から攻めて国府台城を落としたい。晴氏に城攻めの経験がないわけではない。父と古河公方家の家督を巡って争った際、古河城を正面から攻めた。見事に落城させ、高基を捕らえた。父を幽閉し、隠居に追い込んだ。あのときは、多くの犠牲《ぎせい》を払って古河城を落城せしめたのだ。

「御所さま」

不意に近臣に呼ばれた。どうした、ときくと、氏綱の使いがやってきたという。

晴氏の前に姿を見せた使いは、今日はこの地に陣を張ることになります、と告げた。

「御所さま。近くに持勝院《じしょういん》という寺がございます。そちらにおいでくださいますか。お屋形《やかた》がお待ちでございます」

数人の近臣を連れて、晴氏はさっそく出向いた。田助はそばにおるのだろうな、と馬に揺られつつ晴氏は思った。あの男は決して命に背《そむ》かない。見えないところから、今も晴氏を守っているにちがいなかった。

持勝院に着いた晴氏は本堂に通された。氏綱に勧められるまま床几に腰かける。

「左京大夫どのも床几を使われよ」

「では、お言葉に甘えまして」

晴氏の向かいに床几が置かれ、氏綱が腰を下ろした。柔和《にゅうわ》に笑っている。戦を目前にしているのに、ずいぶん余裕がある顔だ。

「小弓勢は今のところ、おとなしくしているようだな」

顔を突き出して晴氏はいった。

「小弓どのは、御所さまの御旗《みはた》を目にしたのでしょうが、今日は城を出てまいりませぬでしょう。それがしと同様、合戦は明日と踏んでおるのでございます。明日、我らは太日川を渡ります。そのときには、小弓どのも城を出てまいりましょう。浅草寺でも申し上げましたが、小弓どのが御所さまの御旗をめがけて寄せてくるときが勝負にございます」

「うむ、承知しておる」

晴氏は深いうなずきを返した。

「御所さまは我らが必ず守りますゆえ、どうか、ご案じなきよう」

「よくわかっておる。左京大夫どのは信じぬかもしれぬが、実を申せば余は戦が好きなのだ。胸が高鳴り、気持ちが弾《はず》む」

「御身《おんみ》を流れる源家の血が騒ぐのでございましょう。御所さまが古河城を落とされた際の勇敢さは、それがしも聞き及んでおります」

「そうであったか」

古河城における活躍ぶりを氏綱が知っていたことが、晴氏はうれしかった。

「ゆえに、もし敵とやり合うことになったとしても、余はやられはせぬ。愛槍《あいそう》を振るい、必ずや敵を退けてみせよう」

「力強いお言葉。勇気づけられます」

「それで左京大夫どの。明日はいつ太日川を渡るのだ」

これは晴氏が最も知りたかったことだ。

「巳《み》の刻（午前十時頃）でございます」

「巳の刻……。舟橋《ふなはし》を使うのか」

いいえ、と氏綱が首を横に振った。

「瀬を渡ります。太日川には、からめきの瀬と呼ばれるものがございまして」

「からめきとは。珍しい名よな」

「それがしも、どんな由来があってその名で呼ばれているのか存じませぬが、瀬伝いに向こう岸まで渡れるようになっているのです」

「からめきの瀬は、どの辺にあるのだ」

「ここからまっすぐ行ったあたりになります」

「とても瀬があるような流れには見えなかったが……」

太日川はたっぷりと水をたたえ、悠々と流れていた。

「それも無理はございませぬ。からめきの瀬は引き潮のときにしか姿をあらわさぬのです」

「ほう、そうなのか」

相槌《あいづち》を打った晴氏は、どういうことなのか合点《がてん》がいった。

「つまり、明日の巳の刻に引き潮になるのだな。だが、そのことは義明めも知っておるであろう。我らがからめきの瀬を渡っている最中に、おびただしい矢を放ってくるはずだ」

「それは覚悟の上。とにかく、太日川を渡らなければ戦になりませぬ」

厳しい顔になって氏綱が告げた。

「御所さま、明日はそれがしの下知《げち》に従ってくださいますよう。それだけは、どうか、お守りください」

「承知した。必ずそなたの命に従おう」

晴氏が快く応じると、ふと氏綱が居住まいを正し、咳払《せきばら》いをした。

「御所さまにわざわざお越しいただいたのは、実は内々でお話があるゆえでございます」

「内々とな……。どのような話だ」

興を抱いた晴氏はすぐさまたずねた。

「我が娘の薫のことでございます」

一瞬で顔がかたくなったのを晴氏は感じた。

「こたびの戦に勝ったのちに薫を正室に迎えていただくことになっておりますが、御所さまのお気持ちはいかがでございましょう。我が娘を迎えたいと思っていらっしゃいますか」

「左京大夫どの、正直に申してよいか」

「もちろんでございます」

「本音《ほんね》をいえば、気が進まぬ」

ごまかすようなことではないと断じ、晴氏は言葉を濁さずに伝えた。

「そなたも知っておろうが、余には松葉という大切な女がおる。だが、余が薫姫を迎えとうないと我儘《わがまま》をいったところで、縁組が取りやめになるわけではあるまい」

「おっしゃる通りにございます」

「そなたの娘御《むすめご》なら美しく、気立《きだ》てがよいのであろう。それに、余は約束をたがえるような男ではない。戦勝の暁《あかつき》には薫姫を正室に迎え、かけがえのない者として扱うことを誓おう」

「ありがたきお言葉にございます。ほっといたしました。それがしには娘が六人おりますが、いずれも掌中《しょうちゅう》の珠《たま》の如く大事にしてまいりました。嫁《とつ》ぐからには幸せになってほしいと、心から願っております」

左京大夫どの、と晴氏は呼びかけた。

「余からそなたに注文をつけてよいか」

「なんなりと」

腹に力を込め、晴氏は思い切って口にした。

「もし薫姫が男子を産んだら、その子を古河公方にしようと企《くわだ》てるのはやめてもらえぬか」

ふふ、と氏綱が楽しげな微笑を漏らす。

「やはり、そのような懸念《けねん》を抱いておられましたか。それがしは、もし薫が御所さまの男子を産んだとしても、家督の座につけようなどと、露ほども思っておりませぬ」

「ならば、なにゆえ薫姫を余の正室にしようとするのだ」

「ひとえに、御所さまと我が北条家との結びつきを強めるためにございます。御所さまと北条家が力を合わせれば、関東には太平がもたらされ、人々は安心して暮らしていけましょう。それがしの願いは関東静謐《せいひつ》、ただ一つにございます」

「それは見事な考えだ。人々が幸せになれたら、どんなに素晴らしいことか。左京大夫どの、もう一度きくが、薫姫に男子が生まれても、我が家の家督に影響を及ぼすような真似《まね》はせぬのだな」

「いたしませぬ」

はっきりとした口調で氏綱が答えた。

「御所さまの跡を継がれるのは、紛《まぎ》れもなく幸千代王丸さまでございます。その事実は、この将《さ》来《き》にわたって、誰にも動かしようがないものでございましょう」

「いずれそなたの跡を継ぐ新九郎《しんくろう》（氏康《うじやす》）どのはどうだ。そなたと同じ心持ちか」

「御所さまの家督に関してせがれの考えを確かめたことはございませぬが、それがし亡きあと、決して妙な真似をせぬよう、しかと申しつけておきます」

考えてみれば、と晴氏は思った。大名同士の縁組など、これまでにもいくらでもあったではないか。それが乗っ取りにつながった例は確かに見られるが、そう多くはない。

いま北条家は、先代の宗瑞《そうずい》（伊勢新九郎盛時《もりとき》）の代から仲睦《なかむつ》まじくしてきた駿河《するが》今川家と激しく戦っている。当主の今川義元《よしもと》が北条家の仇敵《きゆうてき》武田信虎《のぶとら》の姫を正室に迎え、同盟を結んだことが氏綱の逆鱗《げきりん》に触れたのだ。

もし武田の姫が義元の男子を産んだからといって、信虎が今川の家督に口を挟めるとは到底思えない。

きっと今回の縁組も同じだろう。氏綱は本当に、両家の結びつきを固くしようとしているだけではないか。余は考えすぎていたのだ、と晴氏は反省した。

とにかく、今川家という大敵を相手にしているにもかかわらず、氏綱は大軍を率いて駆けつけてくれた。今は余計な疑いは挟まず、感謝だけしていればよい。

三

小弓公方側の夜襲もなく、持勝院は静かな夜明けを迎えた。

起こされる前に晴氏は自ら目を覚まし、近臣に手伝わせて鎧を身につけた。

庫裏《くり》で寺僧から茶漬をもらい、腹を満たした。奥の書院にいた氏綱に暇《いとま》の挨拶をしてから自陣に戻り、国府台城の様子を眺めた。

相変わらず義明はおとなしくしているらしく、なんら動きはない。本当に今日、大戦《おおいくさ》が行われるのかと疑いたくなるような静けさにあたりは包まれていた。

だが、辰《たつ》の刻（午前八時頃）になり、その静寂の幕はあっけなく破られた。国府台城の大手門が開いたらしく、敵方から喊声《かんせい》が上がったのだ。

城を出てきた小弓勢が十町の距離を素早く移動し、北条勢の正面に陣取った。兵力は二千ほどだろう。

あの軍勢の中に義明はいるのか。血気に逸《はや》りやすいあの男がいないわけがない。そんな気がするが、義明は戦上手だ。なにか策を練って、一千の兵とともに国府台城に居残っているのかもしれない。

不意に晴氏は武者震《むしゃぶる》いを覚えた。ついに義明と雌雄《しゆう》を決するときがきたのだ。源家の血が騒がないはずがない。

太日川を挟んでのにらみ合いは一刻《いっこく》（約二時間）ばかり続いた。その間、両軍はときおり鬨《とき》の声を上げるのみに終始した。矢の応酬《おうしゅう》もなかった。

巳の刻になり、晴氏は、おっ、と目をみはった。氏綱の言《げん》は確かで、太日川の水かさが一気に減り、広大な瀬があらわれたのだ。土ではなく、岩でできた瀬である。ほぼ平らだが、くぼみや出っ張りが無数にある。裸足《はだし》で歩けば痛いだろうし、切り傷を負いそうだ。

瀬がすっかりあらわれたのを機に北条勢から押太鼓《おしだいこ》が鳴り、一千ほどの先鋒《せんぽう》部隊が喊声を上げて、からめきの瀬を渡り出した。

それを待ち構えていたかのように、小弓勢から矢が一斉に放たれた。川縁《かわぶち》に陣取る北条勢の弓隊が素早く矢を射返す。矢の雨が太日川の上空で激しく交錯《こうさく》した。

後方に控えていた他の北条勢も、先鋒を追いかけるように続々とからめきの瀬を進みはじめた。氏綱の下知はまだ届いていないが、晴氏は気分が高揚し、じっとしていられなかった。麾下の軍勢に向かって、進め、と采《さい》を振った。あとで氏綱に叱《しか》られるかもしれないが、構わぬと思い切った。

降りかかってきたおびただしい矢の群れを物ともせずに対岸へ渡った北条勢の先鋒は、正面にいる小弓勢に襲いかかろうとした。

だが小弓勢は応じず、後退していく。北条勢が追おうとしたが、そのとき国府台城とは逆の方角から数百の敵勢が姿を見せた。

伏兵《ふくへい》だろう。まずいな、とからめきの瀬を馬で渡りながら晴氏は拳《こぶし》を握り締めた。

だが敵がそのあたりに伏せていることは織り込み済みだったようで、北条勢の先鋒は落ち着いたものだ。あわてることなく、応対をはじめた。倍以上の兵をもって敵を包み込み、あっさりと押し返していく。

あっという間に、伏兵のほうが窮地に陥《おちい》った。悲鳴や血しぶきがしきりに上がる。数百の敵は、全滅への坂を駆け下ろうとしていた。

後ろに下がった二千の小弓勢から半数ほどの兵が進み出て、北条勢の先鋒の横腹に突っ込んでいく。旗印からして、義明の嫡男義純と弟基頼が率いているようだ。その部隊から晴氏は、燃え上がるような気迫を感じた。

馬にまたがったまま首を伸ばし、義明の本陣を探してみた。やはりまだ城を出ていないようで、どこにもそれらしきものは見当たらない。

北条勢一万三千のうち、今や一万ほどが渡河《とか》を終えた。広い川岸は北条勢で埋め尽くされている。残りの三千は退路を確保するためか、太日川の西岸に居残っていた。

からめきの瀬を渡り、晴氏も太日川の東岸にたどり着いた。氏綱も渡りきったようだ。

前方での戦いは激しさを増している。義純と基頼という二人の敵将が前に出て、味方を必死に鼓舞《こぶ》しているのが望めた。

それが功を奏したか、小弓勢が北条勢を押しているように見える。だが晴氏には、相撲《すもう》の強者が格下の者にわざと押させているように見えた。北条勢には余裕が感じられるのだ。

氏綱の本陣は落ち着き払っている。使番《つかいばん》が馬を駆って本陣を飛び出す。次から次へと新たな兵が敵に向かって投入されていく。

兵力に限りがある小弓勢は、背後に控えていた一千もいつしか戦いに加わっていた。だが、ついに北条勢に押し込まれはじめた。

氏綱は容赦なく新手《あらて》を繰り出し、敵の部隊を一つずつ確実に包み込んでいく。あの様子では、じきに二千の小弓勢は殲滅《せんめつ》されよう。

――戦というのは兵を多く集めた者が勝つようにできておるとはいえ、左京大夫どのの采配《さいはい》は水際立っておる……。

息をのんで晴氏が北条勢の戦いぶりを見守っていると、ひときわ大きな声が耳を打った。足利義純どの、討ち取ったり。足利基頼どの、討ち取ったり。

　それに応じて、歓声が怒濤《どとう》のように響き渡った。義明と血のつながりを持つ二人の武将が、相次いで討ち死にしたのだ。その知らせは、間を置くことなく義明に届くはずだ。

頭に血を上らせた義明は、まちがいなく城を出る。目指すは氏綱の本陣だろうか。

――それとも余のほうか。

晴氏は、ちらりと後ろを振り返った。そこには古河公方家の旌旗が翻っている。きっと先祖が守ってくれよう、と晴氏は思った。

もっとも、義明も同じ源家の血を引く者である。先祖たちはこの合戦で勝利した者を、正統の関東公方と認めるのではあるまいか。

負けられぬ、と改めて晴氏が決意を胸に刻んだとき、国府台城の近くで砂煙が立った。じっと眺めていると、敵兵がこちらに駆けてくるのがわかった。兵力は一千もいないように思える。

――きゃつめ、ついに出てきおった。

だが、と思い、晴氏は首をかしげた。義明は機を逸したのではあるまいか。あの男にしては、あまりに動きが鈍い。

なにゆえ城を出るのがこれだけ遅れたのか。考えるまでもない。動こうとしない里見勢の説得を試みていたに決まっている。

里見勢は三千の兵力を誇っている。義明は、国府台城に残っている兵と里見勢が一丸となって突っ込めば、敗色が濃い戦をひっくり返せると考えたのではないか。だが里見義堯は氏綱との約《やく》定《じょう》を守り、動かなかったのだろう。

かわいそうな男よ。晴氏は義明のことが哀れでならなかった。ただひたすら戦にのみ強いだけで、策謀の類《たぐい》にはまったく疎《うと》いのだ。

そのあいだにも、義明率いる敵勢はぐんぐん近づいてくる。

晴氏は槍持ちから槍を受け取った。近づいてくる義明勢を認めたらしく、北条勢が一気に分厚い陣を作り上げた。

あの陣を義明は突破できるのか。おそらく錐《きり》のように揉《も》み込んで、北条勢を切り崩す気でいるのだろう。

そのとき晴氏には、不意に気にかかったことがあった。国王丸はどうしているのか。

城を出た義明が連れてきているはずがない。

国府台城に置いてきたにちがいない。

「田助」

晴氏は小さく呼んだ。はっ、と間髪を容れずに応えがあり、一人の雑兵《ぞうひょう》が目の前にやってきた。近臣たちがあわてて下がらせようとするが、よいのだ、と晴氏は制した。

昏の動きだけで田助に命じる。

「義明めのせがれ国王丸を死なせるな。国府台城から助け出すのだ。命さえ救えれば、どこへ連れていこうと構わぬ。承知か」

「承知いたしました」

田助が低い声で返してきた。一礼して、その場から走り去る。

なにゆえそのようなことをする気になったのか、晴氏にもよくわからなかった。国王丸には一度も会ったことはなく、親愛の情など一切ない。まだ七つの子が儚《はかな》くなるのを、ただ惜《お》しんだだけのことかもしれない。

——義明めのことだ。国王丸を落とす手はずを整えてから城を出てきたであろうが……。

愛馬を駆った義明は、供の者とともに北条陣に猛然と突っ込んでいく。がしんと岩同士がぶつかるような音が立った。

案《あん》の定《じょう》というべきか、愛槍を手にした義明は鬼神《きじん》のような働きを見せ、北条勢をさんざんに蹴散らしていく。血煙が数え切れないほど上がった。義明に敵する武者は北条勢にもいない。話には聞いていたが、想像以上のすさまじさだ。

だが、それでも晴氏は不思議と落ち着いていた。来るなら来い、という気持ちが湧き上がっている。いくら義明が剛烈《ごうれつ》といっても、所詮《しょせん》は人だ。必ず討てる。

愛槍を振り回しつつ愛馬を駆った義明は、何十人もの北条武者を屠ったのではあるまいか。供の者を減らしつつも晴氏のもとへ徐々に近づいてくる。

義明の狙いは明らかに晴氏である。距離はもう二十間《けん》もない。義明がついに晴氏の姿を認めたか、面頰《めんぼお》の中の目をにやりとさせた。

「亀若丸、よう来た」

幼名で晴氏を呼び、義明が強く馬腹を蹴った。

「覚悟せいっ」

馬が一気に速さを増し、義明の姿が巨大になった。晴氏の愛馬がおびえたようにいななき、後ずさろうとする。

馬上の晴氏は腹に力を入れ、両足で愛馬の胴を押さえ込んで槍を構えた。やられてたまるか。必ず倒してやる。

あと数瞬で義明が晴氏のもとに達すると思えた刹那《せつな》、一本の矢が義明の胸に突き立った。どん、という音が晴氏の耳に刺さる。

ぐっと息の詰まったような声を上げ、義明がもんどり打って馬から落ちていく。大木が倒れたような音が立ち、地面で体を弾ませたのち、仰向《あおむ》けになった。

瞳をぎろりと動かして晴氏を見据え、そこにおったか、というように口を動かす。手に持つ槍を持ち上げようとしたが、もはやその力がないのは明らかだ。無念そうに唇を噛んだ直後、苦しげに血の塊を吐き、がくりと首を落とした。急速に光が失われていった目は、乾いた地面を眺めているだけのように思えた。

死んだのか、と晴氏はごくりと唾《つば》を飲んだ。本当に絶命したようで、義明はぴくりともしなかった。

その首を取ろうと北条武者や兵が殺到したが、義明の馬廻とおぼしき者たちが力を絞《しぼ》り尽くすような奮闘ぶりを見せた。いずれも主君を思わせる激烈な戦いようで、北条勢の誰一人として義明の骸《むくろ》に近づけなかった。

主人の首を掻き切り、義明の馬廻たちがその場を去ろうとした。だが、その者たちの姿は一瞬にして北条勢の渦に巻き込まれた。剣戟《けんげき》の音と悲鳴がしばらく上がり続けた。

束の間、呆然《ぼうぜん》としていた晴氏は、はっと我に返った。

——どうやら終わったらしい……。

太い吐息が口から漏れていく。義明を失った小弓勢は、すでに総崩れになっていた。

四

慈《いつく》しもうとしたが、できなかった。

翌天文八年（一五三九）八月に嫁いできた薫と、晴氏は不仲だった。いや、晴氏が一方的に嫌っていたに過ぎない。

薫のことが、どうしても気に入らなかった。心根の優しい姫だというのは祝言《しゅうげん》のときにわかったが、北条家に押しつけられたとの思いが、どうしても打ち消せなかった。

国府台合戦の折、持勝院において北条氏綱は、晴氏と薫との間に男子が生まれても古河公方家の家督に影響を及ぼすような真似は決してしないと明言したが、あの言葉は果たして真実なのか。

――なんといっても、人というのはすぐに心変わりする生き物ゆえ……。

国府台での合戦の後、関東管領に補任《ぶにん》するよう氏綱は要求してきた。晴氏は抗《あらが》えず、その通りにしたが、氏綱への不信の念が少しずつふくれつつあった。

薫との祝言以来、氏綱には会っていないが、晴氏はもはやあの男のことが信じられなくなっていた。もし薫に男子が生まれたら、幸千代王丸は廃嫡《はいちゃく》されるのではないだろうか。

――とにかく、薫を孕《はら》ませなければよい。

固く決意した晴氏は薫の閨《ねや》を一度も訪れることなく、愛妾の松葉だけを寵愛《ちょうあい》し続けた。しかも、同じ年の十二月に松葉が懐妊《かいにん》した。

幸千代王丸に弟ができる。もちろん妹かもしれないが、新たな子が生まれるのは、晴氏にとってこの上ない喜びだった。

さっそく晴氏は松葉の安産を願いに、古河公方家の尊崇《そんすう》の念が厚い雀《すずめ》神社に参拝した。驚いたことに、何人かの供の者を連れた薫と境内でばったり出くわした。

いくら嫌悪しているとはいえ、さすがに無視することなどできない。

「なにゆえここに」

晴氏がたずねると、薫がにこりと笑った。悲しいほど眩《まぶ》しい笑顔である。

「松葉さまが身籠《みごも》られたとうかがいましたので、安産祈願にまいりました」

なんと、と晴氏は驚いた。どうやら本心のようだ。薫は本当に松葉のことが案じられてならないらしい。やはり優しいおなごなのだな、と晴氏は改めて思った。

だからといって、気持ちが変わることはなかった。薫の閨に行こうという気にはならなかった。

その後、翌天文九年（一五四〇）の正月を迎えた途端、安産の願いも虚《むな》しく、松葉は流産した。その知らせを聞いて、晴氏は肩を落とした。無念でならなかった。

松葉自身、落胆しているであろう。悲しんでもいるだろう。薬師《くすし》からは別状ないとは聞いてはいるが、体も心配である。松葉が死んだら、いったいどうすればよいのか。

いても立ってもいられず、晴氏は局《つぼね》を訪れた。松葉は床《とこ》に臥《ふ》せていたが、晴氏を見てあわてて起き上がろうとした。

そのままでよい、とすぐさま制し、晴氏は枕元に座した。松葉の顔はひどく青かった。やはりだいぶ血を流したのであろう。

「大丈夫か」

手を握ってみたが、血が通っていないかのように冷たかった。

「申し訳ございませぬ」

晴氏を見つめて松葉が謝した。

「なにを謝る」

「御所さまの大切なお子を、流してしまいました」

「そのようなことは、いわずともよいのだ。そなたが前のような健《すこ》やかさを取り戻すことが、最も肝心《かんじん》なことだ。それ以外に考えることはない」

「ありがたきお言葉にございます。承知いたしました」

そのとき松葉の侍女が、遠慮がちに晴氏に声をかけた。

「御所さま」

「どうした」

「薫姫さまがおいででございます」

「なに」

枕に頭を預けた松葉も目をみはっている。もちろん、薫に帰れとはいえない。晴氏は通すように命じた。

失礼いたします、と敷居際《ぎわ》で両手を揃えた薫がしずしずと近づいてきた。晴氏から少し離れたところに端座《たんざ》する。

それを見て松葉が起き上がろうとした。

「松葉さま、ご無理をなされますな」

薫が穏やかな声を発した。かたじけなく存じます、と礼を述べ、松葉が枕に頭をのせ直す。

「このたびは……」

薫の声が震え、そのあとの言葉が続かなかった。薫はいきなり涙を溢《あふ》れさせたのだ。くしゃくしゃの顔をしており、晴氏と松葉のために、心から嘆き悲しんでいるのが知れた。

そっと面《おもて》を上げ、薫が濡れた目で晴氏と松葉を見る。

「まことに残念でなりませぬ」

晴氏には、薫が真情を吐露《とろ》しているように見えた。

「松葉さま、お加減はいかがでございますか」

涙を拭《ぬぐ》った薫が優しい口調できく。

「せっかく薫姫さまにお越しいただいたのに、あまりよいとはいえませぬ」

「さようにございますか。そのようなときに押しかけてしまい、申し訳なく存じます」

「いえ、おいでくださって、まことにうれしゅうございます」

「そのお言葉を聞けて、わらわもうれしく思います」

――おや……。

松葉と薫のやりとりを耳にしているうちに、晴氏は胸の中でなにかが動いたように感じた。

――なんだ、これは。

わけがわからず晴氏は戸惑った。

――まさか薫への愛おしさではあるまいな。いや、そうかもしれぬ。薫の優しさが余の心を溶かしつつあるのか……。

それでも、まだ薫の閨に行こうとは思わなかった。松葉が流産した直後でもある。晴氏は薫を抱こうという気にならなかった。

松葉の体調はなかなか戻らなかった。もう半年以上も寝込んだままだ。

ほぼ毎日、晴氏は見舞いに行ったが、驚いたことに、薫も同じように松葉の身を案じ、しきりに足を運んでいるそうだ。幸千代王丸とかち合うこともあるらしいが、そのときには心温まる言葉をかけてくれるという。

「薫姫さまのお顔や仕草《しぐさ》を拝見していると、私はとても気持ちが和《なご》みます」

晴氏を見て松葉が微笑する。

「少しずつよくなってきているのが私にはわかるのですが、それは薫姫さまのおかげなのではないでしょうか」

「薫のおかげとな……」

いわれてみれば、確かにゆっくりではあるものの、松葉は日ごとに快方に向かっている。顔色もよくなってきていた。床の上で起き上がれる日も、徐々に多くなっていた。

「御所さま」

切なげな声で松葉が懇願する。

「どうか、薫姫さまを愛おしんであげてくださいませ」

「なに」

目を見開いた晴氏は、顔を歪《ゆが》めそうになった。松葉はまっすぐな目を向けてきている。

「そなたは、嘘偽りのない気持ちを言葉にしておるのだな」

「もちろんでございます」

「まことによいのか」

松葉の顔をのぞき込んで晴氏は確かめた。

「はい。あのようにお優しい御方は、幸せになるべきだと思います」

「余の寵愛を受けて、薫は幸せになるか」

「私は幸せでございます。薫姫さまもきっと同じでございましょう」

言葉を切り、松葉がうつむく。

「ただ今は、御所さまのお役に立てぬのが、申し訳のう思っております」

「別にそのようなことを思わずともよいのだ」

たしなめるようにいいながら晴氏はまだ迷っていた。

松葉に別れを告げて局を出た。すでに古河城内では紅葉がはじまっていた。鮮やかな朱色に染まった木々を眺めているうちに、晴氏は一抹の寂しさに襲われた。

――薫を抱けば、この物悲しさも失《う》せるだろうか。

それはなかろう、と晴氏は断じた。

――余の寂しさを紛らわせてくれるのは、松葉だけよ。

その夜、一人で寝所に入り、床に横になった。普段とは異なり、どういうわけか寝つけず、寝返りばかり打っていた。

――なにゆえこのようなことに……。

理由はわかっている。昼間に松葉にいわれた言葉が心に引っかかっているのだ。

――薫を抱けば、この寝苦しさも消えるだろうか。うむ、そうにちがいない。

心は決まった。すっくと起き上がった晴氏は寝所を出、薫の閨に向かった。

胸がどきどきする。これではまるで、なにも知らぬ若者のようではないか。

――ずいぶん長く待たせたものだ。

薫が古河に嫁いできて、すでに一年以上の月日が流れていた。

五

天文十一年（一五四二）も初秋を迎え、朝晩ともに肌寒さを感じるようになったが、なにより暑苦しさが消え、よく眠れるようになったのが晴氏にはありがたかった。

庭に出て、やわらかな陽射しを浴びつつ得意の槍の稽古《けいこ》をしていると、近臣が寄ってきた。手を止めて用件をきくと、薫からの使いがやってきたという。

槍を近臣に預け、晴氏が書院に戻ると、若い侍女が隅に遠慮がちに座していた。あぐらをかいて、すぐにたずねる。

「どうした。なにかあったのか」

面を上げた侍女が、薫の懐妊を告げた。なにっ、と晴氏の腰が浮きかけた。

「そうか……」

それしか言葉が出なかった。薫の妊娠をまったく喜んでいない自分が、そこにはいた。

――なにゆえ余は、新たな子を望んでおらぬ。

もし薫が男子を産んだら、幸千代王丸が古河公方家の家督を継げなくなるかもしれないからだ。氏綱が家督相続に口出ししてくるのは疑いようがない。

——これはまずい。どうすればよい……。

晴氏は恐怖に駆られた。

氏綱が幸千代王丸を廃嫡するよういってきたら、抗いようがない。愛する幸千代王丸が古河公方になれない。そんな未来を認めるわけにはいかない。

——ならば、手は一つ。

「田助」

晴氏は、信頼する忍びを呼び寄せた。国府台合戦において田助は義明のせがれ国王丸を、城に押し寄せる北条勢から逃れさせ、無事に落ち延びさせた。国王丸の身柄は里見義堯に預けたという。

「薫を流産させたいのだが、手立てはないか」

松葉が子を流したときの薫の思いやりにあふれた顔が、脳裏をよぎる。晴氏は、首を振ってその面影《おもかげ》を打ち消した。

鬼になるのだ、と自らに命ずる。

「恰好《かっこう》の毒薬がございます」

ほとんど唇を動かさないが、田助の言葉は明瞭《めいりょう》に耳に届いた。

「その毒薬で堕胎《だたい》させられるのだな」

「はっ、まちがいなく」

「その毒薬を飲んで、まさか薫まで死に至るようなことにはならぬだろうな」

真剣な面持《おももち》ちで晴氏は確かめた。さすがに薫を死なせるわけにはいかない。もしそんなことになれば、横死《おうし》を疑って氏綱が古河城に乗り込んでくるかもしれない。

「腹の子だけが流れます。薫姫さまには数日、床に臥せっていただくことになりますが、それだけで済みましょう」

そうか、とつぶやいて晴氏はしばし考えた。

――いや、すべては幸千代王丸のためだ。

息を深く入れてから晴氏は面を上げた。

「やれ」

短く一言だけ発した。はっ、と返事を残して田助が消えた。


しかし、いつまでたっても薫が流産したとの知らせは届かなかった。じれた晴氏は再び田助を呼び、話をきいた。

「薫姫さまの守りがあまりに堅《かた》く……」

悔しげな思いを顔色ににじませて、田助がうつむく。

「その守りを破るのが、そなたたちの役目であろう」

「実は……」

いいにくそうに田助が言葉を途切れさせる。

「風魔《ふうま》が薫姫さまの守りに就《つ》いているのでございます」

「風魔だと……」

晴氏は眉根を寄せた。聞いたことがある。北条家が使っている忍びである。

手練《てだれ》のさくらの一族とはいえ、風魔の練達《れんたつ》の忍びが警固についていては、手出しができないというのか。

「田助、そなたらの力では薫を流産させられぬのか」

「申し訳ありませぬが、付け入る隙がございませぬ」

「命を捨ててかかってもか」

「その覚悟で挑んでいるのですが……」

「まことにそうなのか」

晴氏は疑り深い目を向けた。

「我らはできる限りことはしております。すでに何人かの手下が命を失いました」

「むう、そうであったか……」

――なんと無力な者どもよ……。

唇を歪《ゆが》め、このまま手をこまねいているしかないのか、と晴氏は思った。どう考えたところで、今の晴氏にできることはなかった。今は、薫からおなごが生まれるのを祈るしかない。

そのまま虚しく日が過ぎ、晴氏が最も恐れていたことがついに起きた。

天文十二年（一五四三）の三月二十六日、薫が男子を産んだのである。

望まない子といえども、名をつけないわけにはいかない。古河城内で狂い咲きの梅が舞い散っていた。

「梅千代王丸にせよ」

赤子の顔もろくに見ることなく、晴氏は名づけた。

——今度は、梅千代王丸を亡き者にせねばならぬ。

腹のうちで晴氏は暗い決意を固めた。どんなことがあろうと、幸千代王丸に家督を継がせなければならない。すでに十歳となった幸千代王丸は年齢のわりには大柄で、いずれ偉丈夫《いじょうぶ》に成長するのは疑いようがない。

晴氏はまた田助を呼んだ。

「梅千代王丸をこの世から除くのだ」

冷徹な口調で命じた。だが、田助はどこか浮かない顔だ。

「どうした」

「御所さまのご命令とはもうせ、まず無理なのではないかと……」

その言葉を聞くや、怒りの炎が晴氏の全身を焼いた。

「なにゆえ忍びが気弱なことを申す。風魔が梅千代王丸を守っておるゆえか」

「御意《ぎょい》」

「そなたが命を懸けてやってみよ。さすれば、必ず道が開けよう」

「命を懸けることは厭《いと》いませぬが……」

つぶやいた田助の表情が一瞬で変わり、ぎらりと光る目で晴氏をにらみつけてきた。

「なんだ、その顔は」

晴氏が声を荒らげると田助が面を伏せ、失礼いたしました、と謝した。

「御所さまの仰せの通りにいたします」

「どんな手を使ってもよい。梅千代王丸を亡き者にせい」

辞儀をして田助が去った。

その後、晴氏はひたすら吉報を待ったが、田助からは一切の報告がなかった。田助自身、姿をあらわさなくなった。

風魔に返り討ちにされたのか、それとも梅千代王丸の闇討ちにしくじって逃げたのか。そのあたりの事情は判然としない。

さくらの一族は、もちろん田助一人ではない。晴氏は他の者にもつなぎを取ろうとしたが、それも叶わなかった。

田助にいったいなにがあったのか。さくらの一族は、風魔に全滅させられたのか。そうかもしれぬ、と晴氏は思った。

——ならば自らやるしかあるまい。余が引導《いんどう》を渡してやる。

書院を出た晴氏は、逸《はや》る心とは裏腹にひどく重い足を引きずるようにして、梅千代王丸の部屋へ向かった。

「ようこそお越しくださいました」

梅千代王丸の世話をしている乳母《うば》が晴氏を出迎え、畳に手をつく。他の女中たちも同じようにした。

誰もが驚きの顔を隠せずにいる。梅千代王丸が生まれてからほとんど足を運ぶことがなかった晴氏が、急にあらわれたからだろう。

「梅千代王丸は元気か」

できるだけ快活な声で晴氏はきいた。

「すこぶるお元気でございます」

笑顔で乳母が答える。

「よく乳は飲んでおるのだな」

「はい、もうたっぷりと」

「顔を見せてもらってよいか」

「もちろんでございます。今は眠っていらっしゃいますが……」

晴氏は、梅千代王丸が寝ている奥の部屋に通された。胸が痛いほどになっている。これから我が子を手にかけようというのだ。それも当然だろう。

どうやって殺せばよいだろうか、と晴氏は考えた。抱き上げてくびり殺すしかあるまい。

枕元に座り、首を伸ばして我が子の顔を見つめる。梅千代王丸は、すやすやと寝息を立てていた。

むっ、と声を漏らし、晴氏は顔をしかめた。

——なんということだ。

息をのみ、愕然《がくぜん》とする。久しぶりに会った梅千代王丸は、実にかわいかったのだ。この愛くるしさは幸千代王丸にまさるとも劣らない。

これは晴氏にとって、思いもかけないことだ。

——まさか薫との子が、これほど愛おしく思えようとは……。

胸の壺《つぼ》が、愛情という蜜《みつ》で一気に満たされたのを晴氏は感じた。

——無理だ、余には殺《や》れぬ。

晴氏は目を閉じ、がくりとうなだれた。

晴氏が来たことを耳にしたらしく、薫も姿を見せ、明るい声で挨拶してきた。

「御所さま、いらっしゃいませ」

晴氏が堕胎をさせようとしたり、梅千代王丸の命を狙わせたりしたことなど知らないのか、薫はにこにこと笑っている。

――風魔の者どもは、なにも伝えておらぬのか……。

そうとしか思えない。つまり風魔は氏綱に命じられ、ひそかに梅千代王丸や薫の警固に当たっているのだろう。

――もしすべての事実を薫が知ったらどうなるか。鬼女《きじょ》になるのではないか。

久方ぶりに顔を目の当たりにして、晴氏は薫のこともやはり愛おしく感じた。

なにゆえ薫を堕胎させようとし、さらに梅千代王丸をこの世から除こうとしたのか。晴氏には、さっぱりわけがわからない。なんらかの熱に浮かされていたとしか思えない。

薫に子ができれば愛おしくなることは、五年前に足利義明との戦が避けられなくなって氏綱に加勢を頼んだときに、はっきりしていたのだ。

ここで梅千代王丸を生かしておけば、と晴氏は思った。いずれ後悔することになるのは、火を見るより明らかだ。

梅千代王丸が古河公方家内にくすぶる火種となるのは、まちがいない。

だが、晴氏にもはや梅千代王丸を殺すことはできない。宿敵だった義明の子の国王丸すら逃がしたのである。血のつながる我が子を、この手で殺せるわけがない。

それに、もしいま晴氏が梅千代を手にかけようとすれば、風魔が黙っていないだろう。今もどこからか、じっと監視しているに決まっている。

目を閉じ、晴氏は沈思した。

――人生に偶然はない。すべては、あらかじめ定められておる。なるようにしかならぬのだ。ここで余が梅千代王丸を生かすのも、天が決めたことでしかない。

それに、と晴氏は続けて思った。古河公方家は代々、父と子が争い続けてきた。

――余も父上と戦い、古河公方家の家督を勝ち取った。いずれ梅千代丸も、余に牙をむくであろう。

そのときはそのときだ、と晴氏は卒然と面を上げた。きっと父としての威厳を、梅千代王丸に見せつけることになろう。

戦場で梅千代王丸と相まみえるのが、むしろ楽しみですらあった。

梅千代王丸と薫に別れを告げ、晴氏は幸千代王丸の部屋に向かった。無性《むしょう》に顔を見たくなっていた。

もう十歳になったというのに、幸千代王丸はまたしても眠っていた。相変わらず大柄な体つきにそぐわぬ、赤子のような寝顔をしている。

その安らかな表情を見ているうち、そうか、と晴氏は気づいた。

――父と子が争うのが古河公方家の伝統なら、余と幸千代王丸が争うことになっても、不思議はない。いや、むしろそのほうが自然であろう。

どのみち、この先も古河公方家の家督争いは延々と繰り返されていくのだろう。そうである以上、関東静謐など夢のまた夢だ。

ならば、誰が自分の跡を継ごうが、実はどうでもよいことなのではないか。

——なにゆえ余はあれほどまでに、幸千代王丸に家督を継がせることに固執《こしゅう》したのか。

晴氏は幸千代王丸のことを深く愛しているが、もし対決ということになれば、情けなどかける気は一切ない。

今は懐《なつ》いている幸千代王丸もいつ豹変《ひょうへん》し、晴氏に挑みかかってくるものか。

人というのは、と晴氏は目を閉じて思った。必ず心変わりをする生き物なのだから。

第四話 宿縁

――河越夜合戦

荒山徹

一

葦《あし》が、輝いている。

陽光を浴び、燦然《さんぜん》と、黄金《こがね》色に輝きなびく河辺の葦原《あしはら》――。

何という美しさであろう。眼前に展開する光景に馬上の将軍は瞳を奪われた。魂をも奪われた。寒冷の僻地《へきち》で干戈《かんか》を交えること幾星霜《いくせいそう》、ようやく人心地《ひとごこち》ついた思いである。

勇猛で、武略に優れた将軍は、なおかつ和歌の巧者《こうしゃ》でもあった。

吹く風を　なこその関と思へども
道もせに散る　山桜かな

の秀歌は広く知られていた。陸奥守《むつのかみ》兼鎮守府《ちんじゅふ》将軍に任じられ、任地に赴《おもむ》くに際して詠《よ》んだものである。

奥羽《おうう》清原氏の内紛を鎮定《ちんてい》するのに、実に三年の歳月を要した。今は京都へ凱旋《がいせん》する途上にある。

帰途は勿来《なこそ》でなく白河《しらかわ》を択《えら》んだ。古来、歌枕《うたまくら》としてあまりに有名な白河の関。それを越えたからには、もはや陸奥ではない。帰還したのだ、五畿七道《ごきしちどう》――葦原瑞穂国《みずほのくに》に。東山道《とうさんどう》は下野国《しもつけ》に入った。粛々《しゆくしゆく》と那須《なす》郡を南下し、鹽屋《しおや》郡まで進んだ時に、卒然と前方に現われた広い葦原の、かくもまぶしき壮麗な輝きを目《ま》の当たりにしたのであった。

あし、かがやけり！

霊感に搏《う》たれるが如く、にわかに歌心《うたごころ》が湧いた。葦、輝けり。どこに。下野の野に。

陸奥《みちのく》に　みとせのいくさやはし終へ
　しもつけの野に　葦かがやけり

ただちに一首ものすと、将軍は全軍に休息を命じた。

「で、ここは何という地であるか」

感嘆とともに吐き出されたその問いは、案内役として前方を進んでいた土地の老農夫の耳に届かず、代わって側近の一人が答えた。

「喜連川《きつれがわ》と申しまする」

「きつれがわ？　変わった名だが」

「あれなる古木《こぼく》に――」

側近は右腕を水平に伸ばし、河辺の葦原から突き出た一本の樹木を指差した。樹齢幾百歳とも知れぬ老木であった。

「九尾の狐《きゅうび》が棲《す》みついていたため、あの川は狐川《きつねがわ》と呼ばれ、それが訛《なま》って喜連川へと転じたやに云《い》い伝えられております。近くに良質の湯が湧き、喜連川温泉と称して、行軍の疲れを癒《いや》すには最適でございましょう」

「やけに詳しいな、不二丸《ふじまる》」

「拙者《せっしゃ》、生まれも育ちも喜連川なれば」

「ほう」

将軍は改めて側近を見やった。赴任《ふにん》途上、徴募《ちょうぼ》に応じた男だった。まだ若く、顔立ちは平凡、これという特徴がない。武士にも百姓にも遊芸人《ゆうげいにん》にも見える。別れて十歩と行かないうちに忘れてしまうほど印象に残らぬ顔。

だがその活躍たるや際立《きわだ》っていた。狐のような素早さと機知で奥州《おうしゅう》の戦場を駆け抜け、手柄を重ねた。将軍は、敵の罠《わな》に嵌《はま》って危うく命を落としかけたところを二度も救われ、それを奇貨として、素性《すじょう》もよく知らぬ不二丸を近習《きんじゅう》に取り立てたのだった。

「そうであったか。しかし何とも佳《よ》きところであるかな、喜連川とは。わしにとって育った京は華美に過ぎ、二度の戦功を得た陸奥は辺境にもほどがある。縁もゆかりもなき土地に、かくも感じ入ったことはない。さなり、――葦原の瑞穂の国を天降《あまくだ》り、領《し》らしめしける天皇《すめろき》の神の命《みこと》の御代《みよ》重ね――家持《やかもち》だよ」

「…………」

「ともかくも葦の輝く喜連川、いずれ我が所領にしたきもの」

「我が故郷への過分なお言葉、痛み入ります」

「不二丸よ、喜連川の不二丸よ、おまえには格段に世話になった。京へ戻ったら褒美《ほうび》は思いのままゆえ、何なりと申すがよい」

満ち足りた思いが云《い》わせた言葉だった。

「されば、殿、不二丸めはこれにてお暇《いとま》を頂戴《ちょうだい》つかまつりとうございまする」

「何」

「拙者、思うところあって身を修験《しゅげん》の道に投じばや。幸い、我が下野国には日光二荒山《にっこうふたらさん》なる一大霊場がございます。そこへ籠《こも》って修行を積む所存《しょぞん》にて」

「修験者になって何とする、不二丸」

「殿には格別のお取り立てを蒙《こうむ》り、陸奥の戦場で働くを得て、拙者、自分の尋常《じんじょう》ならざる力に気づいた次第にございます。我が心身に秘められしこの異能、修験道によってさらに磨きあげてみとうございます。神慮仏縁《しんりょぶつえん》あらば、拙者が殿にお仕《つか》えしたように、我が末裔《まつえい》どもも殿の御子孫をお守りすることがございましょう――御免《ごめん》」

不二丸は一礼すると、駆け出した。

「あ、待て」

止める暇もあらばこそ、狐さながらに鋭く跳躍するや、葦の海原《うなばら》に水没するが如く、忽然《こつぜん》と消え失《う》せた。九尾の狐が棲みついていたという、その老木の辺り――。

二

「東山道は下野国を西進して上野国《こうずけ》へと入るが、陸奥守兼鎮守府将軍源義家公《よしいえ》はその手前で進路を南に転じた、と伝わる」

足利晴氏《はるうじ》は盃《さかずき》の濁酒《にごりざけ》を呑み干すと、さらに語を継いだ。

「南――武蔵国《むさし》は幡羅《はら》郡、大里《おおさと》郡、比企《ひき》郡を通過し、入間《いるま》郡では大河を越えた。その時、義家公は霊感を得たかのように予言めいた措辞《そじ》を口走ったそうな。

――ここなる入間河越《かわごえ》の地こそ、我が子孫にとって由々《ゆゆ》しき土地とならめやも。

さらに馬を進め、多摩川《たまがわ》を渡り、相模《さがみ》国に入った。目指す先は所領の鎌倉だった。そもそも鎌倉は平氏の土地で、上総介《かずさのすけ》平直方《なおかた》の領有するところ。それが義家公の手に帰したのには、こういうわけがある。直方は、叛乱を起こした平忠常《ただつね》の追討使《ついとうし》に任じられるも独力で平定する能《あた》わず、武の誉《ほま》れ高き清和《せいわ》源氏の棟梁《とうりょう》源頼信《よりのぶ》・頼義《よりよし》父子の助力を得て使命を成し遂げ得た。恩義を感じた直方は頼義を娘婿《むすめむこ》とした。源頼信の子頼義と平直方の娘の間に生まれた快男児――源平両者の血を引くのが我が祖、八幡太郎《はちまんたろう》源義家公であり、直方は外孫の義家公に鎌倉の地を譲り、以来鎌倉は源氏の所領になったという次第だ」

武門の棟梁源氏の起源を討《たず》ねれば、清和天皇を父と仰ぐ貞純《さだずみ》親王の子経基《つねもと》が源姓を賜《たまわ》ったのを以《もっ》て濫觴《らんしょう》とする。臣籍《しんせき》降下した源経基の孫が頼信で、頼義、義家、義親《よしちか》、為義《ためよし》、義朝《よしとも》、そして征夷大将軍頼朝、二代目将軍頼家《よりいえ》とつづき、頼家の弟で三代目将軍の実朝《さねとも》が暗殺されたことで源氏の嫡流《ちゃくりゅう》は途絶えた。

かくして源氏の正統は支流の足利へと移動することとなったが、征夷大将軍の職まではさすがに移らなかった。

足利は、八幡太郎義家の孫、源義康《よしやす》が父義国《よしくに》から下野国足利郡の所領を譲られて定住、地名を姓としたのが淵源《えんげん》だ。以来、義康の子の義兼《よしかね》、義氏《よしうじ》、泰氏《やすうじ》、頼氏《よりうじ》、家時《いえとき》、貞氏《さだうじ》とつづき、貞氏の子の尊氏《たかうじ》に至って宿願の征夷大将軍職を射止めた。

尊氏の三男義詮《よしあきら》が鎌倉から京都にのぼり、父の跡を継いで二代目将軍となり、義詮の同母弟基氏《もとうじ》は父の元から武都鎌倉にくだり、兄の跡を継いで二代目鎌倉公方となった。以来、基氏の子氏満《うじみつ》、満兼《みつかね》、持氏《もちうじ》、成氏《しげうじ》、政氏《まさうじ》、高基《たかもと》、そして、この晴氏という系譜《けいふ》である。

——と、晴氏としては、太祖義家の故事より説き起こし、おもむろに名門足利の血脈の説明に取りかかろうとしたところで、扇谷《おうぎがやつ》上杉朝定《ともさだ》によって話を遮《さえぎ》られた。

「いやいや、公方さま、これはまた興味深きお話をお聞かせいただいたもの。八幡太郎義家公が後三年合戦を終えての帰途に、さような逸話をお持ちだったとは。して如何《いか》なる書物に書かれておりまする」

朝定は上機嫌だ。すっかり酔いがまわっている。顔が真っ赤で呂律《ろれつ》が少々あやしい。

「書物ではない。父から聞いたのだ」

「口伝《くでん》でございますか。しかし喜連川の狐うんぬんはともかくとして、入間河越に関する義家公の予言、これはもう見事に的中したことになりますな。それも二度」

「二度？」

晴氏は山内上杉憲政《やまのうちのりまさ》に視線を移した。憲政も盃を重ねること朝定に劣らないが、こちらは呑めば呑むほど顔色が青白くなってゆく体質のよう。普段の明晰《めいせき》な口跡《こうせき》にも変わりはない。

憲政はさわやかにうなずいた。

「さよう。一度目は今を去《さ》んぬる二百十三年前、足利義詮さまが、幕府軍を率いる北条貞国《さだくに》、長崎高資《たかすけ》をお撃ち破りあそばした小手指原《こてさしがはら》と久米川《くめがわ》の合戦は、ここ河越より眼と鼻の先にございまするぞ」

「うむ、そうであったな」

晴氏はうなずきかえす。もっとも当時、義詮は生まれて三年足らずの幼児に過ぎず、鎌倉進撃軍の実質的な総司令官は新田義貞《にったよしさだ》だったのだが、そのような瑣事《さじ》は拘《こだわ》るまでもない。源氏の名門足利の名あってこそ関東の武士はその旗、二引両《ふたつひきりよう》の旗のもとに挙《こぞ》って群がったのだ。

「そして二度目が今、というわけか」

晴氏は盃を置き、首をめぐらして、北の方角を眺めやった。

まもなく子《ね》ノ刻《こく》（午前零時ごろ）——。

ようやく昇った下弦《かげん》の月が、低い丘陵に築かれた城をおぼろに照らし出している。落城間近い哀れな孤城を。

三

晴氏が、小弓《おゆみ》公方の義明を滅ぼすため北条氏綱《うじつな》の力を借りた国府台《こうのだい》合戦から、八年が過ぎていた。

この間に関東の情勢は大きく変化した。まずは何といっても北条のめざましい躍進だ。氏綱は五年前に死んだが、跡を継いだ嫡男氏康《うじやす》が父以上の切れ者で、北条の勢力はますます強大化し、今や関東全域に及んでいるといっても過言ではない。関東管領《かんれい》職をめぐって久しく宿敵の間柄にあった山内・扇谷の両上杉家が劇的な和解を遂げるに至ったのも、北条に対抗するためなればこそである。

晴氏にとっても、北条の威勢伸長は古河《こが》公方の権威の弱体化であり、苦悩は深まる一方だった。このまま小田原《おだわら》の影響下でしか古河公方家の存続はないのか、と。その点で、晴氏の立場は両上杉と利害を同じくするものといえた。

両上杉家が動いたのは昨年である。山内上杉憲政と扇谷上杉朝定が連合して河越城を囲んだのだ。両上杉家の当主は代替わりして憲政は二十三歳、朝定は二十一歳という若さであった。二人とも若さゆえの血気に逸《はや》っていた。河越城はそもそも朝定の居城で、それが九年前、武蔵進出の拠点として北条に武力で奪われた、という因縁《いんねん》がある。

晴氏は憲政と朝定に誘われ連合軍に加わった。北条氏康の妹を正室に迎えている身としては、悩みに悩んだ挙句《あげく》の苦渋《くじゅう》の決断だった。旭日天《きょくじつ》に昇るかの如き勢いを誇る北条に、公然と敵対することになるからだ。

晴氏を決断に導いたのは、もう一つの情勢の変化であった。

すなわち氏康が二つの隣国、駿河《するが》の今川・甲斐《かい》の武田と干戈《かんか》を交えるに至ったことだ。氏康は駿河に出陣して陣頭指揮を執《と》り、関東には兵を割《さ》けぬ状況と相成《あいな》った。憲政と朝定は、これを好機とみて河越城奪還に乗り出したのだったが、思いは晴氏も同じであった。

かくしてここに、鎌倉公方足利家と、その補佐役たる関東管領上杉が手を組むという、鎌倉府の本来あるべき姿が復活することになったのである。

何よりもそのことに晴氏は感慨を禁じ得ない。思えば百三十年前の上杉禅秀《ぜんしゅう》の乱を皮切りに、永享《えいきょう》の乱、結城《ゆうき》合戦、享徳《きょうとく》の乱、長享《ちょうきょう》の乱と、足利家と両上杉家は三つ巴《どもえ》の争いを繰り広げてきた。かくなるうえは河越城奪還を露払《つゆはら》いとして北条を滅ぼし、古河から鎌倉に凱旋《がいせん》せばや、鎌倉府の完全無欠の姿を復活させずにはおかじと、手勢を率いて参戦し攻囲軍の一角に布陣した晴氏は、昂揚《こうよう》し夢をふくらませたのだった。

古河公方、両上杉の三者連合軍は総勢八万を数えた。

氏康の義弟北条綱成《つなしげ》が三千の寡兵《かへい》で守る河越城は、年を越しても落城しなかった。援軍もないまま、しぶとく抵抗をつづけていた。

それもまもなく終わる。このところ氏康からは、講和を打診する使者が頻繁《ひんぱん》に送られてきている。しかも回を追って和睦《わぼく》の条件は低くなってゆく。河越城を守り通そうという意志が氏康にないのは瞭《あき》らかだった。

晴氏は氏康の動静をさぐるべく、さくら一族の頭領千古《とうりようせんこ》の不二丸を小田原に送りこんだ。

不二丸は、先代の不二丸から代替わりして間もない。さくらの忍びの新頭領は、先代と違い、晴氏が北条に敵対することに断固反対だった。送られてくる報告は、小田原城下の隆盛《りゆうせい》ぶりと北条の民政の巧《たく》みさを細かく伝え、ゆえに北条を侮《あなど》ってはならない、という戒《いまし》めばかり。晴氏の気分を害するものでしかなかった。

「役立たずめが。見よ、不二丸、八幡太郎義家公の予言、またも成就《じようじゆ》ぞ」

会心《かいしん》の思いで晴氏はひとりごち、河越城から視線を引き戻した。

戦陣らしからぬ、いや、戦陣にあるまじき光景が晴氏の眼前に広がった。呑めや歌えやの大宴会。あちこちで武将らは盃を干し、遊女を抱いていた。半裸、全裸の比丘尼《びくに》の姿もある。女を奪い合って喧嘩沙汰《けんかざた》が起きてもいる。高歌放吟《こうかほうぎん》、どんちゃん騒ぎとはまさにこのことだった。

——落城の前祝《まえいわい》を催《もよお》さんと存じまする。

今夕、憲政と朝定から誘われ、憲政の本陣に足を運んでみれば、すでに祝宴は酣《たけなわ》であった。若い二人を相手に八幡太郎義家の逸話を訓じ、そのうえさらに足利の血脈を説こうとしていた自分が、急に莫迦《ばか》らしくなった。

如《し》かじ、浮かれるに！

晴氏の胸中を察したように、すかさず朝定が勧める。

「ささ、小むずかしい話はそろそろ。公方さまのために、とっておきの美女を用意しておきましたぞ。これへ」

連れてこられたのは三人の白拍子《しらびょうし》。そろって若く、いずれ劣らぬ美形である。

憲政が促《うなが》した。

「まず公方さまからお択《えら》びを」

「うむ」

択ぶまでもなかった。晴氏の眼は中央の女に吸い寄せられていた。釘づけになった。正室の薫姫《かおるひめ》によく似ていた。憎い氏康の妹。徒《あだ》や疎《おろそ》かに扱ってはならぬ北条の女。この白拍子を薫姫として抱き、思いきり責め苛《さいな》んでやりたいという炎のような衝動が晴氏を貫いた。

見染《みそ》められたと思ったか、中央の女が艶然《えんぜん》と媚笑《びしょう》をかえした——と、その時だった。

ふうっと周囲が明るくなった気がして、晴氏は何とはなしに夜空を見あげた。

空が真っ赤に染まっていた。何百、何千本もの火矢の飛翔《ひしょう》である、と気がつくまでに数秒を要した。気がついた時には無数の火矢は炎の奔流《ほんりゅう》、赤い豪雨となって本陣に降り注がれていた。このところの晴天つづきで、すべての資材が乾燥しきっていた。すぐに各所で火の手があがった。火矢に射し貫かれた者たちの絶叫が重なり合う。

「北条じゃ！　北条が攻め寄せてきたるぞ！」

「夜襲《やしゅう》ぞ、北条の夜襲ぞ！」

怒号《どごう》が湧いた。

「殿！」

朝定の前に息せき切って駆けつけてきたのは、扇谷上杉家の宿老難波田憲重《しゅくろうなんばだのりしげ》である。自慢の関羽髭《かんうひげ》が焦げてチリチリになり、顔の右半面が無惨《むざん》に焼けただれている。わめくように大音声《だいおんじょう》で云《い》った。

「北条めが、北条めが奇襲を！　講和の申し出は偽《いつわ》りでございましたぞ！」

「おのれっ、謀《たばか》ったか氏康！」

叫んだ瞬間、朝定の身体《からだ》が甲冑《かっちゅう》ごと真っ二つに裂けた。血煙りの向こうに現われたのは、太《た》刀《ち》を握った半裸の比丘尼だった。

「風魔《ふうま》だっ、風魔のくの一だぞうっ」

誰のものとも知れぬ憤怒《ふんぬ》の絶叫が響きわたる。

晴氏はあたふたと周りを見まわした。本陣は今や大混乱に陥《おちい》っていた。火矢はなおも襲来して火焔《かえん》地獄を現出せしめ、くの一の正体を露《あら》わにした遊女、比丘尼たちは白刃《はくじん》を縦横にふるって、武将たちを思うがままに殺戮《さつりく》していく。

憲政はいつのまにか姿を消していた。素早く逃げたに違いない。

「誰かあるっ」

晴氏が咽喉《のど》を絞《しぼ》った必死の叫びは、動転の逆巻《さかま》く渦の中にむなしく消えるばかり。

「こちらへ」

白い手が差し伸べられた。薫姫に面差《おもざし》の似たあの白拍子だった。晴氏は後ずさりした。

「ご案じ召さるな、殿。拙者でございます」

眼の前の白拍子は突然、男の姿に変化《へんげ》した。

「おお、不二丸ではないか」

「風魔のくの一集団に潜入しておりました。さ、脱出いたしまする」

晴氏は、さくらの新頭領に手首を握られるがまま駆け出した。炎の熱波がめらめらと肌をあぶり、阿鼻叫喚《あびきようかん》が間断《かんだん》なく耳にこだまする。四方八方から血流を浴びた。まさに地獄めぐりの如き疾走《しつそう》であった。

気がつくと、どことも知れぬ森の中を走っていた。息があがっていた。

「ま、待て、不二丸。もう走れぬ」

「ばかめ。前祝などという愚かなことをするからだ。畢竟《ひっきょう》、古河公方の器に非《あら》ず」

聞き覚えのない、しゃがれた声が嘲笑《あざわら》うように云った。晴氏はぎくりとした。二人の足は止まっていた。

「お、おまえは誰だ」

不二丸は晴氏を振りかえった。不二丸ではない。見たことのない顔。鎌のように吊りあがった細い眼が冷酷な光をたたえている。

「北条忍軍——人呼んで風魔が頭領、風魔小太郎《こたろう》とはおれのことだ」

晴氏の意識は暗黒の虚空《こくう》に呑みこまれた。

四

話は数日前にさかのぼる。

北条忍軍——人呼んで風魔が頭領、風魔小太郎は主君の北条氏康に呼び出された。選《え》り抜きの忍びを連れて参れとの下命《かめい》だった。

氏康は昨年来、今なお駿河の陣中にあることになっている。だが秘《ひそ》かに小田原に戻ってきていた。係争中だった今川義元《よしもと》、武田晴信《はるのぶ》との間に和議が成立したからである。

その事実を伏せたまま、時を移さず河越城の包囲軍を奇襲しようというのだった。出陣の準備は極秘に進められ、最終段階に入っている。

小太郎が氏康に拝謁《はいえつ》する場所は、いつもと同じく小田原城最奥《さいおう》の曲輪《くるわ》であった。彼らの頭上には穏《おだ》やかに晴れあがった五月中旬の青空が広がっていた。鳶《とび》のつがいが、長閑《のどか》な鳴き声をあげながら輪を描いている。

「その者たちが風魔の精鋭か、小太郎」

頭領の背後に平伏《へいふく》した七人の忍びを見やって、氏康は鋭く云った。

「御意《ぎょい》にございます」

「名乗りを許す」

七忍は次々に名のった。

「――猫ノ目典膳《てんぜん》にござる」

「――霞幻史郎《かすみげんしろう》」

「――十六夜真鶴《いざよいまづる》で」

「――うつぼ甚兵衛《じんべえ》と申しまする」

「――大山耕雲斎《こううんさい》と」

「――獅子神将監《ししがみしょうげん》でござる」

「――綾虎隼人《あやとらはやと》でございます」

最後に小太郎が云った。

「以上、風魔七忍衆、如何《いか》なるご下命も果たしてお目にかける所存でございます」

「頼もしきかな、風魔の忍び師たちよ！」

感に堪えたような声音。忍びではなく忍び師と云うのが、氏康の云い癖である。懐中《かいちゅう》から一枚の紙を取り出すと、小太郎に投げて寄越した。

「矢文《やぶみ》だ。今朝、我が寝所《しんじょ》の濡れ縁に刺さっておったわ」

氏康の声にはかすかに憂《うれ》いが響く。小太郎は文面を読んだ。

小田原城下に古河公方足利晴氏子飼いの忍びが潜入している、と矢文は警告していた。さくら一族の頭領千古の不二丸なる者、氏康公に河越城奇襲の企《くわだ》てあるを疑い、しきりに探りを入れている最中なり。しかるべく処断あるべし云々《うんぬん》——と。

これが事実なら、氏康が憂慮《ゆうりょ》するのも宜《むべ》なる哉《かな》である。

「こたびの河越城救援作戦は、小人数による奇襲を以《もっ》て旨《むね》とする。もしこの計画が古河公方に事前に知られれば、奇襲が失敗に帰《き》すは必定《ひつじょう》じゃ。公方の忍びを探し出し、斬れ、小太郎」

「かしこまって候《そうろう》」

小太郎は血潮の奔騰《ほんとう》を面《おもて》に刷《は》かず、あくまで冷静に一礼した。彼は先だって、父である先代の風魔小太郎の死去に伴い、風魔頭領の地位を襲ったばかりであった。これが指揮官としての初仕事になる。内心では昂《たかぶ》らずにいられなかった。

「殿、ご安心くださいませ。数日来、城下にて不審の振舞いをする者を見とがめ、すでに監視下に置いておりまする。その者が果たして矢文の告げる千古の不二丸やも。誓って日没までに吉左右《きっそう》をお届けいたしましょう」

残る問題は、そもそも矢文を射こんだ者が誰かということだが、不二丸を捕らえればそれも氷解するだろうと、この時、小太郎は歯牙《しが》にもかけなかった。

不審の振舞いをする者とは、どこからともなく飄然《ひょうぜん》と小田原城下に現われ、大道《だいどう》で独り興行《こうぎょう》を打っている手妻師《てづまし》のことだった。

藤原狐麻呂《きつねまろ》という如何にも人を喰《く》った名前を名乗っていた。さして面白い手妻でもないため、人を集めることができない。よって興行もそこそこに、城下を物見遊山《ゆさん》で歩きまわる。日銭を気にしない大道芸人にあるまじきその振舞いが、風魔の不審を誘ったのである。

御前《ごぜん》を退出した小太郎に、さっそく監視の者より注進が入った。狐麻呂は今日の早朝、城下を出立《しゅったつ》、西進して箱根の険を越えんとする気配あり、と。

——不二丸め、氏康さまが小田原にお戻りあそばした確証を得られず、ならばと駿河に確かめに参る魂胆《こんたん》だな。

小太郎はそう直観した。駿河に行かれては万事休《ばんじきゅう》す。対今川の御陣が引き払われているのを目の当たりにすることになるのだから。

「さあ、狐狩りだ」

小太郎は七忍衆を率いて、自ら不二丸追跡の先頭に立った。八人の風魔忍者は、その名の通り魔の風となって山中を疾《はし》った。

箱根山は風魔の忍びたちにとって庭も同然だ。地理は知りつくしている。ほどなくして前方の尾根をゆく手妻師を視界に捉えた。

城下で見せていたぶらぶら歩きと違い、岩から岩へと猿のように飛び移るその足取りは、彼がただの手妻師ではなく、間違いなく忍びであることを物語っている。

「典膳、真鶴、隼人。先回りして、きゃつの足を止めろ」

小太郎は俊足の三忍に命じた。尾根道をはずれて中腹の獣道をたどれば可能だ。

「芦《あし》ノ湖畔《こはん》に追いつめまする」

綾虎隼人が云った。

「湖風《こふう》に吹かれながら、お頭《かしら》が追いつくのをお待ち申し上げましょう」

七忍のうちの紅《こう》一点、十六夜真鶴が云った。

「対手《あいて》が刃向ったら、手を出してかまいませぬか」

猫ノ目典膳が訊《き》いた。

「うむ。だが殺すなよ」

その返答に、三忍は満足そうな笑い声を残して茂みの中へと消えた。

小太郎の眼前に芦ノ湖が広がったのは、まだ夕方には間のある頃だった。湖面は陽光を反射してまぶしく輝き、山間《やまあい》の向こうに、霊峰富士の白い山頂が顔を出している。

さざ波の打ち寄せる岸辺の砂浜に、三人の風魔忍者が腕組みをして立っていた。彼らに前方を遮られた形で、手妻師がうっそりと佇《たたず》んでいる。右手に握った大刀を、棒きれのようにだらりと下げている。

「でかしたぞ、おまえたち」

四人の忍者を従えて駆け寄ろうとした小太郎は、つと異変を感じて、足を止めた。

手妻師が、背中に斜め掛けした鞘《さや》に大刀を斂《おさ》めた。パチリッ、という涼やかな音とともに猫ノ目典膳、十六夜真鶴、綾虎隼人の身体がゆらりと前方に傾《かし》ぎ、腕組みした姿勢のまま砂浜に顚倒《てんとう》した。

「ご覧《ろう》じろ、ご覧じろ、これぞ藤原狐麻呂流手妻の神髄《しんずい》でござるわい。峰で打ったまでにて、命に別条はなく候。ご安心ご安心」

振り向きもせず、手妻師の口上《こうじょう》のように淀《よど》みなく云ったのが、風魔衆の驚愕《きょうがく》を一瀉千里《いっしゃせんり》に憤怒へと変えた。

「お、おのれっ」

小太郎の下知《げち》を俟《ま》たばこそ、霞幻史郎、うつぼ甚兵衛、大山耕雲斎、獅子神将監の四忍は白刃を抜いて手妻師に襲いかかった。

手妻師は斂めたばかりの大刀を抜き合わせた。一対四——彼我《ひが》五人の忍びは五つの黒い速影《はやかげ》と化して跳躍し、疾走し、湖風に溶解するが如くに旋回《せんかい》し、そして静止した。その静かなる構図は湖岸に佇立《ちょりつ》する石仏群を思わせた。

やがて動いたのは手妻師だった。背中に大刀を戻すと、先ほどのようにパチリと鍔鳴《つばな》りの涼やかな音がした。続いて、これも先ほどと同じく、今度は四人の忍者が丸太を転がすように斉《ひと》しく倒れたのである。

「ぬうっ」

小太郎は抜刀した。

手妻師が振り向いた。まだ若く、顔立ちは平凡、これという特徴がない。武士にも百姓にも見える、当然、遊芸人の手妻師にも。

「古河公方の忍びよな。千古の不二丸と申すか」

「如何にも」

「おれは風魔小太郎」

「我ら二人には共通点あり」

「何」

「ともに先代の跡を継いだばかりの新米頭領ということだ」

「それがどうしたというのだ」

叫ぶや小太郎は跳躍した。対手は風魔七忍衆を倒した手練《てだれ》だ、要慎《ようじん》せねばと弁《わきま》えてはいたが、眼の前で部下を瞬時に無力化された怒りのほうが勝《まさ》っていた。

小太郎は高々と宙を舞った。眼下に、千古の不二丸が背中の大刀を抜くのを視認した。不二丸やぶれたり！　彼《か》の大刀が迎え撃つより早く、こちらの大刀が脳天を串刺しに――。

「退邪《たいじや》治妖《じよう》、抜ケバ玉散ル！」

呪文《じゆもん》の如きその声とともに、不二丸の大刀の鍔の辺りから霧のように細かな水しぶきが迸《ほとばし》った。一気に降下していた小太郎には、かわす暇がなかった。顔面に浴びた。恐ろしいまでに冷たい水だった。またたくまに寒気、冷気が全身に広がり、動きが鈍った。筋肉が急速冷却、瞬間冷凍されてゆく感覚だ。

（さ、寒い）

それが最後の意識だった。心までもが暗黒世界に氷結し、小太郎は失神《しつしん》した。

五

意識を取り戻すと、手足を縄で厳重に結《ゆ》わえられ、湖岸に横たわっていた。かろうじて首だけは回すことができる。同じく木偶《でく》のように浜辺に倒れたままの七忍衆、その無様《ぶざま》な姿が眼に入った。太陽はまだ西に傾き始めたばかりだ。してみれば、気を失っていた時間はわずかなのだろう。

「ご覧《ろう》じたか、ご覧じたか、これぞ藤原狐麻呂流手妻の神髄でござるわい」

視界に千古の不二丸の顔が現われた。陽気に戯歌《ざれうた》を口ずさむ。

「殺せ」

小太郎は短く云った。

「そう死に急ぐなよ。同じ新米頭領同士、腹を割って話そうじゃないか」

まるで十年来の知己《ちき》であるかのように、不二丸の口調は忌々《いまいま》しいほど狎《な》れ狎れしい。

「殺せ」

「殺すために矢文を射たんじゃない」

「な…………」

小太郎は驚愕《きょうがく》のあまり返す言葉を失った。

「そうさ。この千古の不二丸が自分を告発する矢文を放ったのさ。何のために、というのだろう。こうして風魔の小太郎さんとじかに話す機会をつくるためだよ。あれだけ怪しい素振りで城下を動き回ったのに、おまえさんたち風魔ときたら慎重にもほどがある、監視するだけで仕掛けてこようとはしなかったからね。こちらのほうで痺《しび》れを切らしたのさ」

「……なぜだ」

かろうじて声が出た。

「……つまり、その……古河公方の忍びが北条の忍びに接触する、それが目的だったと云うのだな。手の込んだことを。だが、なぜだ」

「ぶちまけて云うと、おれはな、晴氏さまの反北条の姿勢に反対なのだ。北条の勢いはすごい。当たるべからざるものがある。だから北条と手を組むのが上策と何度もお諫《いさ》めしたが、たわけ不二丸、源氏の棟梁たる名門足利が北条の風下《かざしも》に立てるか、とお聞き入れくださらず、それどころか、こともあろうに両上杉の血気盛んな若造どもの誘いにうかうかと乗って、河越城攻めにご参加あそばされてしまった。ここ小田原へ来てからも何度となく書状を送り、すみやかに包囲陣からご離脱くださるよう説いたが甲斐はない。そこで、おれは決意した。これはもはや押し込め隠居しか手はない、と」

小太郎は唖然《あぜん》として不二丸を見つめた。

「――何と、つまり、その、忍びが主君押し込めを画策か。前代未聞だな。思い切ったものだ」

「北条に逆らっていては、古河公方は滅ぶしか道はない。さなきだに晴氏さまは、八年前の国府台合戦でも同じ足利の血を流すことをためらわなかった。そういうお人なんだ。さくらの一族はそれに唯々諾々《いいだくだく》と従い、梅千代王丸《うめちよおうまる》さまの流産、暗殺まで請け負った。幸いにも未遂に終わって事なきを得たがね。だが、このおれは先代不二丸とは違う。おれが仕えているのは晴氏さま個人ではなく、足利の血脈だ。鎌倉公方基氏さま以来の足利の血脈なんだ。足利の血脈を守るためには、晴氏さまに隠居してもらうに如《し》くはなし。しかし時間《とき》がない。氏康公の奇襲戦で晴氏さまは命をお落としあそばすかもしれぬ。それだけは避けたい。生きて次代に家督をお譲りになっていただかねばならぬ。そのための猶予《ゆうよ》を、風魔の小太郎、そなたを通じ氏康公にお願いしたいのだ」

「公方家の家督を相続するのは――」

「わかりきったことを聞くな。もちろん梅千代王丸さまだ。次なる古河公方は、氏康公妹君の薫姫さまを生母とする梅千代王丸さまを措《お》いて、ほかに誰がいる。おれが率いるさくら一族は、おれの号令一下、全面的に梅千代王丸さまを支援する算段だ」

「梅千代王丸さまの身辺なら、すでに我が風魔の手の者が警護しているが」

「知ってるよ。だから、さくら一族と風魔が手を組もうと云っているのだ。いや、場合によっては、我らが風魔の傘下《さんか》に入ってもかまわぬ。梅千代王丸さまは氏康公の甥《おい》、氏康公は梅千代王丸さまの伯父《おじ》――さくらと風魔、両忍びが目指すものは同じではないか。足利と北条の繁栄、共存共栄だ。どうだ、悪い話ではなかろう」

　小太郎は答えをためらった。悪い話でないどころか、願ってもない申し出だ。

　最悪の場合を想定すれば、晴氏が今のような北条に敵対する姿勢を変えない限り、古河公方の忍び、さくら一族との全面対決は避けられない。もちろん勝つのは風魔だが、被害は甚大《じんだい》になるものと見積もられた。その憂《うれ》いが解消するばかりか、公方の忍び組織を丸ごと接収できるというのだ。

　小太郎は笑い声をあげた。

「ははは、そのような虫のよい話、信じるとでも？」

「これだけ言葉を尽くしてもか。よし、ならば――」

一瞬くもった不二丸の顔に、しかしすぐ晴れ晴れとした特大の笑みが浮かんだ。

「さくら忍びの最高秘術『忍法先祖返り』受けてみよ」

不二丸は右腕を垂直に伸ばして冲天《ちゅうてん》を指し示し、指先をゆっくりと下げて、小太郎に向けた。

「うっ」

小太郎は狼狽《ろうばい》した。何かが――いや、何者かが額から侵入する感覚があった。何者かの人格とでも云うべきものが。

侵入の感覚は鼻を通過し、顔の下半分を占拠した。舌が、咽喉《のど》が、口蓋《こうがい》が、唇が「乗っ取られた」としか表現しようのない不思議な麻痺《まひ》感に見舞われた。が、麻痺しているのではなかった。舌が、咽喉が、唇が小太郎の意思とは無関係に動き出し、発声を始めたからである。

「小太郎よ」

と、小太郎は小太郎の声で、しかし小太郎の思ってもいない言葉を吐いた。当の小太郎に呼びかけたのだ。自分自身に！

そんな自分の状態に小太郎は恐怖した。だが恐怖の叫びは出なかった。発声器官を乗っ取られているのだからそれも当然だ。恐怖しながら、己であって己でない声にひたすら耳を傾けるしかない小太郎である。

「受けよ、千古の不二丸の申し出を。この者が語ることに微塵《みじん》も嘘偽《うそいつわ》りはない。我ら風魔が受ける利益は測り知れないものぞ」

小太郎は昏迷《こんめい》に陥りそうだった。

（我らだと？　誰だ？　どこのどいつがおれに話しかけているのだ？）

小太郎は小太郎に答えた。

「わしは初代風魔小太郎じゃ」

（何と！）

「わしが生きていたのは百五十年前にもなろうか。まだ早雲《そううん》さまはお生まれになっておらず、わしは箱根山中のあちこちに巣食う小さな盗賊集団の一つの頭目《とうもく》に過ぎなかった。風魔が早雲さまに注目され、ありがたくも召し抱えられたのは、我が孫、三代目小太郎の時であった。それまでに幾人もの忍びや、忍びくずれ、乱波《らっぱ》、素波《すっぱ》の類《たぐ》い、流血に巧みな芸人どもを誘い、集め、傘下におさめ、忍び組織としてそれなりの規模に成長していたればこそだ。そうやって我が風魔は一大勢力を築いていったのだ。今ここで不二丸の組織を接収併呑《へいどん》すれば、北条忍軍風魔の威勢はさらに盛大なものとなるであろう。申し出を受けよ。ためらうなかれ」

話を聞くうち、漸《ようよ》う小太郎は当初の恐慌《きょうこう》状態を脱して、きっと不二丸を睨《にら》みすえた。時間の経過が落ち着きを恢復《かいふく》させてくれた。

（小癪《こしゃく》な。我が発声器官を奪うとは――それなりの忍法であると認めるに吝《やぶさ》かではないが、選《よ》りに選って語り手に我らが初代風魔小太郎を騙《かた》るとは笑止千万《しょうしせんばん》）

小太郎の思いをよそに、不二丸はしれっとした顔で忍法の解説を始めた。

「『忍法先祖返り』とは、その名の通り、先祖の霊魂を子孫の肉体へ降霊させる忍法なり。これこそ日光二荒山霊場の修験道を基礎とする、さくら忍法の精華《せいか》なれ」

先祖返り——先祖返りの霊術。恐山《おそれざん》のイタコと同類だ。ただし降りる霊は先祖で、降りる先は後裔《こうえい》と限定されている点がイタコと異なる。

（おのれっ、ぬけぬけと。面憎《つらにく》いにもほどがある！）

眼に瞋恚《しんい》の炎を宿した直後、小太郎は魂消《たまげ》るばかりの衝撃に見舞われた。

「何をためらうことやある、金熊丸《かねくままる》よ」

金熊丸——それは、代々の風魔小太郎しか知らぬ代々同一の諱《いみな》であった。

驚きとともに、初代風魔小太郎の霊、と思しきものが身体から抜け出してゆくのを感知した。

ようやく自由を取り戻した舌で小太郎は云った。

「完敗だ。望みをかなえてやろう」

その言葉に偽りはなかった。不二丸に縄をほどかれても小太郎は反撃しなかった。這《ほ》う這うの体とはこのことだった。

不二丸を伴い、峰打ちによる気絶から恢復した七忍衆を連れて小田原城に戻った時は日没寸前で、氏康に立てた誓いはかろうじて守られた。

「天晴《あっぱ》れだ。そちこそ真の忠臣なれ」

不二丸から直《じか》に話を聴き取った氏康は、喜色《きしょく》を浮かべて賛辞を送り、

「わしとしても晴氏さまに死なれてほしくはない。だが、何が起きるかわからないのが戦場の常。公方殺しの汚名を着るのは、できれば避けたかった」

とまで云ったところで一転、疑り深い顔になり、

「なれど、公方がそちの助けで戦場から脱出できたはいいが、これまでのように古河に蟠踞《ばんきょ》して、引きつづき北条に敵対されるようでは困る」

と云った。

不二丸は微笑《びしょう》を以て応じた。

「ご懸念《けねん》の趣《おもむ》き、よくわかります。では小太郎どのにわたしの代わりを務めていただければ、それで宜《よろ》しゅうございましょうか」

六

氏康が八千の小勢を以て八万の連合軍を撃破した、世に云う河越夜戦は、古河公方の威信声望を恢復すべく参戦した晴氏にとり、その企図《きと》を裏切る惨憺《さんたん》たる結果に終わった。

まず上杉朝定の死で、足利尊氏の母清子《せいし》の兄重顕《しげあき》を祖とする名門扇谷上杉家は滅亡した。

また上杉憲政は、九死に一生を得て本拠の平井城に逃げ戻るも、以降は振るわず、氏康に攻め

られ領国上野国を追われた挙句の果てに、頼った先の越後《えちご》の雄《ゆう》、長尾景虎《ながおかげとら》を養子として泣く泣く家督を譲らされるという惨《みじ》めな末路《まつろ》をたどった。景虎改め上杉謙信は、山内上杉家第十六代当主である。

晴氏は風魔小太郎の手で命からがら居城の古河に戻ったが、以後は軟禁同然の生活を強《し》いられ、公方としての影響力を発揮することはできなかった。

すぐにも公方の地位を剝奪《はくだつ》されなかったのは、後継の梅千代王丸がまだ四歳の幼年だったからに過ぎない。晴氏としては、せめて長男藤氏への家督相続を願ったものの、無論そんな望みのかなう状況にはなかった。

六年後、梅千代王丸の元服に伴い、ついに家督を譲らされる晴氏最大の屈辱の日がやってきた。

梅千代王丸の成人名については、足利宗家《そうけ》の将軍義輝《よしてる》により「輝氏《てるうじ》」とするとの書状が京都から齎《もたら》されていた。梅千代王丸は足利輝氏として元服し、古河公方家の家督を相続するのである。

義輝はかつて義藤《よしふじ》だった頃、晴氏の長男幸千代王丸に「藤」の偏諱《へんき》を授け「藤氏」と名乗らせたが、義輝と新たに改名したので「輝」の字を与えることにしたのであった。

一連の儀式は古河ではなく、梅千代王丸が住む武蔵国葛西《かさい》の北条居館で行なわれた。

梅千代王丸は母の薫姫ともども、一年前に葛西に移座していた。この動座《どうざ》行為は権力を持っていることの証《あかし》と見なされていたため、云うまでもなく氏康の意向が働いてのことであった。晴氏は、古河から葛西まで拉致《らち》されるも同様にして出向かされた。

相続の儀式に先だって、まず元服式が執り行なわれた。式次第に則《のっと》り、晴氏は将軍義輝の書状を梅千代王丸の前で読み上げてゆく。

この時、式場の奥書院の天井裏には千古の不二丸が潜んでいた。

（晴氏さまのことだ、このますんなりとお諦《あきら》めあそばすはずがない。いずれ必ず自ら小弓公方の義明さまの轍《てつ》を踏む如く、藤氏さまを擁《よう》し、梅千代王丸さまに盾突《たてつ》くおつもりだろう。父子相《そう》克《こく》は尊氏さま直冬《ただふゆ》さま以来の足利の伝統、お家芸というべきものだな。嘆かわしいことだ、以心《いしん》伝心《でんしん》、連携して馬盗人を仕留めた、源頼信さま頼義さまの麗《うるわ》しい父子仲はどこへいったものか。それはともかく、ここはひとつ、念には念を入れて晴氏さまを脅《おど》しつけておくに如《し》かず）

書状を読み上げる晴氏は、梅千代王丸の成人名を読み上げる直前まで進んでいた。

不二丸が駆使するさくら忍びの最高秘術『忍法先祖返り』が発動したのは、まさにこの時である。

「ここに汝《なんじ》梅千代王丸に躬《みずから》の偏諱を与え、以後はこう名乗るべし。足利——」

その先は途切れた。畏《かしこ》まって正座する梅千代王丸に遮られたからである。

「晴氏よ」

まだ十歳、声変わり前だが、ただならぬ威厳と、粛然《しゆくぜん》たらざるを得ない霊気のようなものを感じさせる声だった。我が子から呼び捨てにされた晴氏は、ぎょっとなって幼い顔を見た。梅千代王丸の声であって梅千代王丸の声ではない。

絶句した晴氏に、霊気を含んだ声は深沈《しんちん》たること冥界《めいかい》の主《あるじ》の如く先をつづける。

「なぜ北条の血を嫌う。我が足利の系譜をかえりみれば、北条あっての足利だったとわかるであろう。なるほど、第三代将軍源実朝亡き後、鎌倉幕府の実権は、新たな源氏嫡流となった足利には回ってこず、執権《しっけん》北条氏の奪うところとなった。だが、それゆえ足利は北条を盾とし、生き延びることができた。血脈を連綿とつなぐことができた。すべては北条と結んだおかげ。その典故《てんこ》を範《はん》とし、新たなる北条と結ばずして何とする、晴氏」

「た、た、戯《たわ》けたことを！」

「知らずや晴氏、八幡太郎義家公の外祖父平直方の曾孫《そうそん》の孫に北条時政《ときまさ》の出《いで》たるを。すなわち始祖義家公にして、すでに源氏は北条の血を宿したるものなり。頼朝公が時政の娘を娶《めと》りしも必然、これぞ血が血を呼ぶ宿縁なる哉《かな》。かく云う我もまた義家公の玄孫《げんそん》にして、時政の外孫なるぞ。我が父足利義兼が時政の娘時子を妻とし、我はその胎《はら》より生まれし足利三代目なればなり」

「…………」

「北条腹、豈《あに》ひとり我のみならんや。我もまた北条時政が孫泰時《やすとき》の娘を正室に迎え、その胎なる嫡男泰氏に家督を継がしめき。泰氏も北条得宗家《とくそうけ》の時氏が娘を娶りて、頼氏を得たり。頼氏は北条時盛《ときもり》の娘を正室とするも、子は生まれざりければ、上杉腹の家時に足利家第六代の家督を譲りき。家時にして北条時茂《ときしげ》の娘との間に再び北条腹の子を得。すなわち貞氏これなり。貞氏、北条より正室を迎えしも、祖父と同じく子を得ず、かくして上杉清子との間にもうけしが尊氏なりけり。尊氏また北条守時《もりとき》が妹登子《とうし》を娶り、登子より義詮、基氏をぞ得たる。基氏の子氏満、満兼、持氏、成氏、政氏、高基、そして晴氏——おまえなり」

「…………」

「覚えたか、晴氏。北条あっての足利だったということが。小田原北条氏は、かつての北条に非《あら》ず。だが状況は同じ。北条に頼り、北条と結ぶのだ」

「…………」

途中からもはや晴氏は、梅千代王丸であって梅千代王丸でない声を聞いていなかった。足利の血に鎌倉北条氏の血が濃厚に流れこんでいる歴史は、公方家当主として当然知っていた。つとめて見ないようにしてきただけだ。

今、晴氏の意識は一点に絞られている。

（こいつは誰だ？）

——我もまた義家公の玄孫にして、時政の外孫なるぞ。

——我が父足利義兼が時政の娘時子を妻とし、我はその胎より生まれし足利三代目なればなり。

——我もまた北条時政が孫泰時の娘を正室に迎え、その胎なる嫡男泰氏に家督を継がしめき。

（まさか……まさか……）

「反抗は徒爾《とじ》と知れ。始祖八幡太郎義家公の玄孫にして北条時政の外孫たる我の如く、古河公方初代成氏の玄孫にして北条氏綱の外孫たるこの梅千代王丸も、いずれ必ずや北条の女を正室に迎えるであろう。歴史は繰り返す。そのようにして足利の血脈は続いてゆくのだ。時の流れに逆ろうてはならぬ、晴氏」

そこまで声が云った時、ようやく晴氏は声の主《ぬし》の名前に想到《そうとう》した。八幡太郎義家公の孫である義康公が足利初代、二代目はその子義兼公、すると三代目は——。

思わず晴氏は叫んだ。

「義氏!」

なお、不二丸が駆使するさくら忍びの最高秘術「忍法先祖返り」を知覚体感する者は、施術《せじゅつ》者《しゃ》は当然のこととして、被施術者のみに限られる。先祖霊との対話の長短にかかわらず傍観者にとって、その時間は無であった。

よって、義輝からの書状を「ここに汝梅千代王丸に躬《みずから》の偏諱を与え、以後はこう名乗るべし。足利——」とまで読み進めていた晴氏の声は、列席者の耳に、淀みなく続いたのであった。瞬時に、ゼロ秒にして「義氏!」と。

梅千代王丸あらため義氏に家督を譲らされはしたものの、不二丸が見抜いた通り晴氏は、それでたやすく諦める玉ではなかった。その後、胆太《はらふと》くも幾度か抵抗を試み、失地恢復《かいふく》を図ったが悉《ことごと》く失敗。相模国鎌倉、下総国関宿《せきやど》、同古河など各地を転々とし、八年後、関宿（栗橋とも）で失意のうちに歿《ぼっ》した。

晴氏がまがりなりにも抵抗できたのは、北条との提携に積極的だった千古の不二丸が、義氏の家督相続直後に急死し、さくらの一族の統制が乱れたことが要因かと思われる。

＊

五代目古河公方の名が「足利義氏」になったと聞き、義輝は小首を傾《かし》げたそうである。

「はてな、輝の字を与える旨、申し伝えたはずだが」

それがどうしたのです、というように最側近の三淵藤英《みつぶちふじひで》がこう応じたという。

「ま、宜《よろ》しいではありませぬか。義の字も上さまの偏諱なれば」

（付記：義藤から義輝への改名時期、および義氏の元服時期については異説もある）

第五話　螺旋《らせん》の龍

――足利義輝弑逆《しいぎやく》

木下昌輝

千古《せんこ》の不二丸《ふじまる》は夢を見ていた。

ふたりの武者が馬を疾駆《しっく》させている夢だ。歳の頃は二十代の後半だろうか。顔の形がよく似ているので兄弟だとわかった。関東と思《おぼ》しき広大な平野に風が吹き抜け、草原が大きくなびく。風に誘われるようにして、ふたりの乗る馬が走る。

「兄者、国の形を考えたぞ」

弟と思しき武者が声を張り上げた。

「ほお、どんな形だ」

「兄者は龍夢《りゅうむ》を見たといっていたろう」

「ああ、二匹の龍が向かいあって螺旋《らせん》を描く夢だ。龍の体は四種の宝玉《ほうぎょく》でできていて、一方の龍の宝玉が欠けるともう一方の宝玉が分裂して、それを補っていた」

「それだよ。ふたつの龍が互いの体の欠損《けっそん》を補いあう。それこそが、この国を救う形だ」

「ほお、わしの夢がこの国を救うのか」

「そうだ。もう鎌倉の幕府は限界だ。執権《しっけん》の北条家もかつての力を失っている。新しい国を創らねばならん」

「新しい国の形が、二匹の龍だというのか」

ふたりの乗る馬が、右に左に入れちがいながら疾駆する。

鎌倉の幕府に執権の北条家だと、不二丸は夢の中で呻《うめ》いた。ということは、後醍醐《ごだいご》天皇が挙兵した元弘《げんこう》の乱か。今より二百年以上前の景色を、不二丸は見ているのか。

「ああ、おれたち兄弟が国を創る龍になる。京と鎌倉だ。このふたつに龍——つまり公方《くぼう》を置くんだ」

兄は弟の言葉に目を丸くしている。

「そして、一方の公方が途絶えそうになったら、もう一方の公方が助ける」

「なるほど、確かに公方をふたりつくっておけば、頼朝公の血が三代で途絶えることはなかっただろうな」

鎌倉幕府の祖の源頼朝は、平氏追討《ついとう》で功績のあったふたりの弟——義経と範頼《のりより》を粛清《しゆくせい》した。そのために源氏の直系が手薄になり、たったの三代で途絶えてしまった。夢の中の弟がいうように、鎌倉に頼朝、京に義経か範頼が健在ならば、北条家による今の専横《せんおう》もなかっただろう。

「血が絶えそうになった時、もう一方の公方がそれを補う。陰陽《いんよう》のごとく公方がふたりいれば、国の形は盤石《ばんじやく》になる」

「だが、京と鎌倉にふたつの幕府を創るのは至難だ。並大抵のことではないぞ」

「兄者、おれの才能を信じないのか」

「足利直義《ただよし》の才は、兄であるこの足利高氏《たかうじ》がよう知っているわ」

足利直義、そして足利高氏——馬を駆る兄弟は室町の幕府を創った男たちではないか。なぜ、このふたりの夢を己が見るのだ。

「だが、ふたつの幕府をつくる前にやらねばならぬことがある。わかっているか」

怜悧《れいり》な表情に似合わぬ熱のこもった声を、弟の足利直義が発する。兄の高氏——後に後醍醐天皇の諱《いみな》の尊治《たかはる》から一字をもらい尊氏《たかうじ》と名乗る男は不敵に笑った。

「幕府の将であるわしが幕府を裏切り、帝《みかど》を扶《たす》け、幕府を討つ」

未来の尊氏が背後を見た。きっと鎌倉の街があるのだろう。

「そして、兄弟ふたりが京と鎌倉の公方になり」

直義と高氏が同時に言い放つ。

高氏が天を見た。走る馬が飛ぶ。ぐんぐんと蒼天《そうてん》へと駆けあがっていく。直義の馬もつづく。

そして、兄弟ふたりの声が天に和す。

「龍夢こそ、足利兄弟が天下を制するとのお告げよ」

＊

不二丸のまぶたが跳ねあがった。がばりと起きあがる。

なんだったんだ……今の夢は。二百年以上前の足利幕府の創設者の姿など、不二丸が知るはずもない。が、夢とは思えぬほどふたりの武者の様子は生々《なまなま》しかった。

何より、夢で語っていたふたりの話だ。

ふたりの公方で、日ノ本《ヒモト》を統治する。それは征夷大将軍こと室町公方と、関東に存在した鎌倉公方のことではないか。そうか、鎌倉公方は本来ならば、本家である室町公方の血統が途絶えた時のためにあったのか。

尊氏の弟の直義は切れ者だった。戦《いくさ》上手だが優柔不断《ゆうじゆうふだん》な兄の尻を叩き、北条家を討ち、後醍醐天皇を追放した。だけでなく、関東に鎌倉府というべき行政府を創りだし、それが鎌倉公方となり不二丸が仕《つか》える今の古河《こが》公方へとつづいている。

皮肉なのは、切れ者の直義の創りあげた鎌倉公方と尊氏の室町公方が互いに助けあわなかったことだ。北条家を討ち鎌倉幕府を滅ぼし、さらに後醍醐天皇を追放したが、観応《かんのう》の擾乱《じようらん》とよばれる尊氏と直義の骨肉の争いになった。紆余曲折《うよきよくせつ》があり直義は尊氏に屈服、その後、幽閉先で死去する。直義のつくった鎌倉公方に、尊氏は自分の四男の足利基氏《もとうじ》をすえていた。

だが、室町公方と鎌倉公方は、直義の死後も争いあった。

約百三十年前の永享《えいきよう》十年（一四三八）には永享の乱が起こり、室町公方の足利義教《よしのり》は鎌倉公方追討《ついとう》の兵をむけた。結果、鎌倉公方は敗れ、後に古河の地で再起し、以後は古河公方とよばれる。

名前は変わったが、対立はつづいた。約百十年前の長禄《ちようろく》二年（一四五八）には、八代将軍義《よし》政《まさ》が古河公方を掣肘《せいちゆう》するために兄政知《まさとも》を関東に送りこみ、堀越《ほりごえ》公方が誕生した。日ノ本に三匹の龍が出現したのだ。

さらに古河公方から小弓《おゆみ》公方が分かれた。今より約四十年前のことだ。

堀越公方は、北条早雲《ほうじようそううん》こと伊勢新九郎《いせしんくろう》によって滅ぼされ、小弓公方の裔《すえ》も、新九郎の跡を継いで後北条家を立ち上げた氏綱《うじつな》によって安房《あわ》への逃亡を余儀なくされた。鎌倉公方の直系の流れを汲《く》む古河公方は存続こそしているが、今は後北条家の支配下にある。

不二丸はため息をついた。

古河公方の忍びであるさくら一族だが、主家が後北条家に取りこまれたために、屈服を強《し》いられた。後北条家の忍びである風魔《ふうま》一族の支配下に甘んじている。

『幸千代王丸様の御身《おんみ》のことをよく考えることだ』

脳裡《のうり》によぎったのは、風魔一族の頭領《とうりよう》・風魔小太郎《こたろう》の声である。不二丸の顔が歪《ゆが》む。

『室町公方か、幸千代王丸様か。どちらを殺《や》るのか選べ』

まるで下人《げにん》に命じるかのように、風魔小太郎は語りかけた。

古河公方の当主は足利義氏《よしうじ》で、母は北条氏綱《うじつな》の娘だ。まさに後北条家の傀儡《かいらい》の当主である。彼と戦い敗れた異母兄が幸千代王丸こと足利藤氏だ。風魔小太郎は、あろうことか不二丸に足利藤氏を殺せといったのだ。いかに後北条家の血をひく当主に楯突《たてつ》いたとはいえ、鎌倉公方の裔を手にかけるなどありえない。手討ちを覚悟で断ると、風魔小太郎は交換条件といわんばかりに室町公方——十三代将軍である足利義輝《よしてる》を殺せといった。

「無理だ」

不二丸は己の頭を手で掻《か》きむしる。累代《るいだい》の恩がある古河公方の藤氏を手にかけることはできない。ならば、室町公方こと足利義輝を殺すのか。義輝の配下には和田惟政《これまさ》という男がおり、甲賀《こうか》忍者を統括《とうかつ》する地位にある。和田惟政を出し抜くことは、今のさくら一族には難しい。

不二丸は己の両　掌《りょうてのひら》を見た。人差し指と中指が同じ長さだ。亡き父も同じような指の形をしていた。

父とよく似た掌だが、体に宿った技はちがう。その理由は、さくら一族が風魔一族の支配下に組みこまれたからだ。

さくら一族の秘伝書が奪われ、だけでなくいくつかの口伝《くでん》の技も白日《はくじつ》のもとにさらさねばならなかった。そうせねば、足利藤氏の命が危うくなるのは火を見るよりも明らかだったからだ。その上で風魔一族の技を覚えさせられ、走狗《そうく》として酷使《こくし》された。

美しい技術体系を誇っていたさくら一族の技は、すでに過去のものだ。今は継《つ》ぎ接《は》ぎの襤褸《ぼろ》のような忍術使いに堕《だ》している。

それも、古河公方を守るさくら一族の使命のためだ。

風魔一族の奴隷《どれい》となったさくら一族には、和田惟政率いる甲賀忍者を出し抜き、英傑と名高い足利義輝を討つのは難しい。返り討ちにあうだけだ。そして、義輝暗殺をしくじれば、風魔小太郎は躊躇《ちゅうちょ》なく足利藤氏を殺すだろう。

「嗚呼《ああ》」と、情けない声がでた。

犬とも蔑《さげす》まれる忍者だが、さくら一族はちがった。歴代の古河公方からは人として扱われた。不二丸もそうだ。幼い頃、同い歳の藤氏に親しく声をかけてもらった。だけでなく、武者人形の玩具《がんぐ》を渡し一緒に遊ぼうといってくれた。恐縮した父に引き剝《は》がされて共に遊ぶことはできなかったが、あの時の藤氏の温かい声は生涯忘れることはできない。

「カゲザクラ」

気づけば、そんな言葉を不二丸は発していた。なんだ、この言葉は。まるで、誰かにそういえと操《あやつ》られたかのようだ。

月明かりが掌にさす。床に大きな影ができた。人差し指と中指が同じ長さの掌の影。父と同じ形の掌が、意思とは関係なく動きだす。

『陰桜』

父の声が脳裡《のうり》に響いた。同時に、封印されていた不二丸の記憶が蘇《よみがえ》る。父の声とともに。

『今より、お主《ぬし》に秘事中の秘事を伝える』

まだ幼い不二丸に、老いた父が厳《おごそ》かにいう。

『無念ながら、我らは風魔一族の支配に入る。きっと彼奴《きやつ》らは我らの忍びの技を破壊するだろう。が、忍び耐えるのもまた忍者の本分《ほんぶん》。古河公方を守るためならば、喜んで従おう』

感情を故意にそぎ落とした声だった。

『失伝《しつでん》を恐れることはない。風魔一族にも知らせていないことだが、陰桜の一派がいる』

『カゲザクラ』と、まだ幼かった不二丸が問い返した。

『さくら一族の忍びの技が失伝の危機に陥《おちい》った時のために、別の一派がその技を密《ひそ》かに伝えている。もしも、かつてのさくらの技を取り戻したくば、陰桜の一派を訪ねよ。きっと力になってくれる』

その後、父は不二丸に記憶封じの秘術を施《ほどこ》した。本当に必要になった時に、記憶が蘇るようにして。こうして、風魔一族さえ知らぬ秘策を授けられた。

「陰桜の一派か」

不二丸は独りごちた。雲が出てきたのか、月明かりが急速に昏《くら》くなっていく。床に落ちた掌の影も闇と同化する。

『陰桜は足利学校にいる。訪れ、螺旋龍と伝えればよい。それが符丁《ふちょう》だ』

父の声が再び耳に響く。もはや、頼るものは陰桜しかない。

足利学校——下野《しもつけ》国足利荘《しょう》にあり、平安の世に設立されたともいわれる日ノ本最高の学府だ。奇縁だが足利の一族は、足利学校のある足利荘を領した。足利学校で学んだ者は学識と知略をかわれ、日本各地の大名の軍師として活躍している。そこに、もうひとつのさくら一族がいる。

＊

足利学校の能化《のうけ》（長老）は、白い鬚《ひげ》が滝のように胸まで伸びた老僧侶だった。

「螺旋龍の合言葉を、まさかこの歳になって耳にするとは思いませんでした」

糸のように細い目にうっすらと涙が浮かんでいた。足利学校を訪ねた不二丸は、父から聞いた符丁を門番に伝えると、すぐさま能化のもとへと案内されたのだ。

誘《いざな》われたのは小さなお堂だった。入ると、天井画が広がっていた。驚いたのは、二匹の龍が螺旋を描く絵だったことだ。

不二丸の胸がざわつく。もしや、これは足利尊氏が見たという二匹の螺旋龍ではないのか。

「さくら一族が来られたら、このお堂で——螺旋龍の天井画の下でお会いするようにと先代より命じられておりました。過去に、足利尊氏公が見られた夢を形にしたものでございます」

能化は慈《いつく》しむような目差《まなざ》しを天井画にむけた。やはり、そうだったのか。不二丸は硬いつばを呑みこむ。己がここへ来たのは、はるか二百年以上前からの決まりごとだったのではないか。そんな思いが、湧きあがってくる。

見れば、龍の胴体が数珠《じゅず》のようなもので形づくられている。紅碧黒白《こうへきこくびゃく》の四種の宝玉だ。夢の中で、尊氏も全く同じことをいっていた。

「紅碧黒白白碧黒紅……」

宝玉の配色を、不二丸は口ずさむ。もう一方の龍の配色は、碧紅白黒黒紅白碧……とつづいている。忍びの習性として、目に焼きつけた。これでもう忘れることはない。

「過去に、さくら一族がここへ来たことはあるのか」

不二丸は能化に語りかける。

「あなた様が、最初でございます。過去に、我ら陰桜を訪れることがなかったのはよきことです。さくら一族に失伝の危機がなかったということでございますから」

不二丸の口の中に苦《にが》いものが満ちる。まさに、その危機にさくら一族は瀕《ひん》している。だから足利学校を訪れた。屈辱《くつじょく》以外のなにものでもない。父に似た掌をきつく握りしめる。

「だが不思議なのは、どうやって今まで術を伝えてきたのだ」

もし、鎌倉公方成立時に陰桜が存在したのならば、二百年以上もの間、本家のさくら一族にも知られることなく伝えてきたことになる。

「疑問はもっともでございます。さくら一族とはちがい、我ら陰桜は血によって技を受け継ぎません」

「親から子への相伝《そうでん》ではないのか」

ますます面妖《めんよう》な話だ。高度な忍びの技は、生まれてすぐに叩きこまねば無理である。捨て子に仕込む時もあるが、天賦《てんぷ》の才は血のつながった親子に流れやすいようで、捨て子の忍びが大成した話はほとんど聞かない。

「足利学校には、日ノ本中から学究の徒が集《つど》います。毎年、数百人ほどは足利学校の門を叩きましょうか。みな、優秀な者たちばかりでございます。特に秀でた者を集めて、千巻万字百日の行《ぎょう》を施します」

一日に千巻の書を読み覚えさせ、それを百日つづける荒行《あらぎょう》だという。

「この行を常人がやれば、三日で心が壊れます」

淡々《たんたん》とした能化の老人の声に、不二丸は冷たいものを感じた。この老人のまぶたの隙間から覗《のぞ》く目だ。まるで石を埋めこんだかのようだ。人というより傀儡《くぐつ》の瞳に近い。そういえば、ここまで案内した者も同様に傀儡を思わせる瞳をしていた。あるいは、千巻万字百日の行で心が壊れてしまったのではないか。

「この行を成し遂げられるのは、毎年五人いればよいほうでございます。先程、不二丸様をご案内した男は随風《ずいふう》と申しまして、数年前に千巻万字百日の行を成し遂げた者です」

やはりそうだったのか。ちらりと見ると、案内した男が入り口で跪《ひざまず》いている。こちらも僧体で、歳の頃は三十代半ばだろうか。ぴくりとも動かない。蠅《はえ》が鼻や頬に止まっているのに、無表情でただじっとしている。

「残った五人を、次に不眠の行へかりたてます。ただ起きているだけでなく、五体投地《ごたいとうち》を不眠不休でひたすらつづけます」

そんな修行に何の意味があるのか、ただの拷問《ごうもん》ではないか。

「すると見えるのです」

「見える、だと」

「龍夢がです」

老いた能化が、顔を天井画にむけた。嫌な汗が流れる。足利尊氏が見た龍夢を、この能化や背後の男も見たのか。

「行を極めると、教えたわけでもないのに何人かは必ず龍夢を見るのです。体が宝玉でできた螺旋龍の夢を。見た者を集め、彼らを陰桜の忍びとして育てて参りました。いつか、本家であるさくら一族が失伝の危機に瀕した時のためでございます」

「にわかには信じられぬな」

「信じられぬのは、龍夢を見るということがですか。それとも、我ら陰桜がさくら一族の忍びの技を受け継いでいることがですか」

「龍夢はまあいい」

信じがたいことだが、不二丸もまた尊氏と直義が二匹の螺旋龍のことを語る夢を見た。そして、今、その螺旋龍が天井から不二丸を見下ろしている。きっと、能化は嘘をついていない。本当に龍夢を見たのだ。

「さくらの忍びの技を受け継いでいるのか否《いな》か。それを確かめたい」

老いた能化が袖から取りだしたのは、くないだった。

「あ」と、不二丸の口から声がこぼれる。あわてて己の懐を検《あらた》めると、忍ばせていたくないが一本、消えていた。どっと血の気がひく。いつのまにくないを抜き取ったのだ。いかに風魔一族によって技を骨抜きにされたとはいえ、不二丸はさくら一族の頭領である。並の忍びには後《おく》れをとらない。

「我らの技の一端でございます。これで信じていただけますでしょうか」

くないを差しだされたので、あわてて受け取る。

「信じざるをえぬだろう」

「では、今、さくら一族に迫っている危機をお教え願えませんか」

不二丸は、将軍義輝暗殺の件を包み隠さず明かす。これほどの大事にもかかわらず、能化も背後にいる人形のように無表情な男――随風も全く動揺する素振《そぶ》りを見せない。

「甲賀忍者に守られているであろう、室町公方の暗殺ですか。きっと技を失伝していなくても、十のうち九はしくじる難事でございますな」

「だが、やり遂げねばならない。幸千代王丸様のお命をお救いするためだ」

不二丸は両手を床につけた。

「頼む。さくら一族を――幸千代王丸様を救ってくれぬか」

額も床にこすりつける。

「無論のこと、そのための陰桜でございます。喜んでお力になりましょう」

そういうわりには、声には感情が一切こもっていない。

「感謝する。しかし、一体、どのようにして」

「今、ここ足利学校には螺旋龍の夢を見た者――つまり陰桜の忍びは十数人ほどがおります。その中にひとり麒麟児《きりんじ》ともいうべき男がおりましてな。陰桜の忍びの術をたったの数年で習得するだけでなく、新たな技を次々と生みだしました」

「それほどの者がいるならば心強い。今すぐ呼んできてくれぬか」

いいつつも、目差しを背後で控える随風にやる。この密談の場に侍《はべ》るほどの男なのだ。あるいは、こ奴が麒麟児か。

「随風は出来損《そこ》ないの龍夢しか見ておりませぬ。陰桜の忍びではありますが、最も格の低い者です」

不二丸の心を読んだかのように、能化がいう。そんな術者を同席させるとは、それほどまでに陰桜の実力はずば抜けているのか。それとも、技を失伝したさくら一族を侮《あなど》っているのか。

「都合のよいことに、その麒麟児、今は上方《かみがた》におります。この出来損ないの随風を案内役にします。すぐに訪ねられるがよいでしょう」

「上方にいるならば心強い。して、その麒麟児の名前は」

老いた能化はまた目差しを天井画にやった。そして、しわだらけの唇を動かす。

「曲直瀬道三《まなせどうさん》。今は、京で啓迪院《けいてきいん》なる医局を開いておる男です」

＊

連雀《れんじゃく》商人と旅の僧侶に扮《ふん》した不二丸と随風は、東海道を西へと進んでいた。

随風の足取りは、振り子のように一定の旋律《せんりつ》を刻みつづけている。足取りが乱れれば、心臓が止まるとでも思っているのかのようだ。何より、道中全く会話がない。不二丸など存在せぬかのようにふるまっている。

「随風よ」

沈黙に耐えられず、不二丸が語りかける。

「お主は不完全な龍夢を見たというが、それはどんなものなのだ」

「二匹の螺旋龍ではなく」振り返らずに、随風はつづける。「一匹の巨龍と三匹の小龍の夢でした。それが毎晩のように私の前に現れるのです。昨夜もそうでした。今、街道の横で横臥《おうが》して目をつむれば、きっと同じ夢を見るでしょう」

空にある文字を読むかのような声だった。感情が一切読み取れない。人形が口をきいた方が、まだ情感があるのではないか。

「私が不二丸様に同行しているのは、完全なる龍夢を見るためです」

驚いたのは、その声にほんのわずかに喜悦《きえつ》のようなものが感じられたことだ。

「曲直瀬道三様は麒麟児と呼ばれた陰桜の俊英《しゅんえい》です。不完全な龍夢を完全へと導く術を教授していただけるやもしれませぬ」

「それは、お主にとってよほどの慶事に匹敵するようだな」

「当たり前です。我らの生きる喜びは陰桜としての一生を全うすること。不二丸様はちがうのですか」

やはり先ほどまでとはちがう。言葉には、喜悦の色がうっすらと出ていた。

「わしもそうだ。さくら一族としての任を全うするのが使命だ。しかし、お主はわしとちがって忍びの生まれではなかろう。他に生き方があったのではないか」

学問を探究するために、足利学校の門を叩いたのではなかったのか。

急に随風が黙りこむ。まるで不二丸の言葉が聞こえていなかったかのようだ。いや耳には届いたが、脳が理解することを拒《こば》んだのか。そんな風情《ふぜい》だった。

「曲直瀬とは、お主を導けるほどの術者なのか」

同じことを問うのは憚《はばか》られたので、話題を変える。

「曲直瀬道三様は龍夢を見るのに通常、十日かかるところを、七日ですませたほどの方」

「なぜ、十日で見ると決まっている」

「五体投地を不眠不休でつづけるのです。十日が過ぎれば、ほとんどの者が息を引き取ります」

随風の声は平坦《へいたん》なものに戻っていた。

「十日以上、つづけられた者はいないのか」

随風が自身の顔を指さした。

「例外は私でしょうか。十日つづけても龍夢は現れず。さらにつづけること一月《ひとつき》」

「ひ、一月も五体投地を不眠不休でつづけたのか」

こくりと随風が肯《うなず》く。

「ちょうど一月たった頃、とうとう龍夢を見ました。が、二匹ではなく四匹、さらに螺旋も描いておりませんでした」

不二丸の背にぬるい汗が流れだす。心が欠落したかのような随風の人格の正体がわかった。拷問にも等しい不眠不休の五体投地をつづけるのだ。精神がまずやられる。いや、その前の千巻万字百日の行もそうだ。恐るべき荒業を施すことで、心を破壊する。そして、さくら一族の影である陰桜としての生涯を送ることを無上の喜びとするように人格をつくり変えるのだ。そうでないと、能化や随風の感情の欠落した瞳の説明がつかない。

ふと、思った。足利学校の門を叩く前、随風はどんな男だったのだろうか。きっと、学問で世を渡ることを願っていたはずだ。あるいは、才を大名に売り、立身する野心を持ちあわせていたかもしれない。

しかし、今は陰桜として影の人生を全うすることに至上の愉悦《ゆえつ》を感じてしまっている。

「私は楽しみなのです」

随風の声には、さっきよりも強い喜悦が宿っていた。

「曲直瀬道三様が、私を完璧《かんぺき》な陰桜に導いてくれることが」

空虚《くうきょ》な瞳のままで、随風は満面の笑《え》みをたたえる。

＊

「不二丸様、ようこそいらっしゃいました」

曲直瀬道三は朗《ほが》らかな笑みとともに不二丸らを出迎えた。歳はとうに五十を超えているはずだが、若々しく見える。目元に薄く入ったしわが上品な雰囲気を醸《かも》していた。

柔らかい人柄がにじむかのようだ。不二丸はさりげなく瞳を覗きこむ。やはりそうだ。この男も生気がない。南蛮《なんばん》のビードロを埋めこんだかのようで、精巧な傀儡がしゃべっているのではと思ってしまう。

「して、ご用件はなんでしょうか」

「さくら一族として、この大任にあたらねばならぬ」

不二丸は矢立《やたて》と紙を取りだし、〝室町公方〟と書いた。その横に〝殺〟という字を添える。

「ほお、これは相当な大病を患《わずら》っているようですな。この曲直瀬道三以外、処すことが能《あた》う医師はおりますまい」

涼やかな微笑とともにそういった。まるで本当に病《やまい》の相談に来たかのような錯覚《さっかく》さえ覚える。

「聞けば、そなたは公方様の脈も診《み》ているとか」

「はい、将軍様のご体調がすぐれぬときは御所に呼ばれます」

誇るでもなく曲直瀬はいう。

「他にも松永弾正《まつながだんじょう》様や亡き三好長慶《みよしながよし》公の脈も診ておりました」

どれも畿内の実力者ばかりだ。

不二丸は、長さの同じ人差し指と中指で床を叩いた。さくら一族に伝わる会話術。音の連《つら》なりで言葉や文章を表す。

――将軍の脈を診るお主ならば、この大任を全うするのも容易《たやす》いはず。

口では何気ない会話をしつつも、指で単刀直入《たんとうちょくにゅう》にきく。襖《ふすま》の向こうの廊下では、曲直瀬道三の弟子や患者たちが行き交っていた。あまりに不用心だが、だからこそ密談をしているとは誰も思わないはずだ。

果たして、曲直瀬道三も二本の指で床を叩きはじめた。

――御所に呼ばれた折、公方様に毒を盛るのは容易いこと。しかし、それでは和田が率いる甲賀勢に見つかってしまいます。

――それの何が悪い。忍びの仕事は生死を問わぬ。死したとて、公方を弑《しい》せるならばよいだろう。まさか陰桜は死を惜《お》しむのか。

床を叩く指の音が嫌でも大きくなった。

「勘違いされますな」

いったのは、曲直瀬道三だった。何気ない会話の流れででた言葉だが、明らかに義輝暗殺の件をいっていた。

——私が公方様に毒を盛れば、甲賀の忍者どもの手によって、不二丸様らが啓迪院を訪れたこともばれるでしょう。

なるほど、裏でさくら一族が暗躍していたことがわかれば、古河公方や足利藤氏にとって致命傷になりかねない。案外に、風魔一族はそこまで考えていたのかもしれない。義輝暗殺という難事を引き受けさせて、こたびの暗殺の手引きをさくら一族と足利藤氏だと思わせる。義輝は越後の上杉謙信《けんしん》と同盟しており、その謙信は藤氏を擁《よう》して後北条家と戦った過去がある。が、さくら一族が義輝を暗殺したと知れば、上杉謙信は藤氏が裏で糸を引いたものと思い見捨てるであろう。なれば、後北条家は藤氏をいかようにも処置できる。

藤氏を助けるために、義輝暗殺を引き受けたが、それを成してしまえば藤氏の立場を危機にさらすのだ。まさに八方塞《はっぽうふさ》がりだ。

「残る手はひとつか」

思わず、不二丸は独りごちた。忍びこみ義輝を暗殺する。誰の手によってかわからぬように。

が、これは相当に難しい。

「足利学校を侮らぬことです」

曲直瀬の言葉に、不二丸は顔をあげた。ビードロのような瞳がこちらを見据えていた。

「お知り合いのお方は、確かに重き病に冒《おか》されておられます。しかし、わが医術をもってすれば治癒は容易いこと」

曲直瀬が指二本で床を叩く。

――公方様を殺すのに毒は用いませぬ。また、我らが刺客となる必要もございません。

「では、どうやって成す」

思わず不二丸は前のめりになる。

――操ります。

「誰をだ」

――松永弾正、そして三好三人衆。

頭を固いもので殴《なぐ》られたかのような衝撃があった。どれも畿内の実力者である。今でこそ義輝の家臣として働いているが、その前は熾烈《しれつ》な戦いを繰り広げる仇敵《きゅうてき》だった。が、今、彼らが昔の怨讐《おんしゅう》のために兵を挙げるなどあるだろうか。三好長慶が亡くなり、かつての敵同士の義輝と松永弾正、三好三人衆は手を取りあって混乱に立ちむかわんとしている。

「陰桜には、人を操る技が伝わっているのか」

曲直瀬が指を唇にやって静かにという。顔を近づけて、耳元で囁《ささや》いた。

「伝わっているのではございませぬ。創ったのでございます。新たに、この私めが」

その声は、誇る色が微塵《みじん》もなかった。

「不二丸様は見ておられるだけでよいのです。わが黄素妙論《こうそみょうろん》の術で、見事に松永弾正らを操ってみせましょう」

吐息《といき》を吹きかけるようにしていった後に、曲直瀬は顔を引き剝がした。「さて」と、随風に目をやった。

「そなたは足利学校で五体投地の行をやり遂げながら、不完全な龍夢しか見られぬらしいな。奇妙なことよ。が、私なりに考えた薬があるゆえ、今すぐに服するがいい」

曲直瀬は手を叩いて、よく通る声で弟子を呼んだ。

＊

松永弾正久秀《ひさひで》は肌艶《はだつや》がやけにいい老人だった。歳の頃は六十に近いだろうか。薬研《やげん》を手にして、薬を自らの手で挽《ひ》いている。

「相変わらずでございますな」

不二丸を従者として連れてきた曲直瀬道三がいう。

「ふん、この乱世で他人が調合した薬を口にするなど怖《こわ》くてできぬわ」

できた薬を茶碗の中に流してお湯で溶かし、ゆっくりと喉《のど》の奥に流しこんだ。

「曲直瀬殿のおかげで、体調はすこぶるよいわ」

「調合した薬がききましたか」

「薬もそうだが、指南書がよかった」

「黄素妙論が役に立ったようで」

不二丸は曲直瀬道三の顔を覗きこんだ。黄素妙論とは何なのか。黄素妙論の術でもって松永弾正を操ると、曲直瀬はいっていた。

「養生《ようじょう》は、毎日の食事と男女の交合によって決まります」

今、なんといったのだ。男女の交合と曲直瀬は口にしなかったか。

「黄素妙論は、ただ快楽を求めるだけの閨房《けいぼう》の書とはちがう。このように、まるで若き頃を取り戻したかのように健《すこ》やかになった」

松永弾正が自身の頰をぴしゃぴしゃと叩く。その様子を、不二丸は呆気《あっけ》にとられて見ていた。

松永弾正は閨房といった。黄素妙論は、男女のまぐわいの書なのだ。

「弾正様には、次の段階に進まれるがよいでしょう」

「次の段階とは」

「あらゆる芸事や学問は、極めるほどに真行草《しんぎょうそう》と深化していくもの。黄素妙論の真と行をすでに弾正様は修められました」

「おお、では」

松永弾正が身を乗りだす。

「はい、そろそろ、魚接勢《ぎよせつせい》の法を試す時かと」

「ほ、本当か。誠に、魚接勢の法をわしに教えてくれるのか」

松永弾正の目が大きく見開かれる。

「黄素妙論、九勢《きゆうぜい》ノ要術《ようじゆつ》の第八、魚接勢、二女を用いる法也《なり》」

背を弓弦《ゆづる》のように伸ばした曲直瀬が、謳《うた》うように説く。女ふたりと男が交合する術を詳《つまびらか》に教えだす。

「誠にこの法、胸中の鬱気《うつき》を払ひ一切の病をしりぞくるなかたちなり」

朗々とした声でそう締めくくった後、曲直瀬が「さて」と膝を叩く。

「すでに別室にて用意をしております。この私めが見つけた女人《によにん》ふたり、弾正様の魚接勢のお相手をできると心より楽しみにしております」

「おお、いかいでか」

松永弾正が立ちあがった。

焦《じ》らすようなゆっくりとした足取りで、曲直瀬が誘う。襖を開くと、まず濃い香の薫《かお》りが漂ってきた。先には寝具がしかれ、ふたりの女が横たわっている。着衣を一切つけておらず、艶《あで》やかな裸身をさらしている。ふらふらとした足取りで、松永弾正が近寄っていく。そして溺《おぼ》れるようにして二女の中へと分けいっていく。

曲直瀬と不二丸の目の前で、あられもない痴態《ちたい》が繰り広げられる。その間、曲直瀬は焚《た》いている香に薬のようなものを振りかける。そのたびに薫りが変わり、松永弾正と女ふたりの痴態の色も変わる。

一体、何度、交合しただろうか。松永弾正と二女は力つき、死んだかのように倒れている。汗、涙、鼻水、よだれ、小水、津液《しんえき》、愛液、体から出るあらゆるものでぐっしょりと濡れていた。

曲直瀬が立ちあがり、二女の間に横たわる松永弾正のそばで膝をつく。両手で頭を抱え、正面へとむけた。不二丸の全身に粟《あわ》がたつ。松永弾正の目には正気《しょうき》の色が消え失《う》せていた。

似ている、と思った。

曲直瀬道三や随風、足利学校の老いた能化の瞳とそっくりだ。作り物めいた光が宿っている。

「松永弾正久秀よ」と、曲直瀬が語りかけた。

「もっといい女を抱きたくはないか。魚接勢以上の快楽を貪《むさぼ》りたくはないか」

「だ…き、た――い」

正気の失せた声で、松永弾正が答えた。

「ならば、この世で一番の男になれ」

「いちばん――のお…と、こ」

「そうだ。松永弾正が一番だと証《あか》すのだ。さすれば、今宵《こよい》の快楽など些事《さじ》にすぎぬと知るだろう。そう思うほどの女人と交合できるであろう」

「おおぅぅ」

松永弾正の喜悦の声は苦悶《くもん》するかのようだった。

「そのための法はひとつしかない」

「おしえ……」

「公方を殺せ」

松永弾正の瞳が戦慄《わなな》いた。

「この世で一番の武士である征夷大将軍を殺す。それ以外に、松永弾正久秀が一番の男であると証す方法があろうか」

曲直瀬は松永弾正の顔を支えていた両手を解き放つ。二女の柔らかい肌の上に、老いた奸雄《かんゆう》の顔が沈みこむ。

すっくと曲直瀬は立ちあがり、不二丸を見る。

「これにて支度は整いました」

まるで診察が終わったかのような声でいうのだった。

＊

足利義輝のいる御所を、万を超える軍勢が囲っていた。

その様子を、京の町外れから不二丸は随風と曲直瀬道三とともに見ていた。

「無能な将軍は退くべし」

「御所巻《ごしょまき》で公方様の目を覚まさせるのじゃ」

「下克上《げこくじょう》だ」

「公方を殺せ」

足軽や雑兵《ぞうひょう》たちが次々と包囲に加わっている。中には牢人や町人、百姓もいた。

御所を囲むのは三好三人衆と松永家の軍勢で、殺気が過剰に籠《こ》もった怒声《どせい》があちこちで轟《とどろ》いていた。

三好三人衆と松永勢は清水寺《きよみずでら》へ参詣《さんけい》するため、軍を率いて上洛《じょうらく》。そのまま将軍義輝のいる御所を囲ったのだ。全く予想外の行動で、義輝のそばには数百人ほどの護衛しかいないという。

「さて、もう半刻《はんとき》（約一時間）もしないうちに、三好松永勢は御所に攻め寄せるでしょう」

淡々《たんたん》とした声で曲直瀬がいう。

松永弾正は京にはいない。所領の大和国《やまと》だ。松永家の軍勢は嫡男《ちゃくなん》に采配《さいはい》を任せ、それ以外にも密かに腹心何名かを派遣している。まずは三好三人衆や嫡男たちに、義輝へ訴訟《そしょう》を突きつける名目で御所を囲ませた。そこで派遣した腹心たちが、軍勢を焚きつける。

いわく、義輝は三好三人衆や松永家を排除するつもりだ。このまま義輝を生かしておけば、三好家松永家は朝敵《ちょうてき》にされてしまう。我らの領地も、いずれ将軍に味方する大名どもに奪われるぞ。

噂は次々と広まり、敵意と狂気が急速に肥えていく。牢人や明らかに幕臣と思われる武士や町人も、続々と包囲の輪に集まりだす。その怒りは、すでに三好三人衆らでは御《ぎょ》しかねるほどになっている。

「顔色がすぐれませぬな」

曲直瀬が不二丸のことを案ずる。

「ああ、このままでよいのかと思ってな」

「このままとは」

不二丸は答えない。こたび、不二丸は何もなせていない。曲直瀬道三の術によって松永弾正を反乱させる一部始終を見ていただけだ。傍観者《ぼうかんしゃ》にしかすぎない。これで、さくら一族の頭領といえるのか。

拳《こぶし》をきつく握りしめた。

攻め太鼓《だいこ》や鏑矢《かぶらや》の音が聞こえてきて、思わず顔をあげる。とうとう三好松永勢が御所へと攻め寄せるのだ。

「わしは――」

曲直瀬と随風がこちらを見た。

「今より御所へいく。そして、公方の首をとる」

曲直瀬は眉間《みけん》にしわを刻み、随風は怪訝《けげん》そうに首を傾《かし》げた。

「なぜ、そんな無駄《むだ》なことをなさいます」

訊《き》いたのは随風だ。

「意地だ。こたび、骨を折ったのは陰桜のお主らだ。さくら一族ではない。さくら一族の沽券《こけん》にかかわる」

懐にいれたくないいいを確かめる。

「それは忍びのやることではございませぬ。手段ではなく結果を問うのが忍びの本分」

曲直瀬の言葉が不二丸の胸にささる。

「そんなことは百も承知だ」

不二丸は足を一歩前へと踏みだした。さくら一族は、このままゆるやかに滅びていく。そう思っていた。が、それは考えちがいだった。さくら一族は、すでに滅びている。こたびの変に、頭領の不二丸が全く役に立っていないのがその証左《しょうさ》だ。

――すでに死に体《たい》ならば、この変事に確かに己がいた証《あかし》をつくるまで。

運よく義輝を殺すことができれば、さくら一族の最後の仕事として、これ以上のものはないだろう。

「わしはいく」

地面を蹴《け》って走りだした。途中で三好勢の足軽たちを見つけたので後ろから襲い、装束《しょうぞく》を奪う。

御所へと駆けこんだ時には、すでに三好松永勢があちこちにいた。少ない義輝の近習《きんじゅう》たちを、次々と血祭りにあげている。

「いたぞ、公方だ」

「手強《てごわ》いぞ」

声に反応して、また駆ける。広い庭で、ひとりの鎧《よろい》武者《むしゃ》が大刀《だいとう》を振り回していた。恐るべき技量で、寄せ手の首を次々とはねている。

「下郎《げろう》どもが、わしを十三代室町公方、足利義輝と知って斬りかかるか」

言葉が終わる前に、寄せ手の武者の首がみっつ、宙に舞った。囲っていた兵たちが、たちまち後ずさる。

好都合だ。

不二丸は身を低くして走る。

胴丸《どうまる》の下に隠していたくないを握った。

「公方様、お覚悟」

叫ぶと同時に、くないを放つ。が、義輝は大刀を素早く動かし、全てを叩き落とした。

「甘くみるな、雑兵《ぞうひょう》ばらが。わしの体には尊氏公の血が流れ、この心には幼少より身につけた足利家大将の剣術が宿っている」

　義輝が、大刀を不二丸に突きつけた。

「喜べ、足利家に代々伝わる剣で貴様を屠《ほふ》ってやる」

　義輝の大刀を、不二丸は地を転がりかわす。いや、背中が熱い。避《よ》けきれずに手傷を負ったのだ。深くはないが、背中から腰にかけて血が流れているのがわかった。

　くないは、残り四つ。握る時に、人差し指から薬指の三本を伸ばしていることに気づいた。

　これは風魔一族の流儀だ。さくら一族は、人差し指と中指の二本だけを伸ばす。風魔一族はさくら一族を傘下《さんか》に従えた時、手裏剣《しゅりけん》やくないを投擲《とうてき》する指を三本伸ばすように強いた。乱戦となった場合、さくらの忍びが指二本を伸ばす投擲だと敵と勘違いするというのが表向きの理由だ。が、内実はさくら一族の忍術を骨抜きにするためであろう。

　たかが指ではない。高度に発達した忍術は、指先が体全体と連動している。指一本のちがいだが、それによって全体の体術《たいじゅつ》が狂う。

　指二本を伸ばすさくら一族の手の形で、不二丸はくないを握った。そして、放つ。義輝の体に赤い花が咲いた。公方の体に、くないが深々と刺さっている。

　がくりと義輝が片膝をついた。

「おおお」と、囲っていた寄せ手の兵が歓声をあげた。

「御首《みしるし》、頂戴《ちょうだい》する」

不二丸は跳躍《ちょうやく》した。そして、最後の一本になったくないを握る。

必殺の一投だった。しかし、軌道《きどう》が途中で変わる。

義輝の大刀に阻《はば》まれたのだ。

なぜだ、と自問した時、己の掌が指三本を伸ばしていることに気づいた。これは風魔一族の手の形ではないか。

顔が歪む。不二丸の手には、すでに風魔の形が染み付いてしまっている。だが全体の体術には、さくらの忍術の残滓《ざんし》が濃く残っている。ゆえに、必殺だったはずの一投の威力が鈍《にぶ》り、義輝によって弾《はじ》かれた。

「雑兵、この義輝の体に傷を刻んだことを地獄で誇れ」

義輝が断頭《だんとう》の刀を振りかぶった。

大きな影がよぎる。ひとつでなくみっつ。いずれも四角い影だ。障子《しょうじ》が三方から義輝に迫っていた。そのうちのふたつを持っているのは――雑兵に化けた曲直瀬道三と随風ではないか。

「卑怯者《ひきょうもの》め、刀で戦え」

義輝の罵声《ばせい》もむなしく、障子によって三方から押しこまれる。

「いまだ」

「躊躇《ちゅうちょ》するな」

寄せ手が叫び、槍の穂先が突きだされる。四方八方から迫る槍が次々と吸いこまれ、障子ごと義輝の体を貫いていく。そのいくつかは、同志討ちとなるほど深く刺さっていた。障子を持った随風や曲直瀬の背中にも致命傷となる槍がめりこんでいる。

「さあ、いきましょう」

肩を叩かれた。振り返ると、雑兵姿の曲直瀬道三と随風が立っている。

「な、なぜだ。死んだのではないか」

「身代わりの術です。これはさくら一族にも伝わっている技のはずですが」

曲直瀬の言葉に、不二丸の見える風景が大きく傾いだ。唇を嚙み、うつむく。

「義輝公、討ち取ったりぃ」

勝鬨《かちどき》があちこちで上がっている。

よろよろと不二丸は歩きだす。すでに曲直瀬と随風は走りだしている。小さくなる背中を、不二丸は必死になって追いかけた。

御所を出て、京の町も抜けた。東山《ひがしやま》へと分けいる。雑兵の鎧《よろい》や装束は脱ぎ捨てて、曲直瀬と随風はいつもの僧体に戻っている。不二丸も同様に連雀商人の着物を着ていた。

突然だった。随風の足が止まり、頭を抱え苦しみだしたのだ。

「ど、どうした」

不二丸があわてて駆け寄る。曲直瀬の眉宇《びう》も硬くなっていた。額に手をあてると、体の内側が熾《おこ》っているかのように熱い。

　随風はぜえぜえと息を吐きだす。脂汗《あぶらあせ》がびっしょりと浮いている。

「どうしたのだ、まさか毒か」

　不二丸が曲直瀬に問うと、ゆっくりとかぶりを振った。

「いえ、ちがいます。この顔相《がんそう》は龍夢によるものです」

「龍夢だと」

「はい、随風の顔は土気《つちけ》色になっておりますが、右のこめかみのところが渦を巻くように以前の肌の色が残っております。これこそが、龍夢を見る者に特有の顔相です」

「で、では」

「随風は、今まさに龍夢を見ているのです。きっと、今度こそ完璧な夢を見るでしょう」

　奇異に思ったのは、曲直瀬の語尾がかすかに萎《しぼ》んでいたからだ。

「どうした。何かおかしいのか」

「はい、確かに龍夢を見る顔相でございますが、さすがにここまでの高熱を発するのは私も初めてゆえ」

「り、龍…がよんひき……大きな……龍がひ、とつ。ちいさ…なりゅう――」

　一方の随風は口から泡を吹きつつ、意味不明なことを呻いている。

「ご、さ……んけ、きしゅう……み、と……あおいのご…もん」

震える四肢《しし》を激しく大地に打ち付ける。最後に大きく口を開いて、絶叫を撒《ま》き散らし随風は気を失った。

＊

不二丸は、随風と曲直瀬道三を伴って街道を歩いていた。振りむくと京の町が小さく背後に見える。義輝が暗殺されてから一年がたっていた。

将軍を討った三好三人衆だったが、義輝の弟の覚慶《かくけい》（後の足利義昭《よしあき》）を幽閉《ゆうへい》するも逃亡を許してしまう。今は覚慶は近江《おうみ》国野洲《やす》郡におり、還俗《げんぞく》して打倒三好家の機会を虎視眈眈《こしたんたん》と窺《うかが》っている。

三好三人衆と松永弾正は対立し、畿内は急速にきな臭くなりつつある。

義輝死後の京に不二丸が滞在したのは、風魔小太郎の使いからの命令だ。三好三人衆と松永弾正の政争の行方《ゆくえ》を見極めるためである。が、それももう終わりだ。関東から新たにさくら一族の何人かを呼んで、不二丸のかわりに京の政争の行方を探らせることになった。

「お主には世話になったな」

見送りのために国境《くにざかい》まで随行してくれた曲直瀬道三に語りかける。

「いえ、陰桜として当然のことをしたまで」

恭《うやうや》しく曲直瀬は頭を下げた。

「それよりも、随風のことですが」

曲直瀬に促《うなが》されて、不二丸は随風に目をやる。青白い顔をしていた。何事かをぶつぶつとつぶやいている。義輝暗殺後、高熱を発して随風は倒れた。数日間、生死の境を彷徨《さまよ》った後、目を覚ました。

それから後は上《うわ》の空《そら》でいることが多く、何事かをつぶやきつづけてばかりだ。

「結局、随風は完全なる龍夢を見なかったな」

目覚めた随風がいうには、夢の中では二匹の螺旋龍は姿を現さなかったという。またしても、大龍と三匹の小龍の夢だった。

「さすがの曲直瀬道三――いや、陰桜の麒麟児も見立てちがいだったようだな」

ついからかうような口調になってしまったのは、この一年の間に曲直瀬や随風たちに愛着がわいてしまったからだろう。

「いえ、あるいは随風の見たものこそが、完全なる龍夢だったのやもしれませぬ」

「それはどういうことだ」

「鎌倉と京にふたつの公方があったからこそ、日ノ本は乱れました」

突きつけられた言葉は、鉛《なまり》でできているかと思うほど不二丸には重かった。が、事実である。

直義がつくった鎌倉府とそこに集《つど》う関東武士は、観応の擾乱で尊氏を苦しませた。尊氏の四男の基氏が鎌倉公方として引き継ぐが、歴代の鎌倉公方は室町公方への反逆、あるいは反逆未遂事件を必ず起こした。

　そして義教の追討を受け鎌倉公方が滅んだ後も、古河公方として復活して室町公方に反逆しつづけた。

　もし、鎌倉公方や古河公方がなければ――この日ノ本はもっと平穏だったのかもしれない。

「では、龍夢は――尊氏公が見た神夢《しんむ》はまやかしだったのか」

　足利直義がつくった関東の公方は誤りで、間違った道を突き進むために、さくら一族は秘術を尽くしてきたのか。

「いいえ、二匹の螺旋龍の夢もまた真《まこと》のものです。実は、私も随風がうなされた夜、龍夢を見ました。二匹の螺旋龍の夢でございます。今までとちがったのは、螺旋龍の番《つが》いが何組もいたこと。千や万ではございません。億に及ぼうかという数です。それらが雲霞《うんか》のごとく集まって、人の形をつくっておりました」

「人の形だと」

「きっと、二匹の螺旋龍は人の体の理《ことわり》を表したものなのです。私は不思議に思っておりました。どうして、親と子は顔形が似るのかと。何か体の中に、親の性質《たち》を受け継がせるものが隠されているのではないか。それが、二匹の螺旋龍なのです」

　曲直瀬はいう。龍の体にある紅碧白黒の四種の宝玉が、親の形を子供に受け継がせる、と。男と女がそれぞれの宝玉を持ち寄り、子の螺旋龍をつくる、と。

「足利学校の天井画の龍の宝玉ですが、でたらめに色が並んでいるように見えてちがいます。螺旋の龍の宝玉は、実は色が対《つい》になっております」

曲直瀬がいうには、紅と碧、黒と白の宝玉が対になっているという。一方の宝玉が紅の時、他方は必ず碧だという。不二丸は過去に見た、天井画を思いだす。腐ったとはいえ忍びだ。宝玉の並びは全て覚えている。そういわれてみれば、まるで鏡写しのように宝玉の色が連なっていた。

「四種の宝玉の配列が、人を形づくる命令を発するのです。しかし、その配列が崩れた時、修復せねばなりません。もう一方の宝玉の配列を見れば、容易く復元できます。鋳型《いがた》の役割を果たすのです」

「だが、四種の宝玉だけで何をなせるというのだ。それこそこの手の形だけ見ても、様々な形があるのだぞ」

不二丸は、父とそっくりの手を曲直瀬の前に突きだす。人差し指と中指が同じ長さの手だ。父とちがうのは、薬指にたこができていること。風魔一族の投擲を義務づけられたためにできたものだ。指二本でくないを投げる父の薬指には、たこはなかった。

「占いは陰陽の二種の組み合わせで、あらゆる未来を表します。同じように、子に受け継がれる性質も紅碧白黒の四種の宝玉の並びの組み合わせで表されるのでしょう」

なぜか、曲直瀬のいうことが荒唐《こうとう》無稽《むけい》とは思えなかった。

「その上で気になるのが、随風の龍夢です」

曲直瀬が随風を見る。矢立《やたて》を持ち、必死に帳面に何かを書きつけている。

「たいろう、ちゅうろう、ひがしひえいざん、ごさんけ、ああ、なんだ、この言葉は、頭に浮かぶ風景は、葵《あおい》の紋《もん》が日本を支配するのか。わしに何をしろといっているのだ」

「きっと、随風が見たのは、国を形づくるための龍夢です」

曲直瀬はいう。曲直瀬ら陰桜が見たのは二匹の龍夢である。そして、この二匹の龍夢は、小さな人の集まりでは有効だという。確かに、武道や歌道、芸能の家では兄弟を平等に扱い、分家《ぶんけ》をたてるときも表と裏のような関係にすることがある。そして、二匹の螺旋龍が欠損した宝玉を互いに補いあうように、技の失伝や後継者不在の危機に対応する。

それは、さくらの忍びも同様だった。

さくら一族と陰桜は、小さな螺旋龍だったのだ。

「二匹の螺旋龍は、小さな人の集まり——家や一族の存亡には有効な理です。が、もっと大きな人の集まり——それこそ国のような集まりでは有効ではありません。かえって、害悪でさえあります」

鎌倉公方とつづく古河公方が、日本にとって害悪といわれたに等しい。

「勘違いなさいますな。古河公方の歴代当主が害悪なのではありませぬ。ただ、古河公方という仕組みが害悪なのです」

理屈ではわかるが、納得できるはずもない。古河公方を存続させるために、さくらの忍びは多くの血を流した。それが日ノ本を乱す元凶《げんきょう》になっていた。己だけでなく、一族全ての行いを否定されたのだ。

目に見える風景がにじみだす。

あわてて腕で顔をこすった。

「不二丸様はこの後、どうされるのですか」

さくら一族として生きるのか、と聞かれているような気がした。

「さくら一族としての生を全うすることしか、わしにはできぬ」

言葉が自身を切り刻むかのようだった。

「日ノ本にとって害悪であるとわかっていても、わしは古河公方を全力でお守りする。それ以外の生き方を知らない」

そのためには、さくらの忍びの技を捨てる道さえも選んだ。風魔一族の技で心身を穢《けが》し、その走狗となる屈辱にも耐えた。しかし、その意味するところは何だったのか。ただ、日ノ本の民《たみ》を苦しめただけだったのではないか。

「これは私の予想でございますが、二匹の螺旋龍はいずれ古河公方を救うでしょう」

顔をあげた。弾みで、目からあふれたものが一筋、頬を伝う。

「二匹の螺旋龍は、小さな人の集まりでは有効な理。今、古河公方は大きな人の集まりとはいえませぬ」

「で、では、分家を創始すれば、古河公方は生きながらえるのか」

「あるいは、室町の公方よりも」

不二丸は首を左右に振る。信じられない。北条によって骨抜きにされた古河公方が生き残る。仇敵であった室町の公方が滅びてもなお。

本家が滅び、分家が生き残ることなどあるのだろうか。だが、不快ではなかった。すがってみようと思った。その見立ては、不二丸にとって救いに似たものがあったからだ。

「それに、分家を創始する必要もないやもしれませぬ。小弓公方がありますれば」

「馬鹿な。小弓公方と古河公方は、それこそ敵同士ではないか」

「しかし、祖をたどれば二代前の足利高基《たかもと》公と義明公のご兄弟が分かれたものです。近い将来、私は古河公方と小弓公方が小さな二匹の螺旋龍となると見ております」

まるで予言者のように、曲直瀬はいう。

「さて」と、曲直瀬が顔をそらす。

「随風よ」

帳面に必死に何かを書きつける随風に呼びかけた。

「は、はい」

充血した目を、随風が曲直瀬にむけた。

「お主は、国の理の龍夢を見た。あるいは、お主こそは国を医《なお》す医者やもしれん」

「国を医す医者」

「そうだ。下医《かい》は病を医し、中医《ちゅうい》は人を医し、上医《じょうい》は国を医す。お主は、国を医せ」

その言葉には自嘲《じちょう》の響きがあった。足利学校の陰桜として、曲直瀬は永禄《えいろく》の変を引き起こした。下医どころか、国を乱した張本人だ。

空虚だった道三の瞳に、いつのまにか色が現れていた。正気の色だ。あふれんばかりの哀しみも混じっている。

きっと、足利学校の門を叩いた時、彼はこんな目の色をしていたのだろう。乱世を憂《うれ》え、上医として国を医すことを志していた。

「私が上医に。む、無理です」

随風はただ狼狽《うろたえ》るだけだ。

「そうだ。そして、お主の龍夢は、龍夢であって龍夢ではない。我ら足利学校の者は龍夢を見れば、陰桜として生きる責を負う。そのことに無上の喜びを感じるように、心をつくり変えられた。が、お主はそれには適さない」

「ですが、この随風という名前は足利学校でもらった名前です。陰桜となるためにもらった名前です。そのために、私がどんな苦労をしてきたか――」

随風は親に捨てられた子のように、曲直瀬にすがりつく。

「これからはちがう名を名乗れ」

そういって、曲直瀬は随風から矢立と帳面を取り上げた。そして、さらさらと筆を走らせる。

不二丸が覗きこむ。

――天海《てんかい》

そう荒々しく墨書《ぼくしょ》されていた。

「今より天海と名乗れ、そして私のなせなかった夢をなせ」

「て、てんかい」

帳面を受け取る随風の手が震えていた。

「本日をもって、お主は破門《はもん》だ。もう陰桜ではない。足利学校にも今後、足を踏み入れることを禁ずる。これよりお主は天海となり、乱世をただす上医となれ」

雷に打たれたかのように、随風は立ち尽くしている。ぴくりとも動かない。いや、ひとつ、体のある場所に変化が現れはじめる。目だ。色が変わりつつある。空虚だった瞳に、何かの色が付加されようとしている。

曲直瀬がこちらを見て、深々と一礼した。見送りはここまでという意味だ。

頼みます――という形に曲直瀬道三の唇が動いた。何を頼むというのだろうか。意味を量《はか》りかねた。随風のことか。上医になる人物を守ってくれ、ということか。
つむじ風が起こる。
道の先で、砂煙が舞いあがった。
砂塵の流れはうねり抱きあうようにして、ふたつの螺旋をつくる。
やがて天高く吸いこまれ、空へと溶けていった。

第六話　大《おお》禍《まが》時《とき》

――織田信長謀殺

秋山香乃

一

一瞬、聞き間違えたかと思った。

（こ奴は何を言い出すのだ）

今年四十三を数える足利義氏《よしうじ》は、眉根《まゆね》を寄せて目前の男を凝視《ぎようし》した。

優れた忍びは、人々の記憶にとどまらぬよう、特徴のない外見をしていると言われているが、この男はまさにその通りであった。どこにでもいるような中肉中背に、目も鼻も口も全てが大きすぎず小さすぎず、整いすぎもせず外れすぎもしていない。ぱっと見た容姿は、優れていないが醜くもなく、三回瞬《まばた》きをすれば忘れてしまいそうだった。

義氏が惣領《そうりよう》を務める古河公方《こがくぼう》足利家に古くから仕《つか》えてきた、「さくらの忍び」のひとりで、通称は犬吉《いぬきち》という。年齢は主人の義氏にもわからない。興味がないということもあるが、見かけも若そうでもあり、年を重ねていそうでもあり、この男が「二十歳でございます」と述べても、「四十をとうに過ぎました」と答えても、「ああ、そうか」と納得してしまいそうだ。義氏の側近くに侍《はべ》ってからは、十年くらい経つ。

この犬吉が、

「信長めを害しとうございます」

下総《しもうさ》古河城内の御所の内庭に這《は》いつくばって、縁《えん》に座す義氏に信長謀殺の許しを乞うたのは、卯《う》の月が終わったばかりの曇天《どんてん》の昼下がりであった。

犬吉の声は、這いつくばった姿勢にもかかわらず、まるで耳元で囁《ささや》かれたかのように、義氏には聞こえる。これはいつものことで、いわゆる忍術の一つなのだろう。もし、他の者がこの場にいたなら、犬吉の声はほとんど聞こえないに違いない。いや、もしかしたら姿も見えぬのではないか。義氏自身にも、どんよりした灰色の空と似た色の着物をまとった犬吉の這いつくばる姿は、沓脱石《くつぬぎいし》のように映っているのだ。

（沓脱石のくせに……右府《うふ》を殺すだと……）

許すわけがなかった。

信長といえば、朝廷から天下人と認められ、自らを「上様《うえさま》」と呼ばせていると聞く。室町将軍を京から追い、将軍の意向で改元された元亀《げんき》を嫌い、新たに天正《てんしょう》と改元させた。傲岸不遜《ごうがんふそん》な行いだが、あれからもう十年が経つ。

世の大名たちは、信長に従うものと逆らうものへと分けられ、従わぬものは討ち取られる運命《さだめ》だった。かの、強大な力を誇った甲州《こうしゅう》の武田氏も、つい先々月の残春の花の散る中に滅し、次は中国と四国を同時に手中に収めるだろうと言われていた。

義氏を保護している北条氏も、関東の覇者《はしゃ》となる夢を捨て、とっくに信長の前に膝を屈していた。そんな絶対的な強者を、なにゆえ自分の命《めい》で殺さねばならぬというのか。信長は残虐《ざんぎゃく》だという。敵将の母親を捕らえ、毎日一本ずつ手の指を切り落とし、最後に首を刎《は》ねたと噂されている。

罪のない女にもその非道《ひどう》。戦《いくさ》の勝敗の中で行われた報復でさえ、それほど苛烈《かれつ》ならば、命を狙って失敗すれば、いかなる報《むく》いが待っていることか。

鉄炮《てっぽう》で信長を狙った善住坊《ぜんじゅうぼう》とかいう男は、捕まって鋸《のこぎり》引《び》きの刑に処されたと聞く。

義氏は頭の中で、自身が生きたまま土に埋められ、竹の鋸で少しずつ首の肉を削《そ》がれていく姿を想像し、身震《みぶる》いした。

(冗談じゃない)

こんな話を持ち込む忍びに、怒りが湧いてくる。

義氏は、日ごろから感情を露《あら》わにしないように生きてきた。それは、生まれる前から骨肉の争いを強《し》いられたこの男の、生き残る術《すべ》のようなものだ。

だからこのときも、

「何ゆえか、訳を申せ」

静かな口調で理由を問うた。が、次の犬吉の言葉には、平静を押し通すことができなかった。

「恐れながら信長めは、万人恐怖と称された悪御所《あくごしょ》様の生まれ変わりにございます」

ハッ、と義氏から短い笑いが漏れた。何を言い出すかと思えば、相手にするのも馬鹿馬鹿しい。なんという荒唐《こうとう》無稽《むけい》な話を、この忍びは躊躇《ためら》いもなく、当たり前のように口にするのか。

織田信長が、振る舞いの残虐性から悪御所と称された六代将軍足利義教《よしのり》の生まれ変わりだなどと。

「悪御所様といえば、あれか。籤引《くじび》き将軍であるな」

義氏は揶揄《やゆ》するようにもう一度、今度は喉《のど》の奥でククと笑った。

義教は、籤を引くことで征夷大将軍就任が決まったので、その治世の頃より、辛辣《しんらつ》な京の者たちに、「籤引き将軍」と陰口を叩《たた》かれていたのだ。

「古河公方様の前身に当たられる鎌倉公方家を、滅亡へと追いやった元凶《げんきょう》の義教めにございます」

ふざけた口調の自分と違い、犬吉はどこまでも生真面目《きまじめ》に答えたが、耳元に聞こえる声音《こわね》の中に怨念《おんねん》のようなものを感じ、義氏はぞくりとした。

「信長めの息の根を止めねば、今度は、関東将軍であらせられる御所様（義氏）が害せられましようぞ」

畳みかけた犬吉の言葉に、義氏の心は波立った。

「それは、右府が六代将軍の『生まれ変わり』だからか。そんなあやふやな根拠を真《ま》に受けて、予《よ》が話に乗ると思うたか。右府を殺《や》らねば、予が殺されるじゃと？　馬鹿な。手を出した方がよほど殺されるわい」

「あやふやではのうて、確信にてござります。義教の悪行《あくぎょう》の数々を、等しく信長も行っているだけでなく、その姿《みてくれ》は、義教の絵姿と瓜二つにござります。人とは思えぬあのような所業を躊《ため》躇《ら》いなく行える者が、地上にふたりとおりましょうか。同じ、魂であればこそ」

確かに義教と信長の行いに類似点は多い。従わぬ者を次々と血で贖《あがな》わせる酷薄《こくはく》さ、無茶と思えることすら厭《いと》わず断行する苛烈《かれつ》さ、酸鼻《さんび》を極める殺し方も躊躇わない残虐さも……。

犬吉に言われずとも、巷《ちまた》の噂で、信長が義教の生まれ変わりだと囁かれていることなど、義氏も聞き知っている。だが、残虐で苛烈で酷薄な男なぞ幾らでもいるではないか。犬吉は「あのような、人とは思えぬ所業を、躊躇いなく行える者が、地上にふたりとおりましょうか」と言うが、

（そんな者は幾らでもおるわいな）

たまたま義教と信長が天下に号令できる立場だったから、際立《きわだ》ったに過ぎない。

ふたりが最も似ている行いといえば、比叡山延暦寺《ひえいざんえんりゃくじ》への容赦《ようしゃ》ない報復だろう。

義教は、かつて自身が在籍したにもかかわらず、延暦寺門前町に火を放ち、比叡山へ攻め入ろうとした。延暦寺側からの降伏の申し入れと四方からの説得で和睦《わぼく》に至ったが、義教は僧侶四人を京へ呼び出し、騙《だま》し討ちにして首を刎ねた。その後、二十四人の僧侶が抗議と称して根本中《こんぽんちゅう》堂《どう》に籠《こも》り、火をかけて自害した。

一方の信長は、延暦寺側の降伏を聞き入れず、比叡山へと攻め入って勝利した。

寺と僧侶を焼き払うなど、聞けば残虐に聞こえるかもしれないが、なにも比叡山を攻めたのはこの二人にとどまらない。

何《いず》れの場合も、寺側が先に、僧兵による兵力を背景に軍事的介入を行っている。攻めた方は、「対応した」に過ぎない。

さらに二人の同じ行いといえば、富士遊覧か。義教は鎌倉公方を牽制《けんせい》するため、信長は武田氏を滅ぼしたあと、富士を遊覧した。だが、これも義氏に言わせれば、「当たり前」のことでしかない。

（霊峰富士の近くに来れば、素通《すどお》りして帰る者の方が珍しいわな）

いわんや、信長は自身の意思というより、徳川家康のもてなしに応じただけだと聞いている。

（この程度で生まれ変わりなら、いったいどれほどの者が生まれ変わりになろうか）

姿が似ているということも、別になんとも思わない。大名家には公卿《くぎょう》の血がたいてい混ざっているものだ。遡《さかのぼ》れば同じ血が流れていても不思議はない。

（第一、生まれ変わったとて、同じ顔で生まれてきたりはせぬだろうよ）

犬吉の言《げん》は、強い思い込みによるこじつけにしか思えない。

（この者は正気《しょうき》ではない）

まともに取り合ってはならぬと、義氏は結論付けた。

「予はそうは思わぬ。右府の目に予なぞ映ってはおらぬ。眼中にないというのに、わざわざ予の方から、あの残忍で酷薄な男の前に飛び出してなんとする。それほど葬りたいと申すなら、そのほうらで勝手に動けばよかろうよ。予を巻き込むでない」

義氏は一気に捲《まく》し立てると、すべてを言い終えぬうちに立ち上がり、犬吉に背を向けた。室内へと逃げ込む義氏の背を、犬吉の声が追った。耳元への囁きでなくなったのは、義氏が離れたせいで術が解けたからだ。

「我らとてそうしたいのは山々でござれど、今は風魔《ふうま》の風下《かざしも》にあれば、御所様の命がなければ動けぬのでござります。なにとぞ、御考慮くださいませ」

ふうむと義氏は足を止めた。

風魔とは、北条に仕える忍びの一団のことだ。義氏が北条に囲われている現状、さくらの忍びも風魔の配下にある。

「風魔には、すでに話してあるのか」

義氏は振り向かずに問うた。

「もちろんでござります」

「それで、風魔はなんと答えた」

「御所様の許しを得よと」

「ならぬとは言わず、わしの許しを得よと言《ゆ》うたか」

「はっ」

「なるほどのう。相変わらず小ずるい」

風魔は、というより北条は、本音《ほんね》を言えば信長に死んでほしいのだ。

当たり前だろう。北条は関東の覇権《はけん》を得んと画策し、数十年にわたって幾百もの大小の合戦で血を流し、要《かなめ》となる戦に勝利することで一歩ずつ支配を進めていった。

義氏が生まれたのも、この北条の弄《ろう》した策の一環だ。関東を将軍家から任された古河公方家に、娘を送り込んで自分という次男を産ませ、すでにいた嫡子《ちゃくし》藤氏を廃嫡《はいちゃく》に追い込んだ。

義氏に、父晴氏《はるうじ》や兄藤氏と争わせたあげく、古河公方の座を奪わせたのだ。

北条の血が流れる古河公方足利義氏は、北条の握る大義名分そのものだ。義氏の名を前面に押し出し、関東支配を進めていった。

だのに、あとわずかというところで、信長という天下人が現れた。北条は数十年かけて手にしかけた関東の覇権を、信長に臣従することで失った。どれほど無念だったか。

信長さえいなければ——。

それは、心中幾度となく湧き上がった思いに違いない。だからといって、戦わずに膝を屈した北条に、今更何ができるだろう。そんな中で降ってわいた、さくらの忍びによる信長謀殺の話……。

願ったりかなったりに違いないが、このまま首を縦に振れば、もし失敗したときには、北条もただではすむまい。さくらの忍びを采配《さいはい》しているのは、風魔の忍びだからだ。だが、風魔を飛び越えた義氏の直接の指示だったなら、どうだ。

（つまりは、蜥蜴《とかげ》の尻尾《しっぽ》切りだな）

「少し……考える時間をもらおうか」

義氏は、犬吉への返答の中身を変えた。一言、「ならぬ」と首を横に振り、この話は終わりにしたかった。が、しばし熟考した方がよさそうだ。北条はもう義氏を必要としていないと、思い知らされたからだ。

そうだろう。室町将軍も京を追われ、幕府自体瓦解《がかい》したも同然の昨今。将軍家から関東を任された公方など、もはや何の価値もないに違いない。あまつさえ、関東支配の夢が崩れ去った北条にとって、いったい何の使い道があるというのか。

(予は、無言のうちに身の去就《きょしゅう》を迫られているということか)

ざわりと胸が疼《うず》く。いったい、自分の人生とはなんだったのかという思いが渦巻く。

(予の一生は北条によって作られたところより始まり、用無しとして北条に切り捨てられて終わるのか……)

それは嫌だ、という思いが湧き起こる。そんな己《おのれ》に義氏は驚いた。

今日まですべてのことを淡々《たんたん》と受け入れてきたというのに、こんな強い感情が、身の内から湧いてくるなど思いもよらなかったのだ。

二

義氏が生まれたのは、天文《てんぶん》十二年（一五四三）の三月二十六日。幼名は、狂い咲きの梅が舞い散る中に生まれたとのことで、梅千代王丸《うめちよおうまる》と名付けられた。

なんという幸せそうな名だろうかと、義氏は思うのだ。千歳先の世まで生きてほしいとの親の願いを寿《ことほ》いだような名だ。

だが、残念ながら父である四代古河公方足利晴氏は、梅千代王丸が生まれるその前、母の腹の中にいるときから抹殺《まっさつ》しようと企《くわだ》てた。理由は単純だった。梅千代王丸の母が、北条家の女だったからだ。北条氏綱《うじつな》の娘、薫姫《かおるひめ》である。

北条が古河公方家乗っ取りを企て、送り込まれた女だと、晴氏の目には映った。

そもそもなぜ、かほどに反発を覚える相手を晴氏は娶《めと》ったのか。

ことの発端は、義氏が生まれる五年前。後の世に第一次国府台《こうのだい》合戦と呼ばれる争いにあった。

小弓《おゆみ》公方を名乗る大叔父《おおおじ》の足利義明《よしあき》が、自分こそが正統なる公方家の継承者だと主張し、房《ぼう》州《しゅう》の雄《ゆう》、里見義堯《さとみよしたか》と手を組み、国府台に陣取って侵攻してきた。

実力の差は明らかで、晴氏方に勝ち目はなかった。このため、苦肉の策として晴氏は、関東進出を目論《もくろ》んでいた北条氏綱に助けを求めた。

氏綱は、これ幸いと晴氏の呼びかけに応じて戦い、見事勝利を収めた。そして翌年には、自分の娘薫姫を戦勝の見返りとして晴氏へ嫁がせたのだ。このとき、晴氏は三十四歳。すでに家臣の娘、松葉《まつば》の方との間に幸千代王丸と名付けられた男児をもうけ、跡継ぎとすることを決めていた。この子が、義氏の兄、後の藤氏である。

そうなのだ。かの幸せそうな名も、元々は兄藤氏に贈られたものだ。梅千代王丸の名は、兄の幸千代王丸の「幸」の箇所を、「梅」に変えたに過ぎない。「王丸」は古河公方足利家で代々受け継がれているが、「幸千代」には、晴氏の愛情と願いが込められているに違いない。

（されど、それは兄上だけのものよ）

晴氏は、北条の血の混ざった義氏が家督《かとく》を継ぐことに、強い反発を覚えたようだ。さくらの忍びを使い、なるべくなら生まれる前に、残念ながら生まれてしまった後には幼児のうちに、なんとしても事故に見せかけ闇に葬ろうとした。

氏綱は、義氏の周囲を北条の忍び、風魔の者で固めた。夫婦は、同じ屋敷の中で、あからさまに敵対した。

義氏が生まれて二年後にそれは起こった。北条方の守る河越城を、扇谷《おうぎがやつ》上杉家と関東管領《かんれい》山内《やまのうち》上杉憲政《のりまさ》が攻めたが、このとき、晴氏は両上杉方に加担《かたん》し、北条を敵に回したのだ。古河公方家を北条に乗っ取られるくらいなら、と大きな賭けに出た晴氏だったが、この戦は北条方の勝利に終わった。

戦には負けたが、このとき多くの関東勢が晴氏を支持した。山内上杉氏及び、上杉家を継ぐことになる長尾景虎《ながおかげとら》（後の上杉謙信）、そして関東に領土を持つ豪族たちだ。だれもみな、北条の侵攻に危機感を抱き、不快感を示していた。彼らは、晴氏の推《お》す藤氏こそが、古河公方を継ぐにふさわしいと主張した。

薫姫は、強大な実家を頼みにして、手をこまぬくような真似《まね》はしなかった。丁寧《ていねい》に足利の家臣団や豪族層を説き伏せ、味方に引き入れていった。彼らの支持を背景に、公方家の拠点移座を「未来の古河公方」義氏の号令で強行した。古河公方の名の由来となった古河から、北条氏勢力下葛西《かさい》への、公方御所の移動である。

家臣らが、公方の晴氏ではなく、義氏の命に従ったこの事件は、四代古河公方の失墜《しっつい》を関東一円に印象付け、新たな公方の誕生を意識させた。義氏は、晴氏が納得しないまま、この翌年に家督を継いで、五代古河公方に就任した。わずか十歳のときである。

義氏自身、古河公方になりたいと思ったことなど一度もない。それでも、ならねば己は生き抜けないのだということは、十を数える前からじゅうぶんに理解していた。

(予は死にたくなかった)

矛盾《むじゅん》しているかもしれないが、「生きたい」と思っていたわけでもない。ただ、死は怖《こわ》く、後回しにしたかった。

この日を境に、晴氏の手先となって自分を殺そうとしたさくらの忍びが、義氏に臣従した。膝を屈する忍びたちに、いい知れぬ怒りが湧き上がったものだ。

それでも、これからはこの者たちが自分の身を守るだけでなく、手足となって動くのかと思うと、感情を露わにこれまでの恨《うら》みをぶつけ、罵倒《ばとう》するような愚かな真似はしなかった。

義氏はさくらの忍びの頭領《とうりょう》、千古《せんこ》の不二丸《ふじまる》が挨拶《あいさつ》を述べたあと、噴き上がりそうになる激情を鎮《しず》めるため長い時間、沈黙した。こういうときは、数を数える。一、二、三……と、頭の中で数えるうちに心は凪《な》いでいく。このときも数え、百を超えたあたりで、

「うむ、よしなにのう」

満足げな声音を作り、頷《うなず》いてみせた。

一方、晴氏は、「裏切り者どもが」と血を吐くような声で罵《ののし》った。その取り乱した父の姿にこそ、義氏は胸のすく思いがしたものだ。

宿老《しゅくろう》ら家臣の手前、しぶしぶ葛西に付いてきた晴氏だったが、我慢の限界に達したか、家督を譲って二年後の、天文二十三年（一五五四）に突如として古河へ戻ってしまった。藤氏ら松葉の方の産んだ子らと共に古河城に籠ると、戦の準備を始めた。むろん、十二歳の義氏と戦うためだ。

（あんな連中は、父とも兄弟とも思わねば良いのじゃ。さすれば心も乱れはせぬ）

義氏は思ったが、本音は藤氏らが羨《うらや》ましかった。自分だけが父に疎《うと》まれている。

この戦国の世に、父子でいがみ合うのはよくある話で、なに一つ珍しいことではない。

だが、

（予は、父上や兄上と敵対するために作られた男なのだ——）

そう思い知らされるにつけ、義氏の身の内にじくじくした鈍い痛みが広がっていく。公方と言ってもまだ少年だ。歯を食いしばっても、目には涙が滲《にじ》む。

たとえ後々骨肉の争いをするようになったとしても、生まれるときくらい父に望まれたかった。ほんの一瞬でもかまわぬから、自分の誕生を喜び、祝って欲しかった。これが、それほどまでに大それた願いなのかと、義氏は晴氏の胸倉を摑《つか》んで一度でいいから訴えてみたかった。

だが、実際に義氏がしたことは、北条の力を背景に、「謀反人《むほんにん》ども」を征伐《せいばつ》する軍勢を整え、父と兄とに対峙《たいじ》したことだ。

結局、晴氏は、一戦もせぬうちに降伏した。

義氏は、父を家臣野田弘朝《のだひろとも》に預け、厳重な監視下に置いた。その後、この事件のおおよその始末がつくと、何事もなかったかのように、元服式《げんぷくしき》を行った。

義氏は、関東を掌握《しょうあく》する、室町将軍家の代行者——公方としての権威を確かなものとするため、鎌倉鶴岡八幡宮《つるがおかはちまんぐう》に御輿《みこし》とそれに続く長い行列による派手な参拝を行い、葛西から、戦略的要衝《ようしょう》の地、関宿《せきやど》へと拠点を移した。ここから諸豪族らに下知《げち》し、北関東は義氏に従った。これが十五歳のときだ。

三年後、父晴氏は義氏への憎しみと敗北への憤怒《ふんぬ》の中、死んでいった。

「わしは認めぬぞ。そなたがわしの跡取りなぞ、決して認めはせぬ」

病《やまい》を患《わずら》った晴氏を、看病するため関宿に呼び寄せ、最後はすべてを許して和解を望んだ義氏だったが、顔をあわせたとたん、そう喚《わめ》かれた。

ぷるぷると震える晴氏の滑稽《こっけい》な姿に、義氏の心は冷めていった。

「あなたが認めずとも、ことは何一つ影響せぬようでございます」

義氏が冷ややかに答えると、顔色を蒼《あお》く染めたまま晴氏は黙り込み、数日と経《た》たずにこの世を去った。

振り返れば、義氏が晴氏に言い返したのは、あれが最初で最後である。そのただ一度の言葉が、父の寿命を縮めた。

父の死は悲しくなかった。これで終わったと、正直ほっとした。自分を苦しめた父子の確執《かくしつ》も、これで思い出となり過去へ流れ去ってくれるに違いない。

母も、争い続けた夫の死に、人生の区切りがついたと考えたのか、落飾《らくしょく》して芳春院《ほうしゅんいん》と名乗った。

先の考えが甘かったと義氏が思い知らされたのは、兄藤氏が長尾景虎《ながおかげとら》に担《かつ》がれ、攻めてきたからだ。

自身こそが古河公方の正統な後継者だと主張する藤氏を大義名分に、景虎は反北条の者どもへ結集を呼びかけ、一大勢力を作り上げた。

時あたかも、桶狭間《おけはざま》の戦いで北条の同盟国今川が大敗したころだ。北条が十分な援軍をそろえられるか覚束《おぼつか》ない、その隙を巧《たく》みに景虎が衝《つ》いたのだ。北条がいくら強いといえど、関東諸将が結集して襲い掛かってくるのを、援軍無しに跳ね返すのは難しい。

義氏は臍《ほぞ》を噛んだ。

（まだ続くのだ、不毛な争いが。己の中に流れる北条の血は、血族によって汚れた血として裁かれ続けるのだ）

許せぬと、藤氏への激しい憎しみが義氏を支配した。この戦に勝ち、藤氏を捕らえたなら、ただでは殺さぬ。死んだ方がましだという思いを味わわせ、そのあとで惨《みじ》めに命乞いをさせ、いったんは希望を持たせた後、じわじわと殺してくれる――そう義氏は決意した。

だが、長尾景虎の勢いは凄《すさ》まじく、やられるのは藤氏ではなく、北条と義氏の方だった。関宿城を、離反した家臣に攻められた義氏は、在城しつづけること叶わず、敵方に追われる形で各地を転々とするはめに陥った。

一方の景虎の軍勢は、小川城、名胡桃《なぐるみ》城、明間城、沼田城、岩下城、白井城、厩橋《まやばし》城、那波《なわ》城と破竹の勢いで陥落《かんらく》せしめた。上野《こうずけ》一帯は、上杉管領や長尾、それに与《くみ》する佐竹《さたけ》らの旗に染められた。

戦禍《せんか》は長引き、翌永禄《えいろく》四年（一五六一）に持ち越された。武蔵《むさし》、相模《さがみ》、鎌倉と侵《おか》され、小金《こがね》城に入っていた義氏も、敵方の侵攻にあわせて家移《やうつ》りし、最後は北条家本拠地、小田原に匿《かくま》われた。その小田原も春までにぐるりと敵勢に囲まれる。

小田原城が落ちれば、北条も義氏も終わる。義氏は、「すべてが終わる」という語感に、甘い響きを感じた。

反対に母芳春院は、絶望を覚えたようだ。そうだろう。夫と敵対し続ける人生など、だれが好んで望むだろう。芳春院にしたところで、こんな世でなければ、みなで睦《むつ》まじく過ごしたかったことだろう。いや、こんな世だとて、正室として迎え入れられた以上、自分の腹の男児が家を継ぐのは、むしろ自然なことではないのか。いがみ合ったりせずに、本当は夫に我が子を認めてもらい、助け合って生きていきたかったはずだ。

嫁ぐ際に淡く夢見たであろう夫婦寄りそう未来は、小指の先ほども叶えられず、一つ屋根の下で殺し合いを繰り広げた。そんなにしてまで得た結果がこれでは、悔《く》やんでも悔やみきれないに違いない。

本当は母が何を思って古河公方家に嫁ぎ、自分を産み、今は数万の軍勢に囲まれて風前《ふうぜん》の灯《ともしび》となっているのか、義氏にはわからない。母とはあまり語り合ってこなかった。口を開けば、「母上の野望のために、それがしを生み出したのでござりましょう」と、恨み言になりそうだった。

もっと話せばよかったとの思いが残ったのは、反北条の軍勢に囲まれたまま、母が夏を待たずに儚《はかな》くなってしまったからだ。

父の死から一年も経ぬ母の死に、義氏は呆然《ぼうぜん》となった。この骨肉の争いは、いったいだれが始めたのか。なぜ自分が意思とは関係なく引き継ぎ、これからは孤独に戦い抜かねばならぬのか。なんという嘘寒さだろう。得たいものは何もない。だが、もはや止められぬ。

自分が死ぬか、自分以外の古河公方の血が絶えるか。そうなるまで、戦い抜くしか道がない。

長尾景虎は、関東管領上杉憲政の養子となって上杉政虎《まさとら》を名乗り、自身が関東管領に就任することで関東諸侯に号令を下す権威を手に入れた。これによって、はじめは傍観していた者たちも上杉軍に加担し、小田原を包囲する軍勢は十万に膨《ふく》れ上がった。

北条も自分も、このまま藻屑《もくず》と消えるものとすっかり思っていた義氏だが、小田原城はどれほどの兵に囲まれてもびくともしなかった。さらに、桶狭間の戦いの敗北のあと松平元康《まつだいらもとやす》（後の徳川家康）を筆頭に相次ぐ離反に喘《あえ》ぐ今川家が、万の援軍を二度にわたって送ってきた。もう一つの北条の同盟国、甲斐《かい》の武田信玄も、上杉勢の背後に当たる北信濃《しなの》を衝いて攪乱《かくらん》した。

これらの情勢下、上杉方の戦線から離脱する者もあらわれ、これ以上膠着《こうちゃく》しても利がないどころか、足元をすくわれかねぬと判断した上杉政虎によって撤兵が行われた。

上杉が越後に戻ったあとも、義氏は藤氏と争った。だが、上杉という後ろ盾のない藤氏に何ができただろう。永禄五年（一五六二）、古河を攻めた北条方はとうとう藤氏を捕らえた。

いったい、いつ以来の再会か。惨めに縄に縛《しば》られた姿で、庭先に引きずられるように連れてこられた兄を、義氏は座敷に座したまま見下ろした。

「どうじゃ、夢のあとは」

義氏が声をかけると、顔を上げ、藤氏は睨《にら》みつけてきた。兄弟だが、顔立ちは笑いたくなるほど似ていない。

「夢のあととはなんじゃ」

藤氏が吐き捨てる。

「夢を見たのであろう。古河公方となり、関東を統《す》べる夢を」

「夢などではない。本物の古河公方はわしじゃ。この紛《まが》い物が」

「紛い物とは、予のことか」

「父上もいつもそう言うておったわ」

義氏から笑いが漏れた。こんなときに父上などという言葉が出るなぞ、藤氏の世界も狭いものだ。晴氏に認められていたことが、この男のすべてなのだろうか。

「父上とは、かの弱者のことか」

「自分の父親を愚弄《ぐろう》するのか」

藤氏は、喉が破れるのではないかと思える声で喚《わめ》いた。

「自分の父親……か。予から見れば、ただの謀反人に過ぎぬ」

義氏の言葉に衝撃を受けた顔になる藤氏の素直さが腹立たしい。これまでさぞ緩《ゆる》く、人にかしずかれた人生を送ってきたに相違ない。

「幸千代王丸か……」

義氏の呟《つぶや》きに、何だ？　と藤氏は眉間《みけん》に皺《しわ》を寄せる。そうだろう。向こうからすれば脈絡《みゃくらく》もなく自分の幼名を口にされたのだ。もう、当人すらそんなふうに呼ばれていたことなど、記憶の彼方《かなた》となっていたはずだ。

義氏にしてみれば、羨望《せんぼう》と憎悪の混じった名であった。

だが、もういい。自分は勝って、この男は負けた。

「予はのう、兄上、この日を待ちわびて生きてきたのじゃ。兄上を好きにできるこの日をな」

「なにを……」

「ただでは殺さぬと心中で繰り返すたびに、兄上と戦う力が湧いてきたものじゃ。死んだ方がましと思うまで甚振《いたぶ》るのじゃと、その方法をあれやこれやと考えるのは、予にとって悦楽《えつらく》ですらあったぞ」

藤氏から先刻までの威勢が消えた。その顔は、ようやく己のおかれた立場を理解したのか、蒼白だった。

「こ、殺せ。今すぐ殺せ」

怯《おび》えの宿った濁った眼で懇願する。この顔が見たかったのだと義氏は思った。同時に、

（予は、こんなものを楽しみに生きてきたのか……）

興《きょう》ざめてもいた。

連れていけ、と手で合図を送り、藤氏を下がらせた。実際のところ、義氏に兄の生殺与奪《せいさつよだつ》の権限などなかった。藤氏をどうするかは、北条の現物領、氏康《うじやす》が決める。


小田原では勝ち戦の宴《うたげ》が開かれ、義氏も饗応《きょうおう》を受けた。

「まだ上杉との戦は続きましょうほどに、藤氏はすぐには殺さぬつもりでございます」

氏康が酌《しゃく》をしながら兄の処断について義氏に伝えた。

義氏は鷹揚《おうよう》に頷いてみせた。

「それが得策であろう。まだ兄上と同母の弟藤政《ふじまさ》が野《の》にある今、藤氏を殺してしまえば、次は自分こそが古河公方と言い出すであろうし、それを上杉方が担がぬとも限らぬ。生かしてさえいれば、藤氏を差し置いて藤政を……とはなるまいよ。むろん、中には強弁《きょうべん》する者も出ようが、数は多くないゆえ、今までのように関東を割るような戦にはなるまい」

「我が思いを汲《く》み取っていただき、安心いたしました」

「もし、殺すことになったときは、予に一言知らせてくれぬか。かようなことになったとはいえ、予の兄じゃ。最後にもう一度、話をしたい」

義氏の頼みに、氏康の眼球が真横に走った。人は嫌なことを言われると、目の玉が横に動く。

氏康が不快感を抱いたのは間違いないが、

「御所様の、お望みのままにいたしましょう」

即座に承諾した。

それから、まだ五つに満たぬであろうと思われる娘を招き寄せた。なぜこんな幼い姫が宴に出ているのだと、義氏は先刻から違和感と、ある種の予感を抱いていた。

「娘の名都《なつ》でございます」

氏康が紹介すると、

「名都にございます。以後、お見知りおきくださりませ」

子供特有の高い声で、名都姫は、はきはきと挨拶を述べた。

よく仕込んであるな、と義氏はおかしかった。目鼻立ちのはっきりした、可愛《かわい》らしい姫だ。

氏康は義氏の眉間を見据え、

「いかがでございましょう」

当たり前のように娶《めと》れと言う。氏康が相手の眉間を見て物を言うときは、打診でなく命令だ。

父晴氏が、当時の北条家惣領氏綱の圧力に屈する形で北条の姫を娶ったように、自分もまた、当代氏康の娘をあてがわれるのは逃れられぬ決まり事のようなもの……ということなのだろう。

晴氏と違い、義氏には抗《あらが》う気はなかった。くれるというなら有難く貰い、生涯その姫だけを慈《いつく》しもう。

（予は、もう母や自分のような子は作らぬ）

「……姫は幾つかな」

義氏は直接、名都姫に訊《たず》ねた。

「四つでございます」

名都が小さな指を四本立てて、義氏の前に突き出した。

姫が幼すぎることを問題にされたと勘違いした氏康が、口を挟む。

「御所様にふさわしい年ごろとなるまで、先は遠うございます。ゆえに、どなたか御家臣のよき姫を、側室にお迎えなされませ」

義氏は首を横に振った。

「いや、予は、側室は持たぬ。実際に嫁いできてくれるその日まで、姫の成長をゆるりと待とう。のう、争いの火種は作らぬが吉じゃ」

氏康の眼差《まなざ》しが義氏の眉間からすっと下方へ外れた。心がほぐれた証《あかし》である。


義氏が、生まれ故郷というべき古河城へ戻ったのは、齢《よわい》三十を数える元亀元年（一五七〇）六月二十八日のことだった。ここに至るまでに、上総佐貫城《かずささぬき》に移り、相模鎌倉へも移住した。

まるで落ち着き場所を持たずに放浪しているかのようだが、そうではない。公方の住まう場所は御所なのだ。移動を繰り返すごとに、人々は祝いの言葉を述べ、品を届け、かしずかねばならない。そして、義氏は新しい移動先から、関東諸侯に「御内書《ごないしょ》」を発給する。権威の再認識をこうして行う。

権力を掌握《しょうあく》していれば必要ない儀式だが、義氏は公方に就任してからも、上杉らに否定され、戦いを強いられてきたから、時おり御所を変えて、人々に自分こそが関東将軍であると知らしめねばならなかった。このため、花押《かおう》も室町初代、あるいは三代のそれに似せてある。御内書を受け取った諸侯が、義氏が足利将軍家に準ずる公方であることを、目で見て咄嗟《とっさ》に思い起こすように。

だが、そんなこつこつとした小さな努力や、繰り返した動座は、やがて、「長いこと古河に戻れぬ傀儡《かいらい》公方」の哀れさを表す象徴的な出来事のように、言われ始めた。

下剋上《げこくじょう》の時代しか知らぬこれからの世を生きる者たちには、もうかつてのしきたりや意図などは、伝わらなくなり始めている。

権威を表す行いは、傀儡の証となり果てた。

義氏は古河に戻れなかったのではない。戻らなかっただけだ。

実際、生まれ故郷とはいえ辛《つら》い思い出の多い地に戻っても、たいした感慨は湧かなかった。それでも義氏は、古河公方として死ぬためには、最期の地は古河でなければならないと思い込んだのだ。それゆえ、戻ってきた。

妻の名都は、この地で正式に娶った。

が、そのあとすぐ、同じ時代を生き、関東支配を目的に共に戦った氏康は病に倒れ、鬼籍《きせき》に入った。氏康の死と共に、義氏と北条家の蜜月《みつげつ》時代は終わった。氏康の後を継いだ氏政《うじまさ》は、古河公方の存在をもう古い時代の遺物と見ているふしがある。悔しいが、それはあながち間違いではない。それから間もなく天正の世がきたのだから。

室町将軍家に代わる新たな天下人、信長の時代が――。

三

犬吉が信長謀殺を申し出て三日が過ぎた。まだ義氏の中で結論が出ない。

(予は北条と一蓮托生《いちれんたくしょう》だが、北条側はそうではない)

胸が押しつぶされそうな思いで、義氏は現実に目を向けようとしている。

かつては互いに利用価値があった。それは、古河公方が「関東に号令を下せる者」だったからだ。古河公方の許しなく、関東進出は何人《なんぴと》たりともできなかった時代があり、義氏はその最後の公方なのだ。だが、今はもはや公方の権能も夢の残滓《ざんし》となり果てた。

もし、北条とわが身を切り離して今後を生きていかねばならぬとしたら――。

義氏は、そう考えたとたん、足元がぐにゃりと歪《ゆが》んだような覚束《おぼつか》なさに唾《つば》をのんだ。

(予は、北条に作られた人間だ)

親鳥に見捨てられた雛《ひな》のように、北条に切り捨てられた自身の未来を思うと、体が竦《すく》む。だれが想像したとしても、利用価値のなくなった公方の末路は、おそらくろくなものではないだろう。自身の価値を取り戻すには、公方の価値を地に叩きつけた信長を、葬るしかないのではないか。

いや、そんな恐ろしいことは、できはしない。強大だった北条ですら、屈した相手ではないか。

義氏は、信長を自分の命で殺すことを夢想しただけで、体が震えた。

これまで、どれだけ多くの刺客があの男に放たれたろう。京を追われた室町将軍足利義昭《よしあき》が、とっくの昔に幾度となく忍びを放ち続けたはずだ。信長に攻められた比叡山延暦寺も、本願寺《ほんがんじ》も、つい先々月に滅ぼされた武田も、何もしなかったはずがない。

それでも、当の信長は涼しい顔で生きている。周囲に手練《てだ》れの忍びが目を光らせている証だ。

かつてさくらの忍びに命を狙われ続けた自分が、風魔の忍びに守られていたように。

そう思う傍《そば》から、それでもやらねばならぬのではないか、という思いが湧いてくる。

（このまま何もしなければ、わしは北条に捨てられ、確実に朽ちる身よ）

実際、今も公方領の一部を北条は力ずくで奪い、少しずつ侵攻し始めている。義氏は、衝突するのが恐ろしく、見て見ぬふりをしていたのだ。

なぜ、そんな気持ちが湧き上がるのか、わからない。だが、恐怖心に囚《とら》われれば囚われるほど、一《いち》か八《ばち》かの賭けに出て、潮目を変えなければならないという気になってくる。

後から思えば、どうかしていた。義氏がその気になったのは、さくらの忍びに幻術《げんじゅつ》をかけられたせいかもしれない。さくらの忍びは、人を操る術を使う。

いや、それとも義氏を骨の髄《ずい》まで利用し尽くしたい北条の意向にそった、風魔の忍びの妖《あや》しの術か。

義氏は、四日目には犬吉を呼び出し、ぎらついた目で信長殺害の命を下していた。


ここのところ寝苦しい夜が続いている。

生まれてこのかた、ずっと義氏は風魔の忍びの目の中にいた。それは義氏を守る目であり、監視する目でもあった。ところが、数日前からまるで視線を感じなくなった。今、古河御所にはさくらの忍びしかいないのではないか。

その意味を考えると、義氏の体は自《おの》ずと震え出す。

犬吉の使う忍びが古河を発《た》って、もうずいぶん経つ。いったい、信長殺害はどうなったのか。まだ実行されていないことだけは確かである。信長の死の噂ひとつ聞こえてこない。

忍びらは、信長の寝所などに忍び込んで、直《じか》に手にかけるような真似はしない。信長の周囲の者に妖しの術をかけ、殺すように仕向ける。だから、直接殺害するときより時間は掛かるが、足は付きにくく歴史の闇に隠される。

（もうよい。もう何もせずともよい）

寝付かれず、義氏はひとりきりの寝所で上半身を起こすと頭を抱え込んだ。

この一件にかかわった忍びらは、無事に信長を害したとしても、もう古河には戻ってこない。ゆえに、忍びらがことの顛末を知らせてくることもない。義氏は、信長の死を世間の噂で知り、そうかとひとり頷き、あとは何も知らぬ顔で生きていけばいい。

在野に散った忍びらも、じゅうぶんな給銀を受け取り、何食わぬ顔で商売を起こし、所帯を持ち、雑草のように根を生やす。居着いた地であらゆる者たちと繋がりながら、何事かが起きるまでは忍びであることを忘れたように日々を過ごすのだ。ことによっては何世代もそうして生き、再びさくらの頭領から命が発せられるまで、決して動くことはない。

（いったいどうなっているのか……）

喉が、からからに渇いている。

「水を持て」

しゃがれた声で隣の間に控えている近習《きんじゅう》に声をかけたそのとき、静まり返った屋敷の中に甲《かん》高《だか》い悲鳴が響き渡った。

八歳になる娘の氏姫《うじひめ》の声だ。

名都とは三人の子を設けたが、今も生きているのはこの氏姫だけだ。あとの二人は早世《そうせい》し、妻の名都も昨年儚《はかな》くなった。

初めから北条家に利用されるために生まれ、運命に従って生きた義氏は、人生の中でさほど多くのものを求めたわけでない。唯一といえるものが、自分と共に歩んでくれる妻と、自らは貰うことができなかった親の愛を、ぞんぶんに注ぐことのできる子どもだ。

その氏姫の悲鳴に、我を忘れるほど取り乱し、

「御所様、まずは我々が見て参ります」

と叫ぶ近習を押しのけた。廊下は暗闇に閉ざされているが、通いなれた姫の寝所である。義氏は飛ぶように進んだ。

姫の寝所に飛び込んだ義氏は、燭台《しょくだい》の火に照らし出されたあまりに凄惨《せいさん》な光景に、体中の血が逆流するような思いを味わった。

氏姫は侍女の胸元に、頭を抱えられた状態で、しがみついて震えている。抱きしめた侍女もまた、がくがくと震えている。飛び込んできた義氏に、だれも咄嗟に反応できぬほど怯えている。

そうだろう。姫が掛けて寝ていた御衣《おんぞ》の上に、ばらばらにされた人間の塩漬けの死骸が散らばっているのだ。散らばり具合から、上からばらまかれたのだと知れる。

義氏はごくりと唾をのみ、天井を見上げた。そこにはだれもいなかったが、天井板が一枚、外されている。わざと外したままにしてあるのだろう。

「であえ、であえ、曲者《くせもの》だ」

義氏を追いかけてきた近習らが、大慌てで警固の者らや寝ている者らに異変を知らせる。

いつの間にか廊下に跪《ひざまず》いた犬吉が、

「追手は放ちましたが、おそらくは捕まりますまい」

いつものように義氏の耳元に囁いた。

「この骸《むくろ》は……」

だれのものかなど、訊《き》かずともわかっている。犬吉が信長に向けて放った忍びのひとりだろう。失敗したのだ。次はお前がこうなるぞとの警《いまし》めだろう。信長は表立って義氏を裁く気はないのだ。忍びを使って、報復することに決めたわけだ。それも、一気にはやらない。じわじわと恐怖の底に引きずり込みながら、もしかしたらこの忍びのように体の一部を少しずつ切り取りながら殺していく気なのかもしれない。

忍びの死骸を義氏の部屋に放り込まず、一番大切にしている氏姫の寝所に投げ込んだのだ。まずは、お前の宝であるその娘から嬲《なぶ》り殺してやるぞと、告げているのではないか。

「そ、それだけは……それだけはやめてくれ。予を殺せ。予を殺すがよい。ど、どんな殺し方でも構わぬゆえ、予だけを殺してくれ」

まだ屋敷の中にとどまっているかわからなかったが、義氏は姿の見えぬ敵の忍びに向かい、懇願していた。

いまだがくがくと稚《いとけな》い体を震わせている氏姫を、侍女をどかして奪うように抱きしめる。熱い。あまりの衝撃に、熱が出たのだろう。姫の小さな全身が燃えている。

父に疎まれ続けた義氏は、物心ついたころから、自分にも、この世にも、絶望していた。だが、それは本当の絶望ではなかったのだ。今の、自分が味わっているこの恐怖に満ちた焦燥《しょうそう》に比べれば。

「姫よ、姫よ。浅はかな父を許してくれ」

氏姫をどこに逃がしても隠しても、すべては無駄であろうと思われた。このなんの罪もない幼い姫は、義氏の魔が差した馬鹿な行いのせいで、苦しみながら死ぬだろう。

（駄目じゃ。苦しませはせぬぞ。あやつらの手にかけさせるくらいなら、我が手で……）

義氏は、いまだ大粒の涙を零《こぼ》してしゃくりあげる娘を抱きかかえ、忍びの骸で汚れてしまった部屋を出た。自分の寝所に連れていく途中で、氏姫の小さな体が、ぐったりと重くなる。父親に抱きかかえられ、緊張の糸が切れるように眠ってしまったのか。それとも気を失ったのだろうか。

寝所に姫を横たわらせ、義氏は、娘の頰に流れた涙をぬぐった。柔らかくて温かく、胸が締め付けられるほど愛《いと》おしい。

（姫を守るのじゃ。予の手で、さほど苦しまぬように逝《い》かせてやるぞ）

（何か術はないのか。姫だけでも助かる術が）

二つの思いが交錯《こうさく》する。それだけにまだ決意など何一つできていなかったが、義氏はそっと氏姫の細い首に手を回した。回したからといって、どうしてこのまま指に力を入れることができようか。

（無理じゃ。予にはできぬ。されど……）

　哀れに体を切り刻まれた忍びの骸が脳裏に蘇る。

（やらねばならぬ）

　ぐっと力を入れかけた刹那《せつな》、ひやりとした指が義氏の手を摑み、力ずくで止めた。ハッと義氏は氏姫から手を離して振り返る。

　犬吉だ。十年余りも傍に仕えてきた男だが、こんなに冷たい手をしているなど、知らなかった。

「御所様、なりませぬ」

「なにがならぬのだ。予に指図《さしず》するでない」

「われらさくらの忍びが総力を上げて、御所様と姫様をお守りいたす所存。早まってはなりませぬ」

「知ったような口をきくな。さくらの忍びは信ずるに足らぬ。こたびの災いを招いたは、だれじゃ。思い通り、右府を殺しに行けて満足したか」

　犬吉に向き直って問うた義氏の声は、裏返った。犬吉が答えなかったので、義氏はさらに畳みかけた。

「信長を生かしておけば、我が公方家に災いをもたらすゆえ、なんとしても害さねばならぬと言うたな。それで？　殺しに行ったその結果、実際はだれが予を滅ぼすことになったのじゃ。言うてみよ」

犬吉に苦悶《くもん》の影が過《よぎ》る。この男が表情を変えたのを見たのは、初めてだった。

「のう、犬吉よ。さくらの忍びは、こたびのことを少しでも悔いておろうか」

「頭領の気持ちはわからねど、この犬吉は悔いてござります」

「わしと姫を守ってくれると言うたな」

「はっ。御所にはもはや蟻《あり》の子一匹たりと入れさせませぬ」

「できるのか」

できるわけがない。さくらの忍びの技量が勝《まさ》っているなら、今宵《こよい》、織田の手の者を侵入させていないだろう。だのに犬吉は、

「できまする」

間髪《かんはつ》入れずに答えた。

義氏は拳《こぶし》を握り締めた。

(この嘘つきめが)

「ならば、予も戦うわい。直《ただ》ちに忍びどもを城内に配置せよ。だがもし、力戦及ばず御所が織田の忍びの手に落ちるようなことあらば、予が姫を手にかける時だけは稼げ。良いな」

「御意《ぎょい》」

すっと犬吉の姿が消えた。

義氏は、長じればさぞ美姫《びき》となるだろうと思われる、娘の母によく似た顔を見つめた。

（そうじゃ。顔は名都に似て、心立てはどちらかといえば予に似ておる。名都は男勝りであったが、姫は無口で大人しい。ちゃんと予と名都の両方を受け継いでおる。子とはなんといじらしい存在なのだ）

だのに晴氏は一度たりとも自分を見て、疎ましさや憎しみ以外の感情が湧かなかったというのだろうか。本当に兄の藤氏や、弟の藤政だけが可愛かったのだろうか。

義氏は氏姫の頰を撫《な》でると、立ち上がった。戻ってきた近習に姫を頼み、自分はとある場所へ向かう。屋敷の奥に作られた座敷牢に。

そこにはあの男が長い間、幽閉されているのだ。兄、藤氏が。

北条が、上杉と和睦して同盟を結んでからは、藤氏はまったく価値のない男となり果てた。かつて藤氏を戴《いただ》き北条と戦った上杉謙信も、同盟を結んでからは義氏こそが古河公方だと正式に認め、喧伝《けんでん》した。

このため、風魔の手によって、藤氏は人知れず消される運命となった。が、かつて氏康と義氏の間で交わされた約束のため、しばし待ったが入った。

——もし、殺すことになったときは、予に一言知らせてくれぬか。かようなことになったとはいえ、予の兄じゃ。最後にもう一度、話をしたい——

氏康は約束を守ったのだ。

久しぶりに会った藤氏は、驚くほど父の面影《おもかげ》を宿していた。こんなに似ていただろうかと、義氏は狼狽《ろうばい》した。まるでそこに晴氏がいるかのようだ。その顔を眺めているうちに、やはり正統な後継ぎは兄の方で、己は古河公方の血を汚《けが》したのではないかという気にさせられた。

父晴氏がこだわった血筋。父が認めた本当の嫡子。

殺してしまうのは惜《お》しい……という、思いもよらぬ感情が、義氏の中に湧き起こった。義氏は、このとき氏康に兄の命乞いをし、世間には死んだものとしたうえで、その身柄を引き取った。幽閉は、氏康の付けた条件だった。もし、藤氏が閉じ込められた部屋から一歩でも外に出れば、そのときは今度こそ風魔の忍びが殺すのだと。

あれから十三年、日の光の差し込まぬ部屋で藤氏は何をすることも許されず、ただ飼い殺された。義氏は、きたないものに蓋《ふた》をするように、一度も兄のもとを訪ねなかった。

果たして兄はどうしているのか。まだ生気を宿しているだろうか。今日も弟を憎しみの宿った眼で睨み据えるのだろうか。それとも生ける屍《しかばね》と成り果てているのか。

こんな切羽《せっぱ》詰まった状況の中で、藤氏のもとに向かうのは、あの男を逃がすためだ。

弟の藤政の行方が知れなくなった今、自分と氏姫が死ねば古河公方足利家の血が途絶える。それだけは避けたい。なぜそう思うのか、自分でもわからない。血にこだわって生きた父に、あれほど苦しめられたというのに、死を目前にした自分がこんな土壇場《どたんば》で、足利の血統にこだわるなど、思ってもみなかった。

（やはり我らは父子なのだ。あの男が予を認めようとせずとも、予には父の血が流れている）

座敷牢の前には、さくらの忍びがひとり、見張りに立っていた。義氏の姿を認めるとその場に跪く。座敷牢は、木の板を廊下側から打ち付けて、人の出入りができないようになっている。ただ、食事や排泄物などの遣《や》り取りができる小さな戸口があるだけだ。

義氏はその戸口を開け、中を覗《のぞ》いたが、薄暗くてよく見えない。こんな暗い中にずっと閉じ込められていた藤氏の目は、果たして今も見えるのだろうか。

饐《す》えた臭いがするのは、体は拭《ふ》いているとはいえ、十数年もの間、一度も湯で洗っていないせいだろう。

「兄上」

声をかけると、部屋の中の空気が揺らいだ。と思うや、突進するように黒い塊《かたまり》が戸口に寄った。義氏は驚いて、咄嗟に体を引いた。手燭《てしょく》を翳《かざ》し、兄の姿を見ると、髪も髭《ひげ》も伸び放題で、見る影もなくなっている。しかも、

「ああ……あああ」

藤氏は何か言おうとしているようだが、すぐには人語にならない。もうずっと人と話していないせいだろう。唸《うな》るような声は、そのうち嗚咽《おえつ》に変わった。

義氏は信長の件は一切話さず、

「今この屋敷には、北条の忍びが引き払って、ひとりとしておらぬゆえ、今なら外に出ても逃げおおせるやもしれぬが、どうじゃ」

と藤氏に話を持ち掛けた。

「ああ……あ……」

兄からは、やはり人の言葉は出てこない。もはや、正気を失っているのかもしれない。

「今よりこの部屋に打ち付けた板を外すゆえ、兄上自身がよくよく考えて外に出るか、ここに残るか決めるがよかろう。外に出たなら、一生涯困らぬくらいの金を渡すゆえ、どこへなりと好きなところに行くが良い」

ここまで言っても、ただ泣き声しか聞こえない。殺し合ってきた兄弟に、感動的な別れなどあるはずもなかったが、こんな別れになるとは思わなかった。

義氏は、犬吉を呼び、藤氏の今後を頼んだ。

「数年の間、兄上の身の回りの世話を焼く者を、さくらの忍びからつけてやれ」

「承知いたしました」

「風魔は、兄に追っ手をかけようか」

「おそらくはもう、歯牙《しが》にもかけぬと思われます」

「ならばよい」

（兄上だけでも生き延びてくれればよいが……）

いつの間にか、朝日が昇る時刻になっていた。このころまでには、御所はさくらの忍びによって固められた。

信長の手の者は、いつやってくるだろうか。恐怖でどうにかなってしまいそうだったが、討手に八つ裂きにされる前に、犬吉が苦痛なく殺してくれると誓ったため、一気に気が楽になった。

（結局、予はさくらの忍びに殺されるのか）

そう思うと笑いがこみあげてくる。ただ振り出しに戻っただけの人生ではないか。

それに、最後の最後になって、ようやく北条から自由になったのだ。なにをあれほど、北条に切り捨てられることを恐れていたのか。

（かほどに清々《すがすが》しいではないか）

凪《な》いだ心の義氏のもとに、その重大な知らせが届いたのは、この日の夕暮れどきだった。なるべく娘と穏やかな時を過ごそうと、縁側に座り、ふたりで黄昏《たそがれ》に染まる空を眺めていた。

そこへ犬吉が転ぶように走り寄り、こう叫んだのだ。

「御所様、京の本能寺にて信長めが惟任日向守《これとうひゅうがのかみ》（光秀）に謀殺された由《よし》にござります」

頭が痺《しび》れるような衝撃を受け、晩夏の残照《ざんしょう》にあぶられながら、義氏は立ち上がった。だが、何一つ言葉は出てこない。昨夜の藤氏のように、ひとえに嗚咽だけが漏れ続けた。

第七話　凪《なぎ》の世

——喜連川《きつれがわ》藩誕生

谷津矢車

喜連川頼氏《きつれがわよりうじ》は、陰湿な気配漂う十畳間に座していた。

襖《ふすま》と襖の間から、天井板の隙間から、床下から、こちらの首を搔《か》き切らんばかりの鋭い目線が頼氏を刺し貫く。季節相応の軸が掛けられ、真新しい畳の敷かれている書院造りの間の中、頰にしたたる汗を拭《ふ》きつつ、しばし待っていると、家臣を引き連れた女が頼氏の前に現れた。

「お待たせいたしました。用意に手間取りました」

桜色の打掛《うちかけ》を引きずり現れたのは、妻の氏姫《うじひめ》である。

頼氏の六歳年上だから、今年二十六。たおやかな黒髪を垂らして柔和《にゅうわ》に微笑《ほほえ》む姿はまるで菩薩《ぼさつ》のようだが、対座するうちにえもいわれぬ圧迫感に囚《とら》われる。後ろの女官《にょかん》や侍たちが蛇蝎《だかつ》を見るように頼氏を睨《にら》んでいることもあるだろうが、己《おのれ》は氏姫ただ一人に呑まれているのだと頼氏は気づいている。

気圧《けお》されていることを悟られぬよう、頼氏は大仰《おおぎょう》に縁側の外に目を向けた。手入れの行き届いた庭が陽光に霞《かす》んでいる。

「相変わらず、よき処《ところ》だな、鴻巣御所《こうのすごしょ》は。心が洗われる」

柔和な表情を崩さぬまま、氏姫は相槌《あいづち》を打ち、優雅な所作《しょさ》で頼氏に対座した。

「本当に。古河公方《こがくぼう》家の御所でございますれば、整っておりますのは当然のことでございましょう」

後ろに控えている氏姫家臣たちが、小弓《おゆみ》公方とは違うのだと口々に小声でそやした。頼氏はあえて雑言《ぞうごん》を聞き流した。

喜連川家は一枚岩にはほど遠い。

氏姫は鎌倉公方の流れを汲《く》む古河公方の家督《かとく》継承者である。女人《にょにん》が家督を継承するのは異例のことだが、先代義氏《よしうじ》死去の際、古河公方家に男子がいなかった故《ゆえ》である。

名家とはいえ風前《ふうぜん》の灯火《ともしび》、このまま関東の一土豪に落ちようとしていた古河公方家であったが、思わぬ助け船が入った。天下人、豊臣秀吉が名族の落魄《らくはく》を哀れに思ったか、秀吉の側室となっていた頼氏の姉、嶋子の取りなしがあったのか、小弓公方家と縁組させて喜連川家を興《おこ》した。

小弓公方家は古河公方家の分家筋に当たる。衰退してゆく本家に成り代わって勢力を伸ばし覇《は》を唱えた経験から、古河公方家の本流意識を嘲笑い、下に見る風が残っていた。そんな二家を合一して、問題の起こらぬはずはなかった。

頼氏は喜連川に領地を与えられ、居《きょ》を定めている。しかし氏姫は、古河公方ゆかりの地である古河の鴻巣《こうのす》御所から一歩も離れようとしない。二人が同じ屋根の下で暮らしたことは一度もなく、たまに鴻巣御所に訪《おとな》えば家臣団が角《つの》を突き合わせて諍《いさか》いを生むゆえ、おいそれと顔を合わせることもできない。

氏姫からすれば、頼氏は二人目の夫である。一人目の夫は頼氏の兄の国朝《くにとも》だったが、子を残すことなく早世《そうせい》したため、頼氏が氏姫の夫となり、喜連川家を継いだ。国朝は氏姫とそりが合わなかったらしく、後夫《ごふ》にありがちな気苦労がないぶん気も楽だが、問題は山積している。

それはともかく――。

氏姫家臣団の反感が渦巻く中、氏姫は我関せずとばかりに穏やかな声音《こわね》を発した。

「殿、今日はよういらっしゃいました。歓迎いたしましょう」

「ああ、たまにはゆるりと話がしとうてな。梅千代王丸《うめちよおうまる》は息災《そくさい》にしておるか」

梅千代王丸は頼氏と氏姫の間の子で、今年で二歳になる。

氏姫はにこりと笑う。

「ええ。梅千代王丸に逢《お》うてゆかれますか。奥におりますゆえ」

「ああ、顔を見させてくれ」

「なれば、行くといたしましょう」

頼氏と氏姫は同時に立ち上がった。氏姫の家臣団もそれに続こうとしたものの、氏姫は視線で押しとどめた。姫様、と悲鳴めいた声が上がったものの、氏姫は家臣団のすがるようなまなざしをことごとく笑殺した。

家臣たちを振り切り、氏姫が先導する形で表から奥に入ったその時、氏姫は肩で息をついた。

「疲れますね」

「まったくだな」

振り返った氏姫の顔からは菩薩のような表情がそげ落ち、二十六相応の明るい顔があらわになった。

家臣の手前、表では素《そ》っ気《け》ない態度を取っているが、子を得るまでのやり取りの中で、氏姫とはそれなりの関係を紡《つむ》いできている。氏姫も、少なくとも家臣の前で浮かべるのとは違う、素《す》の表情をこぼすようになった。

奥の間に頼氏を招じ入れた氏姫は、障子《しょうじ》を閉じた後、小声を発した。

「して、殿、今日は何用で」

「む？」

「殿がこちらにお越しになる際には、半月前には通告がございましょう。なのに、此度《こたび》は一日前。何かおありなことくらい、この世間知らずにも察しはつきます」

氏姫が座ったのに合わせ、頼氏も腰を下ろした。

「話が早い。氏、そなたは徳川内府《ないふ》殿が石田治部《じぶ》殿らと戦ったことは」

「無論、存じております」

「そして、我らがどちらにもつかなかったことも」

「もちろん承知いたしております」

後の世に関ヶ原の戦いと呼ばれるこの大戦《おおいくさ》に際し、喜連川家は静観に回った。正確には、戦に参ずるほどの軍勢を有していなかった。秀吉から知行《ちぎょう》されたのは四百貫《かん》、石高《こくだか》に直すなら三千石程度に過ぎない。不穏な気配漂う領地を離れ戦に出る余裕は、喜連川家になかった。

この戦は、徳川勝利で幕を閉じた。

今のうちに徳川にすり寄っておいた方がいい。

「徳川内府殿に、戦勝祝いの遣《つか》いを送ろうと思うておる。だが、今更のこのこと挨拶《あいさつ》しに向かったところで、門前で追い払われる恐れもある」

「それどころか、殿をはじめ、一族郎党の首を差し出さねばならなくなるやも」

苦笑しながらも頼氏は頷《うなず》いた。

「左様《さよう》。古河公方であるそなたからすれば、当代で御家を終わらせるのには忸怩《じくじ》たるものがあろう」

「それは、小弓公方の名跡《みょうせき》を継ぐ殿もご一緒では」

口を袖で隠してくすくすと笑う氏姫を前に、頼氏は己の膝を叩《たた》いた。

「ああ、一緒ぞ。古河公方、小弓公方、いずれも関東（鎌倉）公方の血を引いておることに価値がある。だからこそ、相談しに参った。そなたもわしも、名族の御家を潰したくないという思いは一緒。ならば、古河公方、小弓公方の別を超え、手を取り合うことができるはず」

「何をすればよろしいのですか」

「そなたらは、『さくらの一族』なる者たちを飼っておろう」

氏姫の目が昏《くら》く光った。

「なぜその名を」

かつて狐川《きつねがわ》と呼ばれていた喜連川の地を本貫地《ほんがんち》とし、忍びの術でもって関東公方を陰で支え、つき従って来た一族がいる。

「我ら小弓公方家が持てなかったもの――。それが『さくらの一族』だからぞ。かの者たちの手を借りたい」

「何をやらせるおつもりでございますか」

「考えがある。文《ふみ》を書くゆえ、かの者たちに渡して――」

「左様なまどろっこしい真似《まね》はせずともよろしゅうございます」

立ち上がった氏姫は、障子を開け放ち、手を叩いた。

頼氏が氏姫とともに縁側に立ったその時、松や苔石《こけいし》の配された庭の隅に、音もなく一人の男が現れた。

紺《こん》色の筒袖《つつそで》に紺のたっつけ袴《ばかま》を穿《は》いて地面に跪《ひざまず》くその男は、髪を後ろでまとめている。大きくもなければ小さくもなく、筋骨隆々《きんこつりゅうりゅう》でも細身でもない。良くも悪くも、どこにでもいそうな男だった。

「お呼びでございましょうか、公方様」

男は顔を上げた。

氏姫は大きく頷いた。

「よう来た。千古《せんこ》の不二丸《ふじまる》」

顔の印象がない。眺めている今この瞬間から忘れてしまいそうな目鼻立ちをしている。十代といっても通りそうでありながら、五十代だといわれても納得してしまいそうだ。つまるところ、顔立ちから年齢を読み解くことができない。いや、というよりは、感情のありかや、心のゆらぎを見出すことのできぬ、まるで鏡のような面《おもて》だった。

頼氏が不気味《ぶきみ》な思いに囚《とら》われ何も言えずにいると、氏姫は頼氏を一瞥《いちべつ》し、男に言った。

「我が殿が、お前に用があるそうじゃ」

千古の不二丸は無表情でこちらを見た。

「何か、ご用でございましょうか」

主《あるじ》である氏姫に向ける言葉遣いを崩していないが、不二丸が頼氏に向けてくる言葉は、まるで氷の刃《やいば》のようだった。頼氏はその無礼に見て見ぬふりをした。

「そなたらの噂はかねがね聞いておる。喜連川家を守るため、力を貸してくれ」

「勘違いなさいますな。喜連川家ではなく、古河公方家でございます」

不二丸もまた、古河公方家に忠誠を誓う者らしい。

息をつき、頼氏は己の策を披露《ひろう》した。すべてを聞き終えたその時、不二丸は小さく「御意《ぎょい》」と述べ、この場を去った。まるで最初からそこにいなかったかのように、ふわりと消えた。

縁側に立つ頼氏に並び立った氏姫は、庭を眺め、目を細めた。

「古河公方に小弓公方。いつまで、このような反目が続きますことやら」

「さて、な。しかし、終わらせなければならぬ。――梅千代王丸の顔を見たい」

「今、昼寝の最中《さなか》ゆえ、しばしお待ちを」

「そうか。――ままならぬな」

頼氏は、陽光の落ちる縁側から踵《きびす》を返し、暗がりの部屋へと戻った。

慶長《けいちょう》五年（一六〇〇）十二月、大坂城西の丸にある徳川家康は、近習《きんじゅう》の報告に苛立《いらだ》ちを隠せずにいた。

「何？　喜連川殿からの戦勝祝いが？」

「ぜひ、ご挨拶をと。控えの間に通しておりますが、いかがいたしましょう」

この忙しい時に――。家康は親指の爪を噛んだ。

今、家康は関ヶ原の戦いの論功行賞《ろんこうこうしょう》や、敵対した大名の処分に大わらわになっている。

この戦は、いつかやらねばならぬ大掃除を果たせた安堵《あんど》と、これほど一挙に仕置《しおき》を行なうつもりはなかったという後悔の残るものだった。

此度の戦で家康に刃向かった者たちは、本来なら、じっくり追い詰めて完膚《かんぷ》なきまでに滅ぼさねばならなかった。だが、大戦の戦後処理であるからこそ寛大な処置を取らざるを得ない。

複雑な寄木細工《よせぎざいく》を組むような作業に心を砕く家康の元には、毎日のように邪魔者がやってくる。大名小名《しょうみょう》の遣いが飢えた犬のごとくにすり寄ってきて、そのたびに気力を奪っていく。我慢のならぬことだった。

大名はともかくとして、小名の多くは消えていく、いや、消してゆく心づもりでいた。大名家に支配させても、徳川の旗本に組み入れてもいい。いずれにしても、自主独立の小領主など存在できぬ世にする。それゆえ、大名はともかく、万石にも満たぬ小名の遣いは一律に追い返している。

だが、喜連川は、さすがに引っかかった。石高こそ三千石そこそこの小名だが、将軍足利家に連なる名家である。邪険に扱っては徳川の名に傷がつく。

山のような書状を横目に、家康は立ち上がった。

「会おう」

家康は白地に葵紋《あおいもん》の金刺繡《きんししゅう》を散らす羽織を纏《まと》うと、茶坊主の案内の下《もと》、謁見《えっけん》の間へと向かった。

がらんとした二十畳敷きの謁見の間の下段には、青の直垂《ひたたれ》姿の男が座っていた。その男の脇をすり抜け、上段に腰を下ろした家康は、平伏《へいふく》した男に面を上げるよう命じた。

家康は面食らった。

四角い顔、日焼けしてくすんだ肌、白髪《しらが》交じりのひげ。まるで足軽《あしがる》か山賊《さんぞく》を見るようだ。

確か、喜連川の当主は二十歳ほどだと聞いているが、目の前の男には老いの影すら見受けられる。こぎれいななりにはしているが、漂う気配からして当主本人ではあるまいし、名族喜連川家の発した遣いとしても、家康への遣いとしても、あまりに骨柄が卑《いや》しい。

何より面妖《めんよう》なのは、髪に女物の簪《かんざし》を挿《さ》していることだった。梅花をあしらった華奢《きゃしゃ》な簪。昨今では女物に身を包んで町を跋扈《ばっこ》する傾奇者《かぶきもの》なる輩《やから》がいるようだが、そうした手合いにしては、地味だ。むさ苦しい男の頭にあるだけに、簪の場違いぶりが目立つ。

心中の不審をおくびにも出さず、家康は口を開いた。

「遠方よりご苦労であったな。名を名乗れ」

ややあって、男は大仰《おおぎょう》に畳に手をついた。

「高坂甚内《こうさかじんない》と申す者。喜連川の殿様より、名代《みょうだい》を仕《つかまつ》りましてございます」

甚内なる男は、頭を下げた瞬間にずれた侍烏帽子《さむらいえぼし》を片手で直した。

この男に漂う粗野《そや》な気配の理由は分かったが、謎は深まった。なぜ、戦勝祝いなどという大事な場面に、家臣でもない人間を遣わしてくるのだ。首尾《しゅび》によっては、御家取り潰しとてありえるこの場になぜ。

「名代を仕ったと言《ゆ》うたな。なぜ、お前が？」

すると、甚内はひげ面《づら》を歪《ゆが》めた。

「それは、内府様へのお祝いが、わし――某《それがし》にしかご用意できぬものゆえ」

「ほう」

脇の三方《さんぼう》に置かれた祝いの目録を眺めた。小名にしては豪華だが、特段変わったものは含まれていない。

「座興《ざきょう》か何か、披露《ひろう》するつもりか」

「はは、座興。まあ、そのようなものでございましょうなあ」

呵々《かか》と笑う甚内の振る舞いは、芝居がかっていて鼻につく。

「甚内とか申したな。お前の田舎芝居に付き合《お》うておる暇はないのだ。もしこれ以上演じたくば、あの世の獄卒《ごくそつ》相手にせよ。なんなら送ってやってもよい」

「あいや、しばらく。わし――某がこれからさせていただくのは、昔話でございます。我らにとっては昔話でも、内府様にとっては今に生きるお話でございましょう。であるがゆえ、喜連川様も、内府様にお聞かせしたく思われたのでありましょう」

「今に生きる話、とな」

「間違いなく。今、内府様の頭を痛めている病《やまい》の虫を、あるいは散ずることになるやもしれませぬぞ」

「田舎芝居の次は、薬屋の真似か」

「いかにも」

悪びれもせずに頷く甚内を前に、家康はしばし考えた。

今ここで、この男を殺すは容易《たやす》い。このような男を遣いに寄越した喜連川に何らかの罰を下すことも。だが――むくむくと、興味が湧いて来た。元々家康は遊興《ゆうきょう》の類《たぐい》で心を安んずる人間ではないが、ここのところ、あまりに忙しすぎた。このひょうげたところのある男の口舌《こうぜつ》に身を任せてみてもよい、そんな気分の中にあった。

腰に差していた扇子《せんす》を掌《てのひら》に打ち据えながら、家康はことさらに苦々《にがにが》しい声を発した。

「よかろう。聞いてやる」

「ご寛大なお言葉、まことに」

家康は太い声でもって甚内の軽口《かるくち》を叩き割った。

「もしつまらぬ話なら、お前を即座に斬る」

「かしこまりました。その際はこの雑兵首《ぞうひょうくび》、お刎《は》ねくださいますよう」

甚内は己の首元を何度も手で叩いた。

「ふん。――して、何を話す」

「ある忍びたちの話をさせていただきたく。されど、わ――某は口舌で渡って来た者ではありませぬゆえ、自分語りをすることになってしまいまするが」

「よい、やりたいようにやれ」

「おお、度重なるご寛大なるお言葉、この甚内、まことに――」

「早く話せ」

「おっと、これは失礼仕りました。では――」

そうして、甚内を名乗る男は、語りを発した。

闇の中、手下《てか》の得物《えもの》が月明かりの光を反射して、怪しく光る。

覆面《ふくめん》姿の甚内は怒鳴《どな》った。

「おい、てめえら。相手はたった一人だってのに、何を尻込みしてやがる。囲って早く膾《なます》にしちまえ」

だが、手下が震え声で、甚内に反駁《はんばく》する。

「無理ですよ親分、だってあいつ――」

風がざわめき、月明かりが下にこぼれ落ちた。その瞬間、闇に隠されていた光景が浮かび上がる。

勇猛果敢を身上《しんじょう》とする者たちが、今日に限って二の足を踏んでいる。

足下には、手下たちが血を流し倒れている。ぴくりとも動かず、仰向《あおむ》けに倒れた者は白目を剝《む》き、血の海に沈んでいた。

そんな死体の山の真ん中に、一人の男がぽつんと立っていた。

血にまみれた身幅《みはば》の広い無反《むぞり》の短刀を逆手《さかて》に持ち、月を見上げるように立つその男は、どこにでもいるような旅人に過ぎなかった。

取り立てて背が高いわけでも、筋骨に恵まれているわけでもない。重装《じゅうそう》の鎧《よろい》に身を包んでいるでもなければ、馬に乗っているでもない。山に山菜でも採りに行く村人のような、筒袖にたっつけ袴のなりをして、小さな振分《ふりわけ》を肩に担《かつ》いでいた。

こんなはずではなかった。山道で夜、一人歩いている男を見つけ、身ぐるみ剝《は》ごうと襲いかかった。だが、瞬《また》く間に踏み込んだ五人が一刀《いっとう》の下に斬り伏せられた。

一向に打ちかかろうとしない手下に業《ごう》を煮やし、甚内は手の者に持たせていた得物を催促《さいそく》した。最初に手渡されたのは、普段、大戦や競り合いがある時に使っている大太刀《おおだち》だった。だが、甚内は首を振って、刃渡り二尺（約六十センチメートル）の打刀《うちがたな》に替えさせた。

鞘《さや》を払うと、青く光る刀身があらわになる。

研ぎ澄まされた刀身で己の目を見る。恐れも、迷いもない。

裂帛《れっぱく》の気合いを発し、手下の脇をすり抜け、一気に男に迫った。

男に伸びた一閃《いっせん》は、甚内をして必殺を確信せしめるものだった。

だが、袈裟懸《けさが》けが空《くう》を切った。

間合《まあ》いのすぐ外に件《くだん》の男は避《よ》けていた。ごくごく、自然体で。

「てめえ」

歯を剝いて斬りかかる。だが、いかなる剣尖《けんせん》を繰り出しても、切っ先が届くことはなかった。

まるで実体のない影を相手にしているようだった。

妖怪変化《へんげ》か、それとも妖術か。

怪力乱神《かいりきらんしん》の類を信じぬ甚内も、横鬢《よこびん》から冷たい汗が流れた。

肩で息をしていると、涼しい顔をした男は、ぽつりと口を開いた。

「お前は、武田の生き残りか」

甚内が、放った太刀筋を止めた。いや、言葉によって制された。

「――だとしたら、何だ」

「お前の太刀筋に、懐《なつ》かしき武田の匂いを嗅《か》いだ」

まさか、己の主家に『懐かしき』などと枕詞《まくらことば》がつく日が来るとは、思ってもみなかった。

甲斐《かい》武田家は、天正《てんしょう》十年（一五八二）、織田信長の侵攻により滅んだ。先祖伝来の地を失い、命からがら織田の残党狩りから逃げ回った甚内は、安住の地を探すために関東一円を彷徨《ほうこう》した。

だが、結局どこにも己の居場所を見つけることはなく、世のあぶれ者を集め、山賊まがいの日々を送っている。

武士の誇りも、魂も捨てて。

「だとしたら、何だってんだ」

己の惨《みじ》めな境遇を振り払いつつ甚内が叫ぶと、男は表情を変えずに続けた。

「わしの手足となれ」

最初、何を言われたのか分からなかった。だが、男の目はまっすぐ、甚内を捉《とら》えている。まるで、命の中心を見透《みす》かしているかのようだった。

「なんだと」

「いや、手足とも違うな。いざという時、わしの仕事を請《う》けてくれぬか」

「嫌だと言ったら？」

「そうさな——」

刹那《せつな》、男の声の出所が変わった。最前まで、前から声がしていたはずなのに、気づけば後ろ、しかも、すぐ近くから声がした。

ちくりと首筋が痛んだ。何をされているのか、見ずとも理解ができた。

「こうなる」

恐怖など吹き飛んだ。我が身に降りかかった信じられぬ出来事を前に、ただただ笑うしかなかった。

手下たちの顔に、驚愕《きょうがく》と絶望の色が浮かぶ。

甚内は己の手の刀を捨てた。辺りに乾いた金属の音が響く。

「敵《かな》わねえよ、あんたには。仲間になれば、許すってことだろ」

「物分かりがいいな」

「わしだけでなく、手下も見逃してくれるんだろ」

「ああ。死人《しびと》を生き返らすことはできぬが」

「分かった。わしはこれから、あんたの言うことを聞く」

「そのうち、呼ぶ。その際は仕事を請けろ。わしは千古の不二丸。覚えておけ」

これが、甚内と、千古の不二丸との出会いだった。

最初、甚内は不二丸が己の同業――山賊、追い剝ぎの類だと思っていた。だが、あの日から幾夜待っても不二丸の遣いはやってこなかった。まるで、あの出来事が夢であったかのようだったが、櫛《くし》の歯が欠けたかのような一味の有様を見るにつけ、あれは夢ではなかったのだと肝《きも》が冷えた。

だからこそ、甚内は仲間を弔《とむら》った後、他の場所に放浪《なが》れた。

だが、不二丸の遣いは、新しい甚内の根城《ねじろ》に姿を現した。

それは、不二丸との邂逅《かいこう》を忘れ始めていた秋口のことだった。あの最悪の出会いから、既《すで》に三ヶ月は経っていた。

やって来たのは、傀儡女《くぐつめ》に身をやつした女だった。

背に筵《むしろ》を背負うぼろぼろの麻直垂《ひたたれ》姿で、黒い髪を後ろでまとめている。埃《ほこり》にまみれて隠れてはいるが、磨けば光る美人であろうか。後になって思い返そうとしても、まったく似顔絵を残せない性質《たち》の顔立ちだった。女好きである甚内をしても手を出す気になれなかったのは、この女から妖気めいた怪しげな気配を嗅ぎ取っていたからだろう。

「どうして、ここが分かった」

問うと、女はにこりともせずに答えた。

「『さくらの一族』から逃げられるわけがなかろう」

さくらの一族？　首を傾《かし》げると、女は息をついた。

「頭領《とうりょう》はまったく話しておらなんだか」

女が言うには、千古の不二丸は、古河公方家に仕《つか》える忍び、『さくらの一族』の頭領なのだという。

古河公方といえば、鎌倉公方の末裔《まつえい》の名族で、今は関東の覇者、北条家の庇護《ひご》下にあることくらい、甚内でも知っていた。どうやら己は滅びゆく名族の飼う忍びの配下になっちまったみたいだ、と小声で呟《つぶや》いた時、苦々しいものが口に残った。

「で、今日は何用だ」

すると女は振分や懐《ふところ》から数々の書状を取り出し、甚内の前に並べた。

「中身については詮索《せんさく》無用。これを、豊臣家家臣の石田治部殿へ渡してほしい」

石田治部。豊臣秀吉の下で力を伸ばしつつある子飼《こがい》の将、石田三成《みつなり》のことだ。

解《げ》せない。

豊臣家と並び立つ大大名北条家の預かりである古河公方家からすれば、石田治部は少なくとも味方といえる相手ではない。

甚内はそこにきな臭いものを嗅いだ。

「なんで、あんたらが行かないんだ」

「我らは我らでやることがある」

女は無造作《むぞうさ》に拳大《こぶしだい》の茶巾袋《ちゃきんぶくろ》を投げやってきた。目方《めかた》からして、砂金だろう。

茶巾袋を受けとり弄《もてあそ》び、懐にしまった甚内は立ち上がった。

「承知した、この甚内、あんたらの代わりに、この書状、届けてやろうじゃねえか」

「頼んだ」

踵を返した女を呼び止め、横に置いていた戦利品の山からあるものを拾い上げ、女に渡した。

女の手に落ちたもの、それは梅花をあしらった簪だった。

きょとんとしたまま固まる女を前に、甚内は笑った。

「ちったあ、着飾れよ」

戯《たわむ》れだった。行商から剝ぎ取ったものだが、売っても二束三文《にそくさんもん》にもならない。煮ても焼いても食えぬ肉を、犬にくれてやるような心持ちだった。

「着飾る、か。これまで、気を払ったことがなかった」

力なくそう口にした女は、今度こそ根城を去った。

かくして仕事を請けた。

手下数人を引き連れ、東海道を西に向かう。この辺りは箱根山にこそ山賊が跋扈《ばっこ》していたが、山賊として名が通っている甚内からすれば蛇《じゃ》の道は蛇《へび》、難しい道行きではない。関東から東海に出た頃は、半ば物見遊山《ものみゆさん》のように東海道を西上した。

だが、難所を越え、緊張感がなくなってくると、途端に書状の中身が気になり始めた。

ついに我慢し切れなくなって、ある日の晩、手下が寝静まった際に、書状の中身を覗《のぞ》き見た。

月明かりが浮かび上がらせたもの——。それは、北条方の城の絵図面だった。それも、韮山《にらやま》城や山中城、八王子《はちおうじ》城といった、西の守りの要《かなめ》となりそうな城のものばかりだった。

これは——。

慌てて甚内は書状を折り畳み、辺りを見渡した。誰もいない。

さすがの甚内も肝を冷やした。

豊臣と北条がいかなる関係なのか、甚内には分からない。だが、徳川という大名家を挟んで対峙《たいじ》する大大名家であり、互いに意識し合っていることは間違いない。そんな中、自らが属する陣営の、前線の城の陣容を相手方に流す——。そこから想像されることは、ただ一つしかない。

古河公方は、北条を裏切らんとしている。

いつの間にか武士どもの押し引きに巻き込まれたことを悟ったが、一方で、こんなことは戦国の世にいくらでも転がっていることと、笑い飛ばすだけの度量が甚内には備わっていた。

結局この役目自体は、最後まで事件らしい事件は起こらなかった。京にある石田治部の屋敷に書状を届け、無傷のまま関東へと舞い戻った。

だが、この行ないが後に大きな意味を持つことになるとは、この時の甚内も想像だにしていなかった。

それから数年後の天正十七年（一五八九）、小康状態にあった豊臣と北条の関係が突如悪化した。きっかけは名目上、徳川の家臣扱いであった真田《さなだ》氏の領地であった沼田に、北条との係争が生じたことであった。

当初は豊臣が仲裁に入り妥結《だけつ》が成ったはずだったが、その年の十月、北条方が取り決めを破る形で真田領に侵攻し豊臣側の態度が硬化、結局、翌年の天正十八年（一五九〇）、豊臣が北条へ軍を発したのであった。

山賊まがいの暮らしを営む甚内の耳にも、北条征伐《せいばつ》の話は耳に入った。

他の山賊たちの中には、北条家が頭数を集めていると聞きつけ、小田原へ馳《は》せ参ずる者もあった。

だが、甚内は動かなかった。

確信があった。きっと、いや、絶対に来る、と。

果たして、『さくらの一族』の女が甚内を訪ねてやって来た。あの頃と変わらぬ傀儡女に身をやつして。だが、後ろにまとめた髪には梅花の簪が挿さり、文字通り花を添えていた。

腕を組んで迎えた甚内を前に、女は無感動に言った。

「北条につかなかったのか」

「ふん、形の上なら、わしらは既に北条についておるようなものだろう。古河公方は北条の庇護《ひご》を受けておる。その古河公方の手下の手下がわしなのだからな」

「その口ぶり……。数年前に運ばせた書状の中身を見たか」

「さあてね」

とぼけたが、目の前の女は甚内の行ないに興味がないらしい。何度か首を振っただけで本題に入った。

「お前たちには、北条領内で追い剝ぎをしてもらう」

「何だ、いつも通りでいいのか」

「ああ。だが、いつもより派手にやれと頭領は仰《おお》せだ」

「心得た」

それからしばらく、甚内は北条領内での略奪に明け暮れた。

思いのほか楽な仕事だった。普段は在地している武士どもが近隣の城に徴集《ちょうしゅう》されていて、町や村にはわずかな守備兵を除いては、女子供や老人の姿しかなかった。疾風迅雷《しっぷうじんらい》のごとくに村に迫り、火を掛けて物を奪うばかりの楽な仕事、腰の刀を抜くことさえほとんどなかった。

だが、十日もしないうちに、また『さくらの一族』の女がやって来た。

「頭領より仕事の依頼だ。箱根山近くまで来いと」

「大仕事なんだろうな」

「ああ、礼は弾《はず》むと頭領は仰せだ」

かくして三月の終わり、略奪を終えた甚内一行は箱根山の東へと向かった。

東海道から少し離れた小さな神社。そこが待ち合わせの場所だった。

近隣の村人たちが祀《まつ》っているのだろう、水田地帯の真ん中にぽつんとあるそこは、倒れかけた粗末な鳥居、小屋と見まがうような社《やしろ》が建つばかりの、なんともわびしい処だった。

そんな境内《けいだい》の真ん中に、千古の不二丸は立っていた。

だが、さすがに平時の軽装ではなく、黒く塗られた小手《こて》と膝当てをつけ、下顎《したあご》だけを隠す頬当てをつけている。

不二丸は甚内たちを一瞥するや、口を開いた。

「来ぬかと思うておった」

「わしは賊。賊は利に生きる者よ」

「なるほど。まあいい、ありがたいことに変わりはない。――一つ、お前に仕事を頼みたい」

そうして不二丸が語り出したのは、とてつもない指示だった。

「お前は、風魔小太郎《ふうまのこたろう》を知っておるか」

関東の闇稼業に手を染める者でこの名を聞いたことがなければ、もぐりだ。北条家の抱える忍びとして高名《こうめい》を馳せ、特に斬り込み戦や火計《かけい》に優れた風魔の頭領の名だ。

頷くと、不二丸は言い放った。

「風魔を討つ」

「冗談だろう」

「忍びは冗語《じょうご》を好まぬ」

何でも、豊臣の侵攻、山中城落城という未曾有《みぞう》の危機を迎え、ついに風魔にも出陣の指示が下ったのだという。風魔は今、箱根山に網を張り、東海道沿いに進軍する豊臣勢を待ち構えている。

「逆に、奇襲を仕掛けんと身構える風魔の裏をかく」

「なるほど、で、わしらのような山賊を用いるか」

「勘違いするな、お前たちだけだ。わしの手の者は」

「つまり、わしの手勢だけで、風魔を？　できっこない」

無茶にもほどがある。どの戦のことかは知らぬが、風魔は十名あまりで千人を超す敵兵を混乱・敗走せしめたという風聞から、鬼神《きじん》のごとくに恐れられている。それに対し、甚内の手勢は数が増えたとはいえわずかに百あまり。風魔相手には心許《こころもと》ない。

そんな逡巡《しゅんじゅん》を見通しているかのように、不二丸は声を発した。

「一つ聞く。風魔の強さは、何だと思う」

「は？　一人ひとりが強いんだろうよ」

「違う。奴らは、武士の強さである『面《めん》』と、忍びの強さである『点《てん》』を使い分けることができるのだ」

「は？　面、点？」

「我ら『さくらの一族』は一人で何十人もの者を屠《ほふ》る強さを有している。それはお前も目《ま》の当たりにしているな」

甚内が頷く前で、不二丸はなぜかわずかに眉根《まゆね》を寄せた。

「しかし、我らは『点』の働きしかできぬ。武士のように、戦場を支え続けることはできぬのだ」

「よく分からねえが、あんたら『さくらの一族』は強いが、歪《いびつ》な働きしかできねえってことか」

「そうだ。だが――風魔はどちらの働きもできる。ゆえに、『点』の働きだけでは討滅できぬ。誰かが『面』の働きを担《にな》い、同時に叩かぬことにはな。それが、長らく風魔を見てきた、我らの見立てだ」

「あんたの言うところの『面』の働きを、わしらにやらせようって肚《はら》か」

「その通りぞ」

「解《げ》せねえ。だったらそんなもん、古河公方の侍にやらせりゃ――」

「公方様のお侍衆は、ご当主の氏姫様を守るので手一杯ゆえ」

「なるほど、落魄《らくはく》した古河公方じゃ、碌《ろく》な駒がねえってか」

「おい」

初めて、目の前の忍びの感情が漏れた。

呵々《かか》と笑い、甚内は不二丸の怒りの視線を手で制した。

最初、この話を耳にしたその時、厄介事《やっかいごと》に巻き込まれたと苦々しい思いがしたものだったが、やがて、まったく違う感覚が甚内の身を焼いていた。

愉快だった。

血も騒ぐ。

思いあぐねるうち、とうの昔に捨てたはずの何かが、己の背をせっついているのだと気づいた。

最強の騎馬軍団。

天下無双《むそう》の勇士。

武田のために冠《かん》されていた賛辞。だが、それらが甚内たち敗残の兵に与えられることはなく、野辺《のべ》に骨をさらした古兵《ふるつわもの》への手向《たむ》けとなった。別に、だからといってなんということはない。

だが、もしも赦《ゆる》されるなら――。山賊ではなく武田武者として、一度でもいいから戦ってみたい。

しばし瞑目《めいもく》していた甚内は、ややあって、鼻を鳴らした。

「もしこの任を果たしたら、当然、恩賞は出るんだろ」

「恩賞……？　ああ、用意する」

「乗った」

かくして、甚内は風魔討滅のために、箱根山へと出陣した。

箱根山の山道を先導するのは、ずっと不二丸とのつなぎを果たしていた女だった。直垂から忍び装束《しょうぞく》に改めているが、団子《だんご》に結んだ髪には梅花の簪が咲いていた。

「こっちだ。早く来い」

甚内は後ろを指した。

「おい、待て。手下がついてきてねえ」

槍や長刀といった武器を携えた手下たちは、慣れぬ山道にすっかりへばっている。

「あともう少しだ。我慢しろ」

手下をどやしつけ、無理矢理進軍を続けた。

一体どれほど歩いただろうか。昼間だというのに夕暮れのように暗く、じめじめとした道なき道を方角も分からぬままに歩いていると、ややあって、女が足を止めた。

女が顎で指した方を向くと、緑色の忍び装束の一団が森の中に身を潜《ひそ》めていた。

「緑色……」

「山での戦に紛《まぎ》れるためだ」

「なるほど」

甚内の目には、二十名ほどの一団の姿が見える。

「調べによれば、この辺りに風魔百二十名を配しているらしい」

「わしらより頭数が多いか」

「ああ、そうだな」

どう戦うべきか、甚内は場の状況を整理した。

今、存在を認めることのできた風魔は、箱根山を通る東海道を睨んでいる。この辺りは片側が崖《がけ》になっており、片側が山となっている。この地勢から見て、風魔はこの辺りに何隊かに分かれて身を潜めているはずだ。

ならば、今捕捉《ほそく》している一帯を皆で攻め立てて沈黙せしめ、その動きに浮き足立った敵を発見、各個撃破していくのがよかろう——。

その旨《むね》を話すと、女は興味なさそうに応じた。

「やり方は任せる。お前に頼みたいのは、場を乱すこと。過分《かぶん》な働きではない」

「言ってくれる」

甚内は山道に休息させていた手下に、命を発した。

「目の前にいる敵軍を襲え。首は捨て置け」

二手に分けた一隊にそう下知《げち》するや、手下たちは音を立てず、風魔に迫っていった。

「お前は動かぬのか」

女が問うてくる。

「当たり前だ」

残り半分の手下とともにその場にとどまった甚内は、鼻を鳴らした。

将と兵ではなすべきことが違う。将のなすべきこと、それは、戦場全体を見渡し、わずかな変化を見逃さずに先回りして手を打つことだ。

果たして、動きがあった。

交戦している陣の手前と奥、一町《ちょう》（百十メートル弱）ほどの処で、草がざわついている。こちらが攻めかかったのは先鋒《せんぽう》、中軍、殿《しんがり》のうち、中軍に当たる兵らしい。

これで陣容が知れた。あとは――。

手元に残した一隊に下知する。

「これからわしらも攻めるぞ。ついてこい」

この森の中では大太刀は使えない。刀の鞘を払い、殿目指して走った。

中軍に攻めかかっている一隊は、敵陣の真ん中に位置していることになる。先鋒が取って返したり、殿が前進したりすれば挟み撃ちとなってしまう。甚内率いる一隊を動かし、どちらか一方を足止めできれば挟み撃ちの危険性は低くなるばかりか、奇襲を仕掛けた分、こちらのほうが有利だ。

この策が当たった。突如甚内たちに襲われた風魔は防戦一方、前進はおろか、反撃すらまともにできていない。

「風魔、恐るるに足らず」

「いや」一緒についてきていた女は顎に手をやった。「相手は風魔、これで終わるはずが……」

その時だった。

甲高《かんだか》い笛の音《ね》が森の中にこだました。

その瞬間、身幅のある、鉈《なた》のような刀を持った忍びたちが木の上から次々に降りて来た。その勢いのまま、甚内の周りを固める手下どもが斬り伏せられていく。奇襲成功の高揚《こうよう》に酔う甚内たちは、一転、絶望と血霞《ちがすみ》に彩《いろど》られた。

「木の上からだと。信じられねえ」

「奇襲に奇襲をぶつけてきたか」

甚内は合点《がてん》した。これが不二丸言うところの『点』か、と。

武士の陣構えをあざ笑うように、少数精鋭、思いも寄らぬ奇策でもってこちらを突き崩してくる。その働きの基本は、大将の一本釣りだ。戦場を眺めるに、中軍、殿を攻める戦そのものに変化はない。風魔は二軍を捨て、甚内だけに的《まと》を絞《しぼ》っている。

これが忍びの戦いか、と心中で唸《うな》る。

武田武者だった甚内にとっては、未知の戦だ。

だが、死地にあって武士のやることはただ一つ。

迫り来る風魔を横薙《よこな》ぎで迎え撃ち、血を払った後、近くにいる手下に檄《げき》を発した。

「ことごとくを斬り捨てろ。首は捨て置け。よいな」

有象無象《うぞうむぞう》と戦う術《すべ》。それは、向こう側の策に落ちず、凛《りん》と戦うことだ。

野盗が凛と戦う滑稽《こっけい》さを思う。だが、誰も見ておらぬ戦ならば、野盗が武士の真似事をしたところで嗤《わら》う者はどこにもいない。

そうして戦ううち、奇襲して来た者たちも殆《ほとん》ど撃退が叶《かな》った。

これで終わり――。

敗走してゆく風魔を眺め、刀の切っ先を下ろしたその時だった。

冷たい風が甚内の首筋に走った。

横飛びに躱《かわ》すと、太刀を地面に叩きつけたままの姿勢でそこにある、大男の姿があった。

ひょろりと背が高い。面金《めんがね》で額を覆《おお》い、真っ黒な忍び装束に身を包んでいる。だが、何より印象に残るのはその目だった。木のうろのように真っ暗で、感情のありかを一切読むことができない。

ぞわりと鳥肌が立つ。刀を握る手の震えが止まらない。

もしや――これが。

ぬらりと立ち上がる男に、誰何《すいか》する。

「風魔の頭領、風魔小太郎か」

「どう思ってもらっても結構」

歌うような口ぶりだった。

これが、風魔小太郎――。甚内は得物の柄《つか》を強く握った。

風魔小太郎が一歩足を踏み出すたびに、山の鳥が騒ぎ、森に妖しい風が走る。

「何者だ、お前は。忍びではなかろう」

「甚内。野盗だ」

「野良犬風情《ふぜい》が何用でここにいる。なぜ、我ら風魔の邪魔立てをする」

しばし考えた後、最も近い言葉を選んだ。

「酔狂《すいきょう》ってやつだ」

「なるほど」

小太郎はくつくつと笑い、身幅の広い太刀を持ち上げると、肩で担ぎこちらに迫って来た。秋の影が伸びてくるかのような、不気味な体捌《たいさば》きだった。

目測《もくそく》を誤った。切り返しはおろか、守りも間に合わない。

相手にとっては必殺の瞬間、甚内にとっては必死の瞬間が交錯《こうさく》する。

その時、甚内の体が傾《かし》いだ。

何かに押された？

慌てて小太郎に目を向けると、甚内との間に割って入り、両腕を伸ばした女が立っていた。遅れて、女の体から血霞《ちがすみ》が飛び散った。

「おい！」

甚内の言葉に応じることなく、女は地面に崩れた。女の背には、深く大きな傷が刻まれている。

「次か」

小太郎は今度こそと、甚内との間合いを詰めた。

だが――。小太郎の刀は、わずかに届かなかった。

硬直する甚内の前で、小太郎は顔を歪める。

声もなくうつ伏せに倒れた小太郎の後ろには、千古の不二丸が立っていた。

「ようやったな。甚内」

不二丸は手に持っていた短刀を小太郎の背に投げつけた。背に刀が突き刺さった小太郎は身じろぎはおろか、苦悶《くもん》の声一つあげることはなかった。

「お前がぎりぎりまで踏ん張ったおかげで、それなりの戦果を挙げることができた」

「なるほど、風魔小太郎が奇襲を仕掛けてくるのを見越して、あんたは待ち構えていたわけか」

奇襲に奇襲を重ねる。風魔小太郎が仕掛けてきた策の上に、さらに術策を弄《ろう》したわけだ。

これが、忍びか。甚内は息をついた。

戦はほぼ終わろうとしていた。中軍、殿の風魔はほぼ壊滅、先鋒は後方の総崩れを見て逃げ出す者もある。そして、その陣の跡、東海道に面した崖際に大岩が置かれ、てこも差し入れられていた。

街道では、葵の紋の旗を掲げた一隊が進軍しているところだった。どうやら、進軍に影響は出ていないらしい。

行軍を眺めつつ、不二丸は口を開いた。

「お前のおかげで、箱根山の通行が楽になる。風魔はしばらく動けまい」

甚内は地面に転がる女の前で膝を折った。既に事切れていた。斬られた拍子《ひょうし》に髪がほどけたのか、黒髪が木の根のように広がり、その傍《かたわ》らに梅花の簪が落ちていた。

とうの昔に光を失った女の瞼《まぶた》を指で閉じ、手を合わせた。

「なんで、わしを助けたんだろうな、こいつは」

「忍びとて人だ。何か、思うところがあったのだろう」

突き放すような口ぶりだった。だが、続く言葉が、微《かす》かに揺れた。

「お前を、生かしたかったのだろう」

「——そうかい」

思えば、この女の名前すら知らなかった。戦の世に消えていく忍びの女。その生を、しばしの間甚内は思った。だが、いくら思いあぐねても、女の心の内は見えてこなかった。

梅花の簪を取り上げ、己の髪に挿した甚内は立ち上がり、小太郎の死体を顎でしゃくった。

「頭領が死んだんだ、風魔はご破算《はさん》だろう」

「何を言っている。これは、風魔小太郎であって、風魔小太郎ではない」

「何だと？」

「風魔がある限り、死に絶えぬ。風魔小太郎は頭領の名だ。器に過ぎぬ」

「何度でも代替わりして復活するってことか」

「ああ、だからこそ、これからも頼みがある」

不二丸は、無表情のまま、口を開いた。

「さて――これにて話は終わりでございます」

目の前の甚内は、もったいぶるかのように口をつぐんだ。

北条征伐のあの日から、慶長五年、大坂城西の丸謁見の間に引き戻された家康は息をついた。

あの時、裏で斯様《かよう》な戦いが繰り広げられていたとは。

つまらぬ話ではなかった。武功話《ぶこうばなし》としては平仄《ひょうそく》が整っている。

だが――。

「で、お前は昔の武功を誇りに来たか。それとも、北条征伐の際の恩を売りに来たのか。いずれにしても、古河公方家が北条、風魔を倒したのは、その時々の古河公方家の都合であろう」

古河公方家が『さくらの一族』、北条が風魔を抱えているように、徳川とて伊賀者、甲賀者《こうかもの》を従えている。それゆえに様々な動向が手に入るゆえ、古河公方と北条との微妙な関係についても周知の事実だった。

北条征伐前夜の古河公方家の動きはすべて、北条から豊臣に鞍替《くらが》えせんとした、ある種の反逆だったのだろう。北条征伐の後、古河公方家は秀吉より禄《ろく》を受けている。ならば、論功行賞の対象となっているはずで、今更蒸し返す話ではない。

家康は一瞬でそこまで考え、冷ややかに下段の男を見下ろした。

だが、甚内は、にやにやと不敵に相好《そうごう》を崩したままだった。

「もちろんでございます。昔の論功行賞のやり直しなどという品なきことを、古河公方家が申し立てんとしておるわけではございませぬ」

「確か、今に生きる話を持ってきたと申しておったな」

「左様で。——ところで、今、内府様は、風魔の扱いに手を焼いておられるのでは」

家康のこめかみに痛みが走った。

風魔。近頃では、その二文字を耳にするたびに頭痛に苛《さいな》まれるようになった。

北条征伐で主をなくした風魔は、箱根山や小田原近辺に根を張り、東海道を行き来する商人の荷を狙う山賊と化した。昨今では力を強め、今では町に出ては押し込みや追い剝ぎを行なうようになり、治安上の大問題となっている。

伊賀者、甲賀者にも追わせているが、まだ関東に入って日の浅く、網を張りきれておらぬようで、風魔を取り逃がし続けている。このまま放置していては、関東の静謐は望めない。同地の為《い》政者《せいしゃ》である家康からすれば、文字通り頭の痛い問題だった。

家康が何も答えずにいると、甚内は己の胸を掌《てのひら》で叩いた。

「わし——某と『さくらの一族』ならば、風魔を追うことができ申す」

「真《まこと》か」

「嘘ではございませぬ。千古の不二丸に命じられた最後のお役目がそれなのです。これからも風魔を追う鷹《たか》となれと」

「山賊崩れのお前がか」

「慣れとは恐ろしいものでございますなあ。一度コツを摑《つか》んでしまえば、忍びといえども恐るるに足らずといったところ。『点』に対しては『面』で当たればよし。あとは『点』の勢いに押し切られぬよう、『面』を堅持《けんじ》すればよいだけでございます。されど、この極意を摑むまでに多くの犠牲《ぎせい》を払いましょう。ならば、業《わざ》を覚えた鷹を使《つこ》うた方が手っ取り早《ばよ》うございましょう」

「道理だな」

「そして、ここからが古河公方様からのお祝いでござる。風魔を捕らえる鷹となるべく、内府様にわし――某と『さくらの一族』を寄越したのです」

家康は手を打った。

「なるほど。むさ苦しいお前が第一の献上品であったか」

舌打ちしたくもなった。

確かに家康が風魔に手を焼いているのは事実だが、古河公方家のほうがよほど困っておろう。古河公方家が北条を裏切ったことに気づかぬ風魔ではあるまい。古河公方、『さくらの一族』が北条征伐後、幾度となく風魔の襲撃に遭《あ》っただろうことは容易に想像がつく。結局、戦勝祝いなどと、おためごがししているが、徳川の威を以《もっ》て宿敵を葬りたいという本心が透《す》けている。

だが——。

家康はすべての計算を呑み込んだ上で、抑揚《よくよう》のない声を発した。

「よかろう。甚内、用いてやる」

「ありがたき幸せ」

梅花の簪が挿さった頭を下げた甚内を見やりながら、家康は心中で算段を練る。

古河公方家の尻拭《しりぬぐ》いは業腹《ごうはら》だが、結果としてそれで関東の安寧《あんねい》が図れるのなら安い買い物、むしろ、鎌倉公方の流れを汲む名族を重く扱えば、徳川の威もまた高まる。

加増《かぞう》でもしてやろうか。家康はそう決めた。

寛永《かんえい》五年（一六二八）の秋、陣屋での役儀に倦《う》んだ喜連川頼氏は家臣の制止を振り切り、馬にまたがって一人領内に出た。

街道沿いに駒を進め、田園地帯に差し掛かった。道の左右で黄金《こがね》の稲が頭《こうべ》を垂れ、秋風が吹くたびにさわさわと音を立てて揺れている。道行く人々は皆穏やかな顔をしており、領民たちは頼氏の姿を認めるや農作業の手を止め、朗《ほが》らかに頭を下げた。

戦国の世を見知っている頼氏からすれば、極楽浄土のごとき光景だった。

関ヶ原の合戦に参陣することはなかったが、喜連川家は処罰されるどころか加増された。徳川家康が幕府を開いた折には、「喜連川は足利の名族、徳川家臣ではなく客分《きゃくぶん》扱いとする」という内示を受け、石高こそ万石未満であるものの、十万石の大名並の格式を与えられるに至った。これを鎌倉公方の七光りと嗤う者もあるが、左様な嘲《あざけ》りを頼氏が気に病むことはなかった。

幕府開府から数年後、風魔が滅んだ。高坂甚内なる武田武士崩れの山賊の密告によるものと世上噂されているが、実態は少々異なる。甚内一党、『さくらの一族』、喜連川家と徳川家の暗闘により、風魔は滅ぼされた。関ヶ原合戦後の加増、そして十万石並の格式は、こうした裏働きの過程で得たものという意識が頼氏にはある。

頼氏が喜連川の当主としてあった数十年は、世の凪《なぎ》を乱す者を討滅する道のりだった。

目の前に広がる黄金の海を見やる。

人々の流す汗は宝玉《ほうぎょく》のごとく輝き、誰もがやってくる明日を信じて暮らしている。だが、この平穏なる日々の足下に、あまたの骸《むくろ》が転がっている。そして、頼氏は為政者として、この時代にそぐわぬ者たちに殺《さつ》を下してきた。あの世に足を踏み入れた折には、亡者《もうじゃ》の群れに襲われ、五体ことごとくを食い尽くされよう。

風魔討伐のために力を尽くした甚内もそうだった。かの者も、結局は泰平《たいへい》となりゆく時代になじめぬまま、徳川の手にかかり誅滅《ちゅうめつ》された。

馬の背に揺られてしばらく歩くと、荒川《あらかわ》の河原に行き着いた。

大雨が降るたびに暴れ川と化すこの川も、この日は穏やかに流れるばかりだった。この地の人々はこの暴れ川の水量を「化ける」と言い習わし、その連想でこの地を「狐川」と呼ぶようになったとも言い、古木に棲《す》みついた九尾《きゅうび》の狐にあやかったものとも言う。いずれにしろ、兄国朝がこの地に入った時、吉祥名《きっしょうめい》である「喜連川」と定めた。

しばし、馬上から川の流れを見やっていると、岩陰に気配がした。いや、わざと気配を発したのであろう。

「赦《ゆる》す。出てこい」

大きな岩の陰から姿を現したのは、古河公方家の忍び『さくらの一族』の頭領、千古の不二丸だった。

先に見《まみ》えたのは関ヶ原合戦直後のことであるから、三十年振りの邂逅《かいこう》となる。こちらの頭には白いものが増え、手にも皺《しわ》が寄っているというのに、目の前の男には一切の老いを見出すことができず、あの日の若々しさのまま、そこにあった。まるで作り物の花を見ているような心地《ここち》がした。

久しいな、そう声を掛けると、不二丸はぽつりと言った。

「我らに、居場所はなくなってしまいました」

「そうであろうな」

「あなたさまの行ないのせいで、古河公方家は、風前の灯火でございます」

鴻巣御所に住み続けていた氏姫は、八年ほど前に死んだ。喜連川の正室だというのに、一度として喜連川の地に入ることはなく、あくまで古河公方家の人間として逝《い》った。

氏姫の死を受け、頼氏は、鴻巣御所にいる古河公方家家臣を喜連川の家中に取り込むべく力を尽くした。古河公方と小弓公方を合一した新たなる名族、喜連川家を立ち上げるためだ。だが、小弓公方家の家臣の中にも、古河公方家との合流を快く思わぬ者はいる。

古木の植え替えが容易にできぬのと同じことだ。

瞑目《めいもく》し、頼氏は息をついた。

「居場所がない、か。それは、お前がそう思い込んでおるだけだろう」

「否《いな》。我らは古河公方家の牙《きば》でございました。頭《こうべ》が腐れ落ちた後、牙のみが残る道理はございませぬ」

「ならば、本貫地であるこの地に戻れ」

目を見開いて、その場に立ち尽くす不二丸を見下ろした。数多くの人と謁見してきた頼氏をしても、能面のような無表情から、不二丸の心のありかを見通すことはできなかった。

「牙は、肉を食らう畜生のためのもの。これからは、日《ひ》の本中《もと》が、草を食《は》む凪の時代となろう。これからは鍬《くわ》の歯となってはどうだ」

「我らは、牙としての振る舞いしか知りませぬ」

「皆そうだ。この時代をどう生きたらよいか、皆目見当《かいもく》がつかぬ。だが、刀槍《とうそう》を鍬や筆に持ち替えることがすべての始まりなのだと、わしは思うておる」

穏やかな風が川の上を吹き抜けた。

ややあって、不二丸が口を開いた。

「我らも、この時代に在《あ》ることができますでしょうか」

「ああ。仙狐よ。ただの狐として、喜連川に根を張るがよい」

ああ、と不二丸は力のない声を発した。それはまるで、慟哭《どうこく》のようだった。

ふっと気配が消えた。振り返ると不二丸の姿はなく、薄《すすき》が風に揺れていた。

時は流れゆく。人々の辛苦《しんく》や懊悩《おうのう》の日々を押し流しながら。

ふと、頼氏はあることを思い出していた。

遠い昔、父、頼純《よりずみ》から聞いた話だった。

あれは小弓公方滅亡の日。頼氏の祖父に当たる足利義明が北条相手に戦い敗死、城に敵の影が迫りつつあった時のこと。まだ国王丸を名乗っていた頼純の前に見知らぬ忍びが現われ、里見まで逃がしてくれた。名を問うても、ただ「九尾の狐」を名乗るばかりだったという。

だからどうしたというものではない。戦国の世の数ある挿話《そうわ》に過ぎない。国王丸を救ったのが誰だったのか、なぜその忍びが国王丸を助けたのか、もはや誰にもわからない。だが——。そんな昔話を理由に、仙狐——「さくらの忍び」を助けてやってもよい、頼氏はそう思った。

凪の世に、論功行賞はそぐわない。民を慈しむのに、理由など要《い》らない。

頼氏は馬首を返した。

河原から堤に上がると、若木のように伸びやかな活気を誇る喜連川の町並が、頼氏を迎えた。

【足利氏系図】

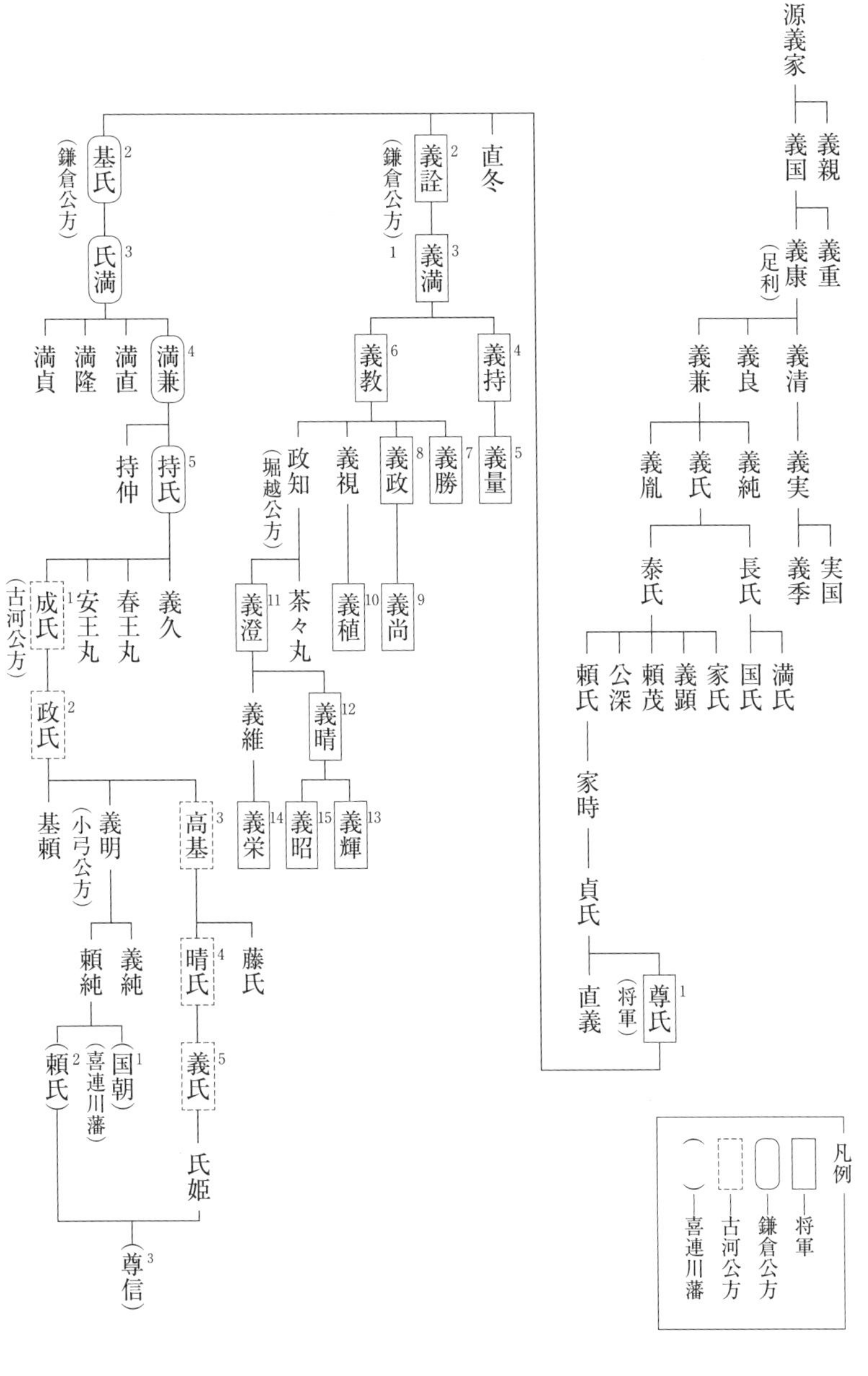

源義家
義国
義親
義康（足利）
義重
義清
義良
義兼
義実
義純
義氏
義胤
実国
義季
長氏
泰氏
満氏
国氏
家氏
義顕
頼茂
公深
頼氏
家時
貞氏
尊氏（将軍）1
直義
直冬
義詮（鎌倉公方）2
1
義満 3
義持 4
義量 5
義教 6
義勝 7
義政 8
義視
政知（堀越公方）
義尚 9
義稙 10
茶々丸
義澄 11
義晴 12
義維
義輝 13
義昭 15
義栄 14
基氏（鎌倉公方）2
氏満 3
満兼 4
満直
満隆
満貞
持氏 5
持仲
義久
春王丸
安王丸
成氏（古河公方）1
政氏 2
高基 3
義明（小弓公方）
基頼
藤氏
晴氏 4
義純
頼純
義氏 5
国朝 1
（喜連川藩）
頼氏 2
氏姫
尊信 3
凡例
将軍
鎌倉公方
古河公方
喜連川藩

〈関連年表〉

和暦	西暦	内容
建武三年	一三三六	足利尊氏、幕府を開く。鎌倉府が設立され、尊氏の嫡子・義詮が鎌倉公方となる
貞和五年	一三四九	基氏（義詮の弟）、鎌倉公方となる
観応元年	一三五〇	観応の擾乱。尊氏、弟の直義を破る
永享四年	一四三二	六代将軍・足利義教、富士遊覧
永享一〇年	一四三八	永享の乱。義教、鎌倉公方・足利持氏を追討。翌年、持氏と嫡子・義久が自害する
永享一二年	一四四〇	結城合戦。持氏の遺児・春王丸、安王丸が挙兵する
嘉吉元年	一四四一	結城城、落城。春王丸、安王丸は捕らえられ、美濃垂井で処刑される 嘉吉の乱。義教、赤松満祐に殺害される
宝徳元年	一四四九	鎌倉府が再興。足利成氏（持氏の遺児・万寿王丸）が鎌倉公方となる
享徳三年～文明一四年	一四五四～一四八二	享徳の乱。成氏と、八代将軍・足利義政と結んだ関東管領・山内上杉家、扇谷上杉家との争い
康正元年	一四五五	成氏、下総古河に移る（古河公方）
長禄二年	一四五八	義政の兄・政知、伊豆へ（堀越公方）
応仁元年	一四六七	応仁の乱が起こる
延徳三年	一四九一	政知、死去。政知の遺児・茶々丸が、異母弟・潤童子、継母・竹子を殺害し、堀越公方となる

和暦	西暦	内容
明応二年	一四九三	政知の三男・清晃（義澄）、十一代将軍となる 伊勢盛時（北条早雲）に攻められて堀越公方が滅亡する
永正一四年	一五一七	足利義明、小弓城に入る（小弓公方）
天文七年	一五三八	国府台合戦。古河公方・足利晴氏と北条氏綱、義明を破る
天文一四年〜一五年	一五四五〜一五四六	河越夜合戦。北条氏康が、晴氏を奉じた山内上杉憲政・扇谷上杉朝定を奇襲で破る
天文二一年	一五五二	足利義氏、古河公方となる
永禄三年	一五六〇	晴氏死去ののち、子の藤氏を擁して越後の長尾景虎（上杉謙信）、関東進出
永禄八年	一五六五	永禄の変。十三代将軍・足利義輝が殺害される
天正元年	一五七三	織田信長、十五代将軍・足利義昭を追放する
天正一〇年	一五八二	本能寺の変
天正一八年	一五九〇	小田原征伐 豊臣秀吉、義氏の娘・氏姫と小弓公方家の国朝の縁組を決め、喜連川の領地を与える
文禄二年	一五九三	国朝、病没。氏姫、国朝の弟・頼氏に再嫁
慶長五年	一六〇〇	関ヶ原の戦い 頼氏、徳川家康から喜連川の地を安堵される

喜連川足利氏を訪ねて——栃木県さくら市歴史散歩

京都の足利将軍家は、十五代将軍の義昭《よしあき》が織田信長に追放され、のちに豊臣秀吉のお伽《とぎ》衆《しゅう》として山城国《やましろ》（京都府）槇島《まきしま》一万石の大名となったが、その後、大名家としては残らなかった。では、足利家が江戸時代、消えてしまったかといえば、決してそうではない。

喜連川《きつれがわ》足利家——。

豊臣秀吉が小田原征伐後、足利家を残すために、下野国《しもつけ》（栃木県）喜連川の地に作られ、徳川の世になっても生き残った家である。その経緯《いきさつ》は、本書第七話にも記されている。

江戸時代、喜連川家の石高は五千石にもかかわらず、大名の格式や特権を持っていた。

つまり、足利の血脈は江戸時代を通じて、喜連川の地、平成十七年（二〇〇五）に氏家《うじいえ》町と合併してできた「さくら市」に残っていたのである。

そこで、足利氏ゆかりの史跡を中心に、さくら市の歴史を味わえるスポットを紹介しよう。

足利氏関連史跡

●喜連川足利氏館跡

喜連川の地は、塩谷氏《しおのや》によって治められていたが、豊臣秀吉により、喜連川足利氏初代・国《くに》朝《とも》がこの地を与えられてから、喜連川氏の統治が始まった。二代・頼氏《よりうじ》（国朝の弟）によって建てられた館《やかた》は、残された平面図から、政庁の役割の「表」をはじめ、当主の生活域や居住域、庭に大別されていた。明治九年（一八七六）に焼失。館があったのは、現在のさくら市役所喜連川支所（旧喜連川町役場）の場所である。なお、門は平成三年（一九九一）に復活した。

住所：さくら市喜連川4420－1（さくら市役所喜連川支所）

●お丸山公園（大蔵《おおくら》ヶ崎《さき》城址）

喜連川足利氏館跡の裏手の山にあったのが、塩谷氏の城であった大蔵《おおくら》ヶ崎《さき》城。深い堀切など、城の名残もあり、さくら市を代表する桜の名所・お丸山公園として現在親しまれている。城の眼下に流れる荒川《あらかわ》は別称を狐川《きつねがわ》とも言い、「喜連川」の語源とも考えられる。また川沿いに、怪しくも美しく光る炎の連なり「狐の嫁入り」が見られたことも、語源に関連しているとも伝わる。

住所：さくら市喜連川5481－1

●龍光寺《りゅうこうじ》

室町幕府を開いた足利尊氏《たかうじ》の命《めい》により、創建された東勝寺《とうしょうじ》が起源とされ、喜連川にかかわる足利家歴代の墓所がある。慶長《けいちょう》六年（一六〇一）、頼氏の父・頼淳《よりあつ》（頼純《よりずみ》）が亡くなった際、戒名《かいみょう》の頭の文字をとって龍光院と改称されて以来、頼氏からの喜連川藩主等の菩提寺《ぼだいじ》となった。

　墓所及び不定期公開の足利尊氏公木像は、市指定文化財。

住所：さくら市喜連川4317

●**璉光院《れんこういん》**

平安時代中期の天台宗《てんだいしゅう》の僧、源信《げんしん》（恵心僧《えしんそう》都《ず》）の開基《かいき》とされており、古河公方《こがくぼう》の氏姫《うじひめ》と婚姻した喜連川足利氏初代の国朝と、国朝の母の供養塔がある。璉光院は、国朝の母の戒名の頭の文字をとったもの。境内《けいだい》にある銅造阿弥陀如来坐像《あみだにょらいざぞう》は、県指定文化財である。

　荒川のふもとに生える槻《けやき》の大木に九尾《きゅうび》の狐が棲《す》み着き、その影が月夜に璉光院まで伸びたという「影さし璉光院」という伝承も地元に残る。

　また、『七つの子』『赤い靴《くつ》』『シャボン玉』などの童謡の作詞家として知られる野口雨情《うじょう》が、喜連川出身の妻ヒロと訪れ、明治三十八年（一九〇五）、「梅のお寺」として発表した詩の碑もある。

住所：さくら市喜連川４６４３

●喜連川神社

素戔嗚命《すさのおのみこと》と奇名田姫《くしなだひめ》命の二柱を祭神とし、塩谷惟朝《これとも》によって永禄《えいろく》六年（一五六三）に創建されたという。塩谷氏だけでなく、喜連川足利氏からも代々崇敬《すうけい》された。疫病退散《えきびょうたいさん》の神として近隣からの信仰も厚く、それを表す美術的民俗的価値の高い大型奉納絵馬（『神輿渡御図《みこしとぎょず》』県指定文化財）もある。歴史ある天王祭《てんのうさい》は、勇壮な「あばれ神輿」や「百物揃《ひゃくものそろ》いの行列」が行なわれる。

住所：さくら市喜連川４４９１

●寒竹囲《かんちくがこ》いの家

江戸時代中期、藩士の屋敷において、板塀などでは修繕が大変になるため、笹（オカメザサ）の密植を利用して生垣にすることを、六代・茂氏《しげうじ》が推奨《すいしょう》したという。別名「鼈甲垣《べっこうがき》」とも言われる。寒竹囲いの家は、喜連川西町地区に見られる。

住所：さくら市喜連川４４６８付近

●御用堀

防火と農業用水のために、喜連川足利氏十代・熙氏《ひろうじ》によって弘化《こうか》元年（一八四四）に整備された。かつては、生活用水としても使われた。

住所：さくら市喜連川4491付近

その他のスポット

●勝山城跡《かつやま》

鎌倉時代末期、氏家氏によって鬼怒川《きぬがわ》を見下ろす断崖を利用して築かれた。慶長二年（一五九七）に廃城。史跡公園として一部整備されており、本丸部分には、櫓台《やぐらだい》跡、調査で確認された大手門《おおてもん》の橋脚《きょうきゃく》から復元された橋、土塁《どるい》、堀の遺構がある。勝山城跡とそれに続く氏家ゆうゆうパークは、さくら市を代表する桜の名所。

住所：さくら市氏家1297（さくら市ミュージアム）

●今宮《いまみや》神社

創建は康平《こうへい》三年（一〇六〇）とされ、素戔嗚命が主祭神。正安《しょうあん》二年（一三〇〇）に、氏家公宗《きみむね》によって現在の地へ遷宮《せんぐう》されたことが、「今宮祭祀録」にある。境内にある大公孫樹《おおいちょう》は樹齢六百年を超えていると言われており、「さくら市指定天然記念物」のほか「栃木県指定名木百選」でもある。

住所：さくら市馬場43

●西導寺《さいどうじ》

建久《けんきゅう》二年（一一九一）、氏家氏の始祖・公頼《きみより》が建立《こんりゅう》したと伝えられる。境内には鎌倉に引けを取らない中世の大型五輪塔三基が並んでいて、氏家氏三代の供養塔とも伝えられる。
住所：さくら市氏家2550

●光明寺《こうみょうじ》

勝山城主の芳賀《はが》氏により、応永《おうえい》三十四年（一四二七）に創建されたと伝わる。境内には、宝《ほう》暦《れき》九年（一七五九）、宇都宮藩の御用鋳物師《いもじ》・戸室卯兵衛《とむろうへい》が鋳造《ちゅうぞう》した、身の丈《たけ》約三メートルの青銅造不動明王《ふどうみょうおう》坐像（栃木県指定文化財）がある。なお、本像鋳造時の木型がさくら市ミュージアムに保存展示されている。
住所：さくら市氏家2696

●瀧澤《たきざわ》家住宅

地主、養蚕《ようさん》業や会社・銀行の設立と経営を手掛け、渋沢栄一などによる事業にも参画した、明治時代の栃木県を代表する実業家・瀧澤喜平《きへい》治《じ》の旧宅。旧奥《おう》州《しゅう》街道沿いの長《なが》屋門《やもん》、望楼《ぼうろう》を乗せた蔵座敷、修復を終えてギャラリーとして活用されている鐵竹堂《てっちくどう》が県指定文化財で、庭なども含め、かつての面影を留《とど》めている。
住所：さくら市櫻野1365

●さくら市ミュージアム
ー荒井寛方《かんぽう》記念館ー

さくら市の博物館で、平成五年（一九九三）に開館し、さくら市誕生とともに「ミュージアム氏家《うじいえ》」から現館名となる。

さくら市にかかわる美術や歴史の特別展、企画展を開催し、さくら市の原始・古代から現代までの常設展示では、喜連川足利氏の歴史を紹介している。

また、さくら市出身の日本画家・荒井寛方の作品や、鋸《のこぎり》研究家の吉川金次《よしかわきんじ》より寄贈された約三百点の鋸、妻がさくら市出身の野口雨情の原稿など、貴重な資料を展示している。

住所：さくら市氏家1297

〈開館時間〉九時～十七時（入館は十六時半まで）

〈休館日〉月曜日（祝日の場合は翌日）、第3火曜日、年末年始、展示替・燻蒸期間（不定期）

〈観覧料〉一般：三百円（二百十円）、高校・大学生：二百円（百四十円）、小・中学生：百円（七十円）

※（ ）内は二十名以上の団体料金

※展覧会によって料金が変更になる場合有り

● 弥五郎坂《やごろうざか》

天文《てんぶん》十八年（一五四九）、那須《なす》氏と宇都宮氏が激突した早乙女《さおとめ》坂の戦いの跡地。中世の記録「今宮祭祀録」（西導寺蔵）にも書かれており、そのとき敵将を討った鮎ヶ瀬《あゆせ》弥五郎の名前をとって、「早乙女坂」から「弥五郎坂」になったという。

住所：さくら市早乙女1759付近

◆栃木県さくら市へのアクセス

東北新幹線のJR宇都宮駅で宇都宮線下りに乗り換えて、氏家駅下車。

東北自動車道の上河内スマートＩＣより車で二十分。

鈴木英治（すずき　えいじ）

1960年、静岡県生まれ。明治大学卒業。99年、『駿府に吹く風』（刊行時に『義元謀殺』と改題）で第1回角川春樹小説賞特別賞を受賞し、デビュー。2012年、「口入屋用心棒」シリーズで第1回歴史時代作家クラブ賞シリーズ賞受賞。著書に、『義元、遼たり』、「父子十手捕物日記」シリーズ、「突きの鬼一」シリーズなど。

早見　俊（はやみ　しゅん）

1961年、岐阜県生まれ。2007年、作家に専念。17年、「居眠り同心　影御用」シリーズ及び「佃島用心棒日誌」シリーズで第6回歴史時代作家クラブ賞シリーズ賞受賞。他のシリーズに、「無敵の殿様」「闇御庭番」「勘十郎まかり通る」「陽だまり翔馬平学記」など。

谷津矢車（やつ　やぐるま）

1986年、東京都生まれ。駒澤大学文学部卒業。2012年、「蒲生の記」で第18回歴史群像大賞優秀賞受賞。13年、『洛中洛外画狂伝　狩野永徳』でデビュー。18年、『おもちゃ絵芳藤』で第7回歴史時代作家クラブ賞作品賞受賞。20年、『廉太郎ノオト』が第66回青少年読書感想文コンクール課題図書（高等学校の部）に選出。著書に、『絵ことば又兵衛』『桔梗の旗』『信長様はもういない』など。

〈著者略歴〉

秋山香乃（あきやま　かの）

1968年、北九州市生まれ。活水女子短期大学卒業。柳生新陰流居合道四段。2002年、『歳三　往きてまた』でデビュー。19年、『龍が哭く』で第6回野村胡堂文学賞受賞。著書に、『氏真、寂たり』『伊庭八郎　凍土に奔る』『獺祭り』など。

荒山　徹（あらやま　とおる）

1961年、富山県生まれ。上智大学卒業。99年、『高麗秘帖　朝鮮出兵異聞　李舜臣将軍を暗殺せよ』でデビュー。2008年、『柳生大戦争』で第2回舟橋聖一文学賞を、17年、『白村江』で第6回歴史時代作家クラブ賞作品賞を受賞。著書に、『神を統べる者』（全3巻）など。

川越宗一（かわごえ　そういち）

1978年、鹿児島県生まれ。大阪府出身、京都府在住。龍谷大学文学部史学科中退。2018年、「天地に燦たり」で第25回松本清張賞を受賞し、デビュー。19年刊行の『熱源』で第9回本屋が選ぶ時代小説大賞、第2回ほんま本大賞、第162回直木賞受賞。

木下昌輝（きのした　まさき）

1974年、奈良県生まれ。近畿大学理工学部建築学科卒業。2012年、「宇喜多の捨て嫁」で第92回オール讀物新人賞、15年、上記受賞作を含む単行本『宇喜多の捨て嫁』で第4回歴史時代作家クラブ賞新人賞、第9回舟橋聖一文学賞、20年、『まむし三代記』で第26回中山義秀賞を受賞。著書に、『戀童夢幻』『秀吉の活』など。

本書は書き下ろし作品です。

企画協力　操觚の会

栃木県さくら市

足利の血脈

書き下ろし歴史アンソロジー

2021年1月7日　第1版第1刷発行

著　者　秋山香乃　荒山　徹　川越宗一　木下昌輝　鈴木英治　早見　俊　谷津矢車

発行者　後藤淳一

発行所　株式会社PHP研究所

東京本部　〒135-8137　江東区豊洲5-6-52

第三制作部　☎03-3520-9620（編集）

普及部　☎03-3520-9630（販売）

京都本部　〒601-8411　京都市南区西九条北ノ内町11

PHP INTERFACE　https://www.php.co.jp/

組　版　有限会社エヴリ・シンク

印刷所　大日本印刷株式会社

製本所　東京美術紙工協業組合

ISBN978-4-569-84840-2

PHPの本

伊達女

佐藤巖太郎 著

母、妻、養育係、娘……心に鬼を棲まわせた〝独眼竜〟伊達政宗の周囲にいた、たくましく、たおやかな女性たちを感動的に描いた連作短篇小説集。

定価 本体一、六〇〇円(税別)

PHPの本

風神雷神 Juppiter《ユピテル》, Aeolus《アイオロス》（上・下）

原田マハ 著

ある学芸員がマカオで見た、俵屋宗達に関わる意外な文書とは。『風神雷神図屛風』を軸に、圧倒的スケールで描かれる歴史アート小説！

定価 本体各一、八〇〇円（税別）

PHPの本

天離《あまさか》り果つる国（上・下）

宮本昌孝 著

飛驒白川郷に織田信長ら、天下の列強が迫り来る。若き天才軍師は山間の平穏な別天地を守りきれるのか。今明かされるもう一つの戦国史。

定価 本体各一、九〇〇円（税別）